100세 시대
다시 청춘

100세 시대, 다시 청춘

제1판 1쇄 발행 | 2015. 9. 3
제1판 2쇄 발행 | 2015. 9. 17

지은이 | 이성민
기 획 | 출판기획전문 (주)엔터스코리아
펴낸이 | 윤세민
펴낸곳 | 씽크뱅크

주소 | 121-887 서울특별시 마포구 월드컵로 47 (합정동), 2F
전화 | (02)3143-2660 팩스 | (02)3143-2667
E-mail | thinkbankb@naver.com
출판등록 | 2006년 11월 7일 제396-2006-79호

ISBN 978-89-92969-46-8 03810

새로운 삶! 새로운 도전!

100세 시대
다시 청춘

이성민 지음

씽크뱅크

100세 장수 시대의 경고

이 책의 핵심은 간단하다. 직장을 다니는 동안, 반드시 노후 준비를 시작해야 한다는 것이다. 이런 이야기를 하면, 누구나 익히 아는 사실이 아니냐고 반문하는 사람도 있을 수 있다. 그렇지만 아는 만큼 확실하게 노후 준비를 하고 있는 사람은 극히 드물다고 생각한다. 노후 문제는 그만큼 준비를 끝마치기가 어렵고, 힘든 과제이기 때문이다.

노후 문제에 관해, 누구나 아는 사실이라고 거드름을 피우는 사람들에게 한번 되묻고 싶다. 공부 열심히 하면 좋은지 몰라서, 학창 시절에 공부를 소홀히 했던가? 아마 절대로 그렇지 않을 것이다. 몰라서 공부를 열심히 하지 않은 것이 아니라, 게을렀거나 귀찮아서 제대로 공부를 하지 않았을 것이다. 노후 준비도 마찬가지라고 생각한다. 그 중요성과 필요성은 누구나 이미 알고 있다. 문제는 '때가 되면 알아서 할 거다'라는 안이한 마음, 또는 '어떻게 되겠지' 하는 막연한 낙관론 때문에 첫발을 떼지 못하는 것이다.

솔직히 노후 문제의 중요성은 재삼, 재사 강조해도 지나치지 않다고 생각한다. 이제 인생의 3분의 1은 노인으로 살아가는 시대가 되었다. 젊어 보이든, 건강하든 상관이 없다. 흔히들 노인이라 불리는 65세 이후가 되면, 인정하고 싶지 않아도 인정할 수밖에 없다. 90세, 혹은 100세까지 살게 된다면, 30년 이상은 노인으로 살게 되는 것이다.

따라서 철저한 준비 없이 정년을 맞아 노인에 이르게 되면, 인생의 3분의 1 이상을 직업도 없이 빈곤하게 살아갈 수밖에 없다. 65세 이전까지 국회의원을 했건, 대기업의 임원을 했건 상관이 없다. 65세 이후부터는 일자리를 구하기도 쉽지 않고, 어디에 손을 벌려 돈 한 푼 빌리기도 여간 어려운 일이 아니다. 그저 귓등으로만 흘려들을 이야기가 아니다. 직장 다닐 때에 제대로 준비하지 않으면, 80~90세에 정말로 두 눈에서 피눈물이 쏟아지는 상황이 벌어질 것이라고 확신한다.

노후의 빈곤은 젊은 시절에 좋은 대학이나 근사한 직장에 들어가지 못한 것과는 비교할 수준이 아니다. 젊은 시절에는 정규직이 아니더라도, 노동이나 막일을 하면서 어떻게든 버틸 수가 있다. 그렇지만 나이가 들면 상황은 180도 달라진다. 노동이나 막일을 하고 싶어도, 써주는 곳이 없다. 나이 70세에 어떻게 막노동판에 나갈 수 있겠으며, 제 몸 하나 마음대로 가누지 못하는 나이 80세에 무슨 수로 시급 아르바이트를 할 수 있겠는가?

따라서 젊은 시절에, 직장이라도 다닐 때부터 노후 준비를 제대로 하지 않은 채 노인이 되고 나면, 처량한 신세가 될 것이다. 평생 갖은 고생 다 하며 마련한 집 한 채를 노후 자금으로 털어 넣을 수도 있다. 더욱이 그나마도 없는 노인들은 여생을 남한테 손 벌리며 살아가다가, 빈 방에 혼자 쓸쓸히 누워 굶어 죽을 수도 있다. 어쨌든 그런 까닭에 노후 준비는 백 번, 천 번 강조해도 지나치지가 않다. 정말로 제대로 노후 준비를 해놓지 않으면, 설움 정도가 아니라 목구멍에서 피가 솟구칠 정도로 처절한 지경에 놓일 수가 있는 것이다.

의술의 발달과 더불어 식생활 개선, 다양한 운동 및 여가 활동으로 인간의 수명은 하루가 다르게 늘어나고 있다. 이것은 우리만의 문제가 아니라 세계적인 추세이다. 웬만한 국가의 국민 평균수명이 80세를 이미 뛰어넘은 지금, 전문가들은 평균 100세 시대도 조만간 당도할 것이라고 예견한다. 이미 2013년, 한국의 100세 이상의 노인은 1천2백 명을 넘어섰다.

전문가들은 2050년에는 100세 인구가 열 배 이상 늘어날 것으로 예측하고 있다. 100세 이상의 인구가 1만 2천 명 이상이라면, 90세 이상의 인구는 얼마나 되겠는가? 길에 걸어 다니는 성인의 절반 이상이 65세 이상의 노인일 것이다. 아마 그때가 되면 80세는 노인 축에도 끼지 못하는 한창 나이로 인식될지도 모르겠다. 생각만 해도 아찔한 일이 아닐 수 없다.

4, 50대의 직장 생활 시기에는 오로지 회사에서의 성공에만 몰두한다. 남 이야기가 아니라, 5년 전까지만 해도 내가 그랬다. 직위가 높아지면 뭔가 다른 인생이 펼쳐지리라는 환상을 가지고 있었던 것이다. 그래서 죽기 살기로 열심히 일했고, 상사나 동료들에게 인정받을 생각만 하며 살았다.

그러던 어느 날 갑자기 어떤 깨달음이 왔다. 직장에서의 성공이 곧바로 인생의 성공으로 이어지지 않을 수도 있다는 생각이었다. 많은 직장 선배들이 직장에서는 남들의 부러움을 살 만큼 성공했지만, 노후 생활에서는 그와 반대로 실패나 다름없는 밑바닥 수준을 걷고 있었기 때문이다. 직장에서의 지나친 성공이 오히려 노후 준비의 발목을 잡는 아이러니한 상황을 초래한 것이다.

직장에서 성공한 선배들의 한결같은 당부는 '필요 없이 지나치게 높아지지 말고, 내실 있는 삶을 살라'는 것이었다. 내실 있는 삶이란, 퇴직하기 전에 노후 생활 준비를 철저히 하라는 의미였다. 나름대로 회사생활에서 한 획을 그었다고 믿었던 선배들이 해준 말이었기에, 내가 받은 충격은 실로 컸다.

그래서 나는 몇 년 전부터, 직장에서 성공하기 위한 방법보다는 퇴직 이후 다른 직업으로 연착륙할 방법을 찾는 데 골몰해왔다. 그때 마침 출판사로부터 '평균수명 80대 시대를 살아가는 직장인들에 관한 책을 써달라'는 부탁을 받았다. 마치 기다리고 있었다는 듯, 나는 출판사의 제안을 흔쾌히 받아들였다. 그리고 머지않아 다가올 평균수명 100세 시대에 관해 생각한 내용들을 글로 옮기기 시작했다.

사실 진작부터 직장인들 사이에는 100세 시대와 관련된 큰 변화의 조짐이 나타나고 있었다. 무엇보다 눈에 띄는 것은, 직장에서 남보다 먼저 승진하겠다고 목숨을 거는 사람들이 줄어들었다는 사실이다. 하루가 다르게 급변하는 과학기술의 발전 속에 영속하는 대기업이 존재할 수 없다는 사실이 확인된 데다, 대기업에서 몇 년간 고위직을 맡아봤자 인생에 큰 변화가 없다는 것을 직장인들이 알아차렸기 때문이다.

그래서 요사이 직장인들 중에는 '직장은 부업이고, 주업은 노후 준비'라는 말을 공공연히 하는 사람들이 심심찮게 보이곤 한다. 그렇다고 상사들이 그런 직장인들의 생활 자세를 비난하거나, 문제점을 지적할 수도 없는 것은 언제 자신도 해직 통보를 받을지 알 수 없게 되었기 때문이다. 따라서 직장 생활은 말 그대로 직장에 다니는 동안에만 하는 생활이고, 실상 요즈음 직장인들 중에는 100세를 살아갈 준비를 차근차근 하는 사람들이 늘어가고 있다.

사실 100세 시대라는 충격이 현실로 다가온 것은 어제 오늘의 일이 아니다. 요즘 부고를 받아 들면 80세는 기본이고 90세, 100세를 넘기는 경우도 심심찮다. 이런 시대에 직장에서 뭔가 해보겠다고 열정을 보이거나, 터무니없는 승부욕으로 인생을 고달프게 하는 것은 의미가 퇴색되어간다. 100세를 사는 시대에, 정년연장을 해줘도 기껏 60세를 넘기지 못하는 직장 생활이 무슨 의미가 있겠는가 말이다. 그럴 바에야 차라리 50세 전후로 해서 사직을 하고, 나머지 인생을 새롭게 시작해보려는 직장인들이 늘어나고 있는 것이다.

고시를 패스한 고위 공무원이 갑자기 우동집을 차렸다는 소식을 접했다면, 당신은 무슨 생각을 하겠는가? 미쳤다는 생각을 하겠는가? 그렇다면 당신은 아직 멀었다. 우동집을 차릴 정도로, 그 고위 공무원은 노후 문제를 절박하게 여긴 것이다. 다른 사람들과는 달리, 그 고위 공무원은 60세에 퇴직한 이후가 아니라 40대의 건강한 나이에 우동집을 차려야겠다는 결심을 했던 것이다.

이제 세상이 바뀌고 있다. 90세, 100세를 사는 시대가 되면서, 죽기 직전까지 하루라도 더 일을 해서 돈을 벌지 않으면 안 되는 세상이 찾아온 것이다. 80세, 90세 노인을 직원으로 채용하는 직장은 그 어디에도 없다는 것은 누구나 알고 있는 상황이니, 각자 자신의 일 자리는 자기가 알아서 마련해야 하는 처지가 되었다. 좋게 말하면 자영업 시대가 온 것이고, 냉정하게 말하자면 60세 이후에도 죽을 때까지 일을 하지 않으면 안 되는 시대가 찾아온 것이다.

퇴직을 앞둔 선배들과 식사라도 할 때면, 이런 사실을 온몸으로 실감한다. 재직 중에는 언제나 잘났고 당당했던 선배들이었지만, 퇴 직을 앞두고는 상황이 달라진다. 언제 그랬느냐 싶을 정도로 소심 한 태도를 보이고, 갑자기 말도 줄어들며, 심지어 우울 증세까지 보 이는 선배도 있다. 여성 호르몬이 증가한다는 의학적 소견을 참고한 다 해도 이해가 안 될 정도로 심각한 '퇴직 전 증후군' 때문이다. 퇴 직 이전이 그 정도이니, 퇴직 이후의 상황에 관해서는 두말할 나위 도 없다.

당신에게 질문을 하나 하고 싶다. 당신은 대략 몇 살까지 살 것이 라고 예상하는가? 그러면 그 나이에 당신은 어떻게 생활비를 마련 하겠는가? 건강 상태는 어떨까? 일자리는 있을까? 또 경제적으로 자식이나 주변 사람들에게 손을 내밀지 않을 정도의 생계 수준을 유 지할 수 있을까?

이것은 상당히 심각한 문제이다. 90세 이상을 산다고 가정하면, 60세에 퇴직을 해도 30년 이상의 삶을 더 영위해야 한다. 자녀를 한 두 명만 낳는 요즘 추세에 비추어 보면, 자식에게 생계를 의지하기 도 쉽지 않다. 무엇보다 자녀도 이미 60세 전후가 되어, 자기 먹고살 기도 바쁜 처지가 되어 있을 것이다.

그렇다면 밥은 누가 먹여줄 것이며, 병이라도 나면 무슨 돈으로 병원에 갈 것인가? 차도 팔고, 집도 팔고, 아끼던 패물까지 모조리 팔았는데도 당장 죽을 것 같지 않다면 당신은 어떻게 할 것인가? 목숨을 끊겠는가? 아니면 장기라도 팔아서 연명하겠는가?

직장에 다니는 지금은 먹고사는 일에 불편함을 느끼지 않겠지만, 퇴직과 동시에 당신은 실직자 신세다. 그리고 충분한 준비가 되어 있지 않다면, 죽을 때까지 백수로 지낼 수밖에 없다. 60세 이후 30년이 될지, 40년이 될지 모르는 여생을 아무 일도 안 하고, 그저 정부의 복지정책에 의지해가며 살 수만은 없는 노릇이다.

통계청 자료에 따르면, 2013년 우리나라의 독거노인 수는 125만 명이다. 65세 이상 전체 노인 가운데 20.4%가 혼자 살고 있다는 것이다. 이들이 혼자 살아가는 가장 큰 이유는 경제적 문제 때문이다. 이들을 부양할 만한 가족이 없거나, 설령 있더라도 부양할 경제 형편이 못 되다 보니, 이들이 혼자 살고 있는 것이다. 전문가들은 이러한 독거노인 수가 2030년에는 23.3%가 될 것으로 예측하고 있다.

독거노인 수가 늘어난 만큼 노인 자살자 수도 증가하고 있다. 61세 이상 연령층의 자살자는 1989년 이후 끊임없이 증가해 2008년에는 32.8%로 나타났으며, 자살자의 열 명 가운데 세 명은 독거노인인 것으로 나타났다. 고령화 문제와 함께 경제 능력이 떨어지는 독거노인에 대한 문제는 이제 다른 사람이 아닌, 바로 우리 모두의 문제로 코앞까지 다가왔다.

이 책은 '지금은 100세 시대'라는 인식 아래 '퇴직 후 30년'을 준비하자는 주제를 내세워, 여섯 개의 부로 꾸몄다. 이 책을 읽다 보면, 인생에 대한 새로운 시각이 열릴 것이다. 내 주장이 꼭 옳다는 취지가 아니다. 다만 내 견해를 통해서, 당신의 '퇴직 후 30년'을 진지하게 한 번쯤 생각해보면 좋겠다는 바람이다.

지금까지 우리의 인생은 '입신양명(立身揚名)이 효(孝)의 끝'이라는 유교적 사고방식에 젖어 있었다. 그래서 사회적으로 거창한 인물이 되거나 성공을 해야만 가치 있는 인생이라는 사회적 고정관념을 자연스럽게 받아들여 왔다. 한국의 부모들이 자녀들에게 도를 넘어서는 교육 기회를 제공하는 것도 이러한 사회적 고정관념의 영향이라고 하겠다.

하지만 평균수명 100세가 예상되는 오늘날, 우리가 가져야 할 새로운 사회생활 목표는 철저히 준비해서 '건강하고 여유 있는 노후'를 맞이하는 것이 되어야 한다. 일반적으로 퇴직을 목전에 두고 노후 준비를 시작하거나, 퇴직 이후에 뒤늦게 노후 문제를 고민하는 경향이 강하다. 이것은 성장 지향적인 한국의 기업 문화가 사원들에게 직장형 인간이 될 것을 종용해온 결과라 할 수 있다.

기업의 생존 자체도 무한 경쟁의 시대를 맞은 지금, 더 이상 당신이 다니는 회사에 당신의 미래를 맡길 수는 없다. 회사 스스로도 10년 뒤, 20년 뒤를 장담할 수 없는 상황이기 때문이다. 더불어 아무리 훌륭한 회사라도, 퇴직한 사원의 복지까지 책임지지는 않는다. '퇴직 후 30년'은 철저히 당신의 힘으로 살아나가야 한다. 그래서 필요한 것이 '지금은 100세 시대'라는 인식의 절박함이다.

당신이 100세까지 건강하고 여유 있게 살았으면 좋겠다.

1

100세 시대? 곧 나의 문제다

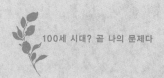
100세 시대? 곧 나의 문제다

평균수명 100세 시대의 예고

| 신랑신부의 나이 194세 |

놀라지 마시라! 2015년 6월 16일. 전 세계의 이목을 한데 모으는 결혼식 기사가 보도되었다. 결혼식의 주인공은 왕가의 전통을 가진 유럽 어느 나라의 왕위 계승자도, 세계 경제를 쥐락펴락하는 대부호도, 인기 절정의 연예인도 아니었다. 그저 영국 남부에서 조용히 살아가는 평범한 사람들이었다.

그런데 왜 그런 사람들의 결혼식에 세계가 주목을 한 것일까? 이유는 단 한 가지, 바로 그들의 나이 때문이었다. 신랑과 신부의 나이는 두 사람 합쳐서 194세, 이들은 세계 최고령 신혼부부였던 것이다. 신랑 조지 커비 군은 103세, 신부 도린 루키 양은 91세. 두 사람의 나이를 합치면 2세기에 이를 정도로 장구했다. 두 사람의 평균 연령은 97세. 이들이 결혼하게 되면서, 프랑스의 191세 세계 최고령 신혼부부의 기록은 여지없이 깨지고 말았다.

사실 이들 부부에게는 공공연한 비밀이 하나 있다. 이제 갓 신접 살림을 차린 신혼부부가 아니라는 점이다. 두 사람은 신혼이라고 하기에는 지나치리만큼 오랫동안 사실혼 관계를 유지해왔다. 자식들의 권유에 마지못해 결혼식을 올리기는 했지만, 신랑과 신부는 이미 지난 27년 동안 한 지붕 아래에서 생활을 해왔다. 신랑 조지 커비 군이 76세 때, 64세의 신부 도린 양과 동거를 시작했던 것이다.

두 사람이 결혼식이라는 요식 행위를 생각한 이유는 자식들의 끈질긴 권유 때문이었다. 남세스럽게 무슨 결혼식이냐는 두 사람에게, 자녀들은 더 늦기 전에 턱시도를 입고, 면사포를 쓴 아내와 결혼식을 올리라고 성화를 부렸다. 자식 이기는 부모 없다고, 결국 자녀들의 등쌀에 못 이겨 두 사람은 마침내 해외 토픽 기삿거리를 하나 제공하게 된 것이다.

103세 신랑과 91세 신부가 결혼을 하는데, 언론이 가만히 있을 리가 없었다. 방송국 기자가 마이크를 들이대자, 신랑 조지 커비 군은 신부 도린 루키 양에게 프러포즈를 할 때의 상황을 농담 섞어 풀어놓았다. 그런 것을 보면, 나이가 들어도 역시 남자는 남자였다.

"아무리 할멈이라도 여자잖아? 그래서 2월 14일 발렌타인 데이에 프러포즈를 했어. 우리 어릴 때에는 그런 날도 없었는데, 오래 살고 볼 일이야. 어쨌든 그날 프러포즈를 했는데, 한쪽 무릎을 꿇지는 않았어. 왜냐고? 내 나이가 몇 살이야? 무릎 잘못 꿇었다가는 다시 일어서지도 못할 것 같더라고. 그래서 그냥 앉아서 했지."

두 사람의 결혼식은 단지 한 남자와 한 여자의 만남이 아니었다. 그야말로 한 세기를 살아온 두 사람의 문화적 결합이었다. 세 번째 결혼을 하는 신랑과 두 번째 결혼을 하는 신부에게는 일곱 명의 자녀와 열다섯 명의 손자, 그리고 심지어 일곱 명의 증손자까지 있었다. 자녀의 배우자들과 손자의 배우자들과 증손자들만으로도 결혼식장은 만원이었는데, 세계 각국의 언론들까지 카메라를 들이밀었다. 영국 왕가의 결혼식 못지않은 축하와 환영이 이어졌다.

이제 100세에 결혼하는 두 사람의 결혼 소식이 더 이상 놀라운 일은 아니다. 신랑 조지 커비 군과 신부 도린 루키 양의 나이 합계 194세를 뛰어넘는 신혼부부도 등장할 가능성이 높기 때문이다. 기록은 깨지라고 만들어진 것이 아니던가. 어쩌면 그 기록의 주인공이 당신이 될 수도 있다.

우리는 지금부터 100세를 살지도 모른다는 이야기를 시작하려고 한다. 적어도 우리 가운데 두 명 중 한 명은 반드시 100세를 살게 될 것이다. 당신이 그 예측을 믿거나 말거나.

| 광고에 등장한 100세 시대 |

당신이 고개를 갸웃거리는 이 순간, 100세 시대는 이미 현실로 한 발짝 한 발짝 다가오고 있다. 현실을 과장하는 광고 산업에는 이미 100세 시대의 도래가 뜨거운 감자였다. 기억도 삼삼한 2009년에 사라진 이동통신업체 KTF의 광고가 대표적인 사례이다. KT와 통합하

기 직전인 2008년 가을, KTF는 광고를 위한 회심의 역작 '내 인생의 쇼-100살 편'을 내보냈다. 한 살, 일곱 살, 스무 살에 이어, 100살 할머니를 소재로 한 휴대전화 광고였다.

내용은 간단하다. 어느 100세 할머니의 생일잔치 때, 프랑스 파리에 나가 있는 증손자와 화상통화를 한다. 할머니가 몇 세인지도 모르는 철없는 증손자는 "할머니, 100살까지 사세요."라고 인사를 한다. 그러자 할머니가 "지금도 100살인디?" 하며 멈칫한다. 그러자 온 식구가 난감한 표정을 지은 채, 할머니의 눈치를 살핀다.

바로 그때, 100살 할머니가 "200살까지는 살아야제." 하고 스스로 덕담을 하며, 경직된 분위기를 풀어놓는다. 재치 있는 할머니의 대답으로 잔치 분위기는 다시 흥이 오르고, 지팡이를 짚은 할머니를 중심으로 온 식구가 경쾌한 분위기에 맞춰 춤을 춘다. 이것이 바로 당시 사람들의 입에 한동안 오르내리던 KTF의 광고 '100살의 쇼' 편이다.

이 광고에서 100세 할머니 역을 맡은 최선례 할머니는 실제로는 98세였다. 국내 최고령 CF 모델로 기록된 최선례 할머니는 생애 첫 광고 출연임에도 불구하고, 맛깔스러운 대사 처리와 고운 외모로 제작자들을 놀라게 했다는 후문이다. CF 촬영 당시, 60대 아들 부부와 함께 생활하고 있다는 할머니는 CF 이외에는 외부 노출을 하지 않아서 한동안 많은 궁금증을 자아냈었다.

최선례 할머니의 CF 출연에 관해 이야기하고 싶은 내용은 단 한 가지이다. 더 이상 100세 노인의 사회 활동이 낯선 일이 아니라는 사실이다. 이것이 바로 지금은 사라진 KTF의 광고 '100살의 쇼'가

가져온 효과이다.

2012년 기준으로 한국 국민의 평균수명이 81.44세로서, 지금은 80대 초반에서 중반을 육박하고 있다. 이런 상태가 지속된다면, 머지않아 평균수명이 80대 후반을 넘어 90대까지 도달할 수도 있을 것이다. 국민 대다수가 한 세기 가깝게 살아가는 시대가 다가오고 있는 것이다.

일반적으로 고령화 사회는 총인구 중에 65세 이상의 노인층이 차지하는 비율이 7% 이상인 사회를 말한다. 한국은 2008년에 이미 65세 이상의 노인 인구가 10.3%를 넘어섰다. 전문가들은 2026년에 이르면 대한민국 전체 인구의 20%가 65세 이상이 될 것으로 예측하고 있다.

이런 인구 고령화 현상은 우리만의 문제가 아니다. 유럽이나 일본은 진작 고령화 사회를 넘어, 후기 고령화 사회로 진입하고 있다. 전쟁도 없고 식량문제도 개선되고 의료 환경도 발전되니, 결론은 사람이 오래 사는 일밖에 없다. 이제 세계는 어느 나라라고 따로 나눠 생각할 것 없이, 노인이 넘치는 사회로 전환되고 있다.

앞으로는 65세 정도로는 노인 대접을 제대로 받기 힘든 시대가 될 것이다. 이미 서울의 지하철에는 흰머리가 희끗희끗한 노인들끼리 노약자 석을 차지하기 위해 서로 나이를 따지는 촌극도 벌어지고 있다. 이런 상황이 지속된다면, 앞으로 80세 노인이 90세 노인에게 자리를 양보하기 위해 일어서야 하는 상황이 벌어질 수도 있다.

국민 평균수명 80대 시대. 이제는 덤으로 살게 된 퇴직 후 30년이 과제로 떠오르고 있다. 60세 이후부터 적어도 80세, 많으면 90세, 100세까지 무엇을 하면서 어떻게 사느냐가 인생 전체의 승패를 결정짓게 되었다. 더 이상 손 놓고 지켜볼 남의 문제가 아니다. 40년, 50년 뒤에는 당신도 건강하지만 할 일이 없어 무료한 90세 노인이 될 수도 있다. 이것은 웃고 시작하겠지만, 가슴 먹먹해지면서 끝을 맺을지 모르는 상당히 심각한 이야기이다.

| 〈꽃보다 할배〉 할아버지 4총사의 귀환 |

2008년 KTF 광고 속에 등장한 100세 노인은 호기심의 대상이었지만, 작금 현실 속의 노인은 이미 80세 시대를 넘어 90세 시대를 향해 나아가고 있다. 머잖아 곧 진짜 100세 시대가 열릴 것이다. 그래서 이젠 80세 노인에게 노인 소리를 함부로 붙일 수 없는 시대가 되었다. 어쨌든 잘생기고 잘나가는 중년을 미중년이라고 하듯, 자기 관리를 잘해서 노년에 잘나가는 미노년 시대가 찾아온 것만은 분명한 사실이다.

2013년 하반기부터 방송될 때마다 세간을 뜨겁게 달구었던 텔레비전 프로그램 하나가 있다. 케이블 채널의 프로그램으로서 드물게 높은 시청률을 기록한 〈꽃보다 할배〉이다. 〈꽃보다 할배〉는 텔레비전 인기 드라마 〈꽃보다 남자〉에서 착안한 할아버지 4총사의 배낭여행 프로젝트 프로그램이다.

이 프로그램에는 원로 연기자 이순재, 신구, 박근형, 백일섭이 등장한다. 이 네 사람의 할아버지 연기자들은 20대 대학생들이나 할 법한 해외 배낭여행을 떠난다. 해외 여행지는 프랑스와 스위스, 대만, 그리고 그리스이다. 지나가는 사람들을 붙들고 물어봐도 모두 다 알 만한 유명 연기자들이고, 누구라도 한 번 가보고 싶은 여행지들이다.

개성 강한 네 명의 출연자들은 새로운 환경에서 좌충우돌하면서, 소소한 웃음을 자아내게 했다. 재미있는 사실은 네 명의 출연자들을 돕는 또 한 명의 히든카드가 있었는데, 그 사람은 아들 또래의 젊은 연기자 이서진이었다. 70대 연기자들 사이를 오고가며, 시중도 들고 안내도 하는 40대 이서진은 시대감각이 무뎌진 노년들의 현실 연착륙을 돕는 역할을 충실히 수행해냈다. 이서진은 2015년 그리스 편에서는 최지우와 함께 달달한 러브라인까지 만들어내서, 시청률 상승에 한몫을 더했다.

〈꽃보다 할배〉는 개연성이 충분한 프로그램이다. 7,80대의 해외여행은 이제 특별히 새로울 것도 없는 일이다. 실제로 해외여행에 익숙하지 않은 노인들을 위해서는 3,40대 관광 가이드가 따라붙기도 한다. 그래서 〈꽃보다 할배〉는 이미 현실 속에서 일상이 된 노인들의 해외여행기이다. 방송이 나간 이후에, 시중의 여행사에서 '꽃보다 할배'라는 제목을 붙인 노인 대상 여행상품이 생겼다는 사실에서도 알 수 있듯이 7,80대의 해외여행은 이제 자연스러운 추세가 되었다.

어쨌든 〈꽃보다 할배〉의 출연진을 한번 살펴보면, 맏형이라는 말보다는 맏노인이라는 표현이 더 어울릴 것 같은 80세의 이순재는 노인 연기자의 대표주자이다. 연기활동은 물론이고, 대학에서 후학들을 가르치고 있는 이순재의 활동량은 4,50대 전성시대 못지않다. 현재의 활동 추세라면, 여덟 살 연상의 88세 방송진행자 송해를 이어 100세 연기자 시대를 개막하는 주인공이 될 것도 같다.

그 외에도 한두 살씩 어린 신구, 박근형, 백일섭도 마찬가지이다. 70대라는 사회적 고정관념을 깨기에 충분한 방송활동을 하고 있는 인물들이다. 일주일 남짓한 촬영기간을 끝까지 채울 수 없어, 여행 중간에 아쉬움을 뒤로하고 각자 방송 스케줄로 떠날 정도로 바쁜 사람들이다. 2,30대 연기자들보다 더 바쁜 모습이다.

아직도 소주 한 병씩 반주를 해야 직성이 풀린다는 건강한 체력의 신구, 연기는 물론 프로그램 MC까지 맡고 있는 박근형, 소박한 우리 이웃 아저씨 같은 연기를 계속해서 선보이는 백일섭까지, 〈꽃보다 할배〉의 할아버지 4총사는 70대 청춘, 80대 중년이라는 새로운 사회적 분위기를 알려주는 시금석이라고 할 수 있다.

퇴직 후 30년을 이야기하기에 앞서, 다시 한 번 우리 주변의 사회적 노령화를 거론해야 하는 이유가 바로 여기에 있다. 체력적으로나 능력적으로 결코 4,50대에 뒤지지 않는 7,80대가 점점 늘어간다는 사실이다. 자기 관리만 철저히 하면, 나이가 들어도 여전히 사회에서 도태되지 않고 젊은이들과 경쟁할 수 있는 세상이 온 것이다.

그래서 요즘은 젊은이와 늙은이의 개념이 바뀌고 있다. 예전에는 젊고 늙음의 기준이 나이였지만, 지금은 일을 하느냐 안 하느냐가 노소의 기준이 되는 것 같다. 나이가 많아도 사회활동을 하면 젊은이이고, 나이가 적어도 사회에서 도태되면 늙은이가 되는 것이다. 그러므로 노후 준비만 철저히 한다면, 〈꽃보다 할배〉의 할아버지 4총사보다 더 건강하게 나이 들어 갈 수 있는 세상이 되었다.

우리만의 문제가 아니다

| 88세의 일본인 일용직 청소부 |

평균수명 100세 시대는 기대 반, 두려움 반이다. 과학기술의 발전은 아무도 경험해보지 못한 새로운 세상을 허락할 것이 틀림없다. 그렇지만 다른 한편으로는 질병과 빈곤에 무방비 상태로 노출될 수 있다는 불안감을 제공하기도 한다.

이유는 단 한 가지. 돈도 없고 건강도 없으면, 사회가 발전하든 말든 자신과는 관계가 없기 때문이다.

2009년 여름, 일본에 출장을 갔을 때의 일이다. 일본 동료들과 반주를 겸한 식사를 위해 단란주점을 찾았다. 일본 동료들이 술이나 노래를 즐기지 않는 나를 이끌고 굳이 단란주점으로 안내한 까닭은 자신들이 알고 있는 한국 노래 몇 곡을 부르고 싶었기 때문이었다.

하지만 피곤에 지친 내 입장에서는 회식자리도 업무로만 느껴질 뿐이었다.

인사치레로 내게 두어 번 권유했던 일본 동료들은 번갈아가면서 한국 노래를 불러댔다. 일본 동료들은 열심히 연습한 한국 노래를 내 앞에서 부르고, 칭찬을 받고 싶어 하는 모습이 역력했다. 그래서 나는 일본 동료들의 노래가 끝날 때마다 박수부대를 자청했다. 그렇게 30분쯤 흘렀을까?

그때 달랑 테이블 두 개만 있는 단란주점에서, 일본 동료들이 옆자리에 있던 노인 네 명을 의식하기 시작했다.

노래 부를 생각은 않고, 오로지 일본 동료들이 노래를 끝마칠 때마다 성심껏 박수만 쳐대던 노인들. 친절하고 예의바른 일본인이라지만, 지나칠 정도로 깍듯한 모습이었다. 그러자 뒤늦게 이런 노인들의 태도를 의식한 일본 동료들이 왕년에 유행하던 노래 한 곡조를 부탁했지만, 노래는 젊었을 때 부를 만큼 불렀다는 노인들의 대답만 얻어들었을 뿐이었다.

'노래는 젊었을 때 부를 만큼 불렀다고?'

답변이 재미있어서, 나는 노인들에 대한 호기심이 일었다. 그런 호기심은 나만 가진 것이 아니었다. 노인들에게 노래를 청한 일본 동료들도 같은 생각 같았다.

그래서 일본 동료가 그중 한 명에게 조심스레 나이를 묻자, 놀랍게도 최고령 88세를 필두로, 86세가 한 분, 그리고 82세가 두 분이었다. 패스트푸드 레스토랑에서 일주일에 네 번, 네 시간씩 근무를 하는 직장 동료들이라는 것이었다. 하루 벌어서 하루 쓰는 '하루살이 인생'이라면서, 껄껄 웃는 노인들. 꾸밈없는 미소를 지으며 즐겁게 일하고, 맥주 한 병에 곁들여 간단한 식사를 하는 것이 노년의 행복이라 말하는 모습에서 진심이 느껴졌다.

그제야 일본 동료들도 나와 같은 느낌이 들었는지 노인들에 대해 관심을 갖고, 질문을 쏟아 부었다. 전직이 무엇인지 묻자, 놀랍게도 88세 노인은 동경대 공대 교수 출신이었고, 86세 노인은 외국계 대기업 부사장 출신이었다. 그리고 나머지 두 노인도 대기업 간부와 전직 교사 출신이었다.

노인들의 근로도 놀라운 일이었지만, 노인들의 전직도 충격이었다. 과거에 무슨 부귀영화를 누렸었건, 퇴직 20년 뒤에는 모두 쓸모없는 과거지사일 뿐이었다. 준비 없이 오래 살게 되면, 생활을 위해서 무엇이든 해야 하기 때문이었다. 고령화 시대는 아무도 경험하지 못한 새로운 시대로 모두 함께 돌진하는 것을 의미한다.

| 85세 종업원이 당연한 나라, 미국 |

미국이 진정한 선진국이라는 것은 적극적으로 활동하는 노인들을 보면서 확인했다. 미국은 노인들에 대한 편견도, 큰 우대도 없었다. 미국에서 노인은 그냥 나이 많은 사람일 뿐이었다. 수정 헌법에 어떻게 명시되어 있는지 정확히 확인해봐야 알겠지만, 미국은 인종이나 성별에 차이를 두지 않으려는 것처럼 연령의 차이도 두지 않으려는 것 같았다.

2010년 7월 말, 미국 캘리포니아의 로스앤젤레스를 방문했다. 논문 작업을 위해서, 미국의 한 대학 연구소를 찾은 길이었다.

목적은 대학 연구소의 연구자 면담과 자료 수집이었으므로, 주중에는 쉴 틈도 없이 분주하게 연구소를 돌아다녔다. 그리고 겨우 주말이 되어서야 조촐하게 쇼핑할 수 있는 시간을 낼 수 있었다. 한국에도 이미 여러 군데 매장을 열어놓아서 낯설지 않은 대형 아웃렛이었다.

나는 정신 줄을 놓는다는 표현을 그때 처음 경험했다. 특정 기념일 할인에 일정 액수 초과 할인 등이 더해지면서, 옷을 많이 사면 살수록 평균 단가가 내려가는 특이한 경험을 하게 된 것이다. 쇼핑 천국 미국다웠다. 결국 나도 미국 소비주의의 마법에 홀려, 필요 이상의 과소비를 하게 되었다.

평소 입고 싶었던 청바지 상점에 들렀더니, 때마침 '한 벌 사면 한 벌 더' 제도를 운용하고 있었다. 100달러짜리 청바지를 60달러에 파는데, 한 벌 값으로 두 벌을 준다는 것이었다. 한 벌당 단가를 따져보니 30달러, 우리 돈으로 겨우 3만 원 남짓이었다. 최고급 청바지가 3만 원이라면, 거의 거저 주는 셈이었다.

이런 절호의 기회가 어디 있나 싶어서, 나는 종류별로 다양한 청바지를 입고 벗고를 반복했다. 바지통이 좁은 것에서부터 넓은 것, 천이 얇은 것과 두꺼운 것, 로고가 있는 것과 없는 것 등 정말로 가지각색의 청바지들이 있었다. 미국의 소비 산업은 그렇게 사람을 들뜨게 만들어서 돈을 쓰게 만든다는 사실을 익히 알고 있었지만, 알고도 속는 것이 바로 미국식 상술이었다.

그렇게 들떠서 청바지를 이것저것 갈아입다가, 문득 누군가가 내 뒤를 따라다니고 있다는 직감이 들었다. 외모로는 나이를 짐작하기 어려웠지만, 적지 않은 연세의 흑인 할아버지였다. 그 할아버지는 내가 청바지를 집어 들고 피팅룸으로 들어가면 지켜보고 있다가, 옷을 가지고 다시 돌아와 판매대 위에 올려놓으면 곱게 접어 정리를 하는 것이었다.

나는 뒤늦게 할아버지를 불편하게 해드렸다는 생각이 들어, 공연히 미안한 마음이 되었다. 그래서 잔뜩 미안한 표정을 지으며, 할아버지에게 "죄송합니다."라고 인사를 했다. 그랬더니 할아버지가 "뭐가 미안해? 너는 네 돈을 쓰는 거고, 나는 내 일을 하는 건데.(Why sorry? You spent your money, I did my work.)"라고 간단하게 이야기를 하는 것이었다. 얼굴에 웃음을 짓지 않았다면, 화가 난 줄로 오해했을 정도로 간단한 말투였다. 할아버지는 긴장한 내 등을 툭 치며, 계속 옷을 갈아입어 보라고 했다.

딱히 할 일도 없던 터라, 흑인 할아버지를 붙들고 10여 분 남짓 이야기를 나눴다. 흑인 할아버지는 내게 '자신은 85세이며, 뉴욕에서 박물관 경비원으로 일하다가 25년 전에 노후 생활을 즐기기 위해 아내와 함께 캘리포니아로 이주를 해왔고, 시간이 너무 남아돌아 아웃렛의 청바지 코너에서 하루 네 시간 정도씩 파트타임 일을 하고 있다'고 했다. 여간해서는 사적인 이야기를 잘 꺼내지 않는 미국 사람들이라고 알고 있었는데, 흑인 할아버지는 한국이라는 나라에서 온 중년 사내인 내게 자기 자신에 대해서 거부감 없이 소개해주었다.

한국에 돌아온 뒤에도 "너는 네 돈을 쓰는 거고, 나는 내 일을 하는 건데."라는 말이 한동안 귓전을 맴돌았다. 우리라면 상상하기도 힘든 표현이었다. 흑인 할아버지는 "너처럼 젊은이가 돈을 쓰니까, 나처럼 나이든 노인이 할 일이 있다"는 말을 그렇게 간단히 표현했던 것이다. 80대에도 일을 하는 것이 자연스러울 수 있는 나라가 미국이고, 미국 노인들은 일하는 것을 당연하게 여기고 있었다.

| 노인 전성시대, 영국 |

노인들이 일하는 곳은 일본과 미국뿐만이 아니었다. 2012년 10월 말, 지구를 반 바퀴나 돌아서 날아간 영국에서도 소위 노익장이 한창이었다. 영국은 전 세계가 고령화 시대로 진입했음을 다시 한 번 확인시켜주는 산 증거의 나라였다.

BBC에 출장을 갔을 때는, 일주일 내내 해를 보지 못한 우중충한 날씨가 계속되는 늦가을이었다.

당시는 대니얼 크레이그가 주연을 맡은 〈007 스카이폴〉이 막 개봉되었을 때였다. 거리마다 영화 개봉을 알리는 현수막이 나붙어 있었고, 텔레비전에서도 온통 〈007 스카이폴〉 이야기로 떠들썩했다. 마침 한때 BBC의 어린이 프로그램 진행자였던 지미 새빌의 어린이 성추행 사건이 폭로되던 시점이었다. 그럼에도 불구하고 BBC에서는 연일 〈007 스카이폴〉 개봉을 비중 있게 다루었다. 시청자들의 관심과 시선을 어린이 성추행 사건으로부터 딴 데로 돌리기 위한 대안이지 않았을까 싶다.

어느 날 아침 방송에, 〈007 스카이폴〉에서 007의 상관 M 역을 맡았던 배우인 주디 덴치의 인터뷰가 나왔다. 거의 한 시간 가까운 단독 인터뷰였다. 주디 덴치는 영화 속 자신의 배역인 M의 죽음에 대해, 영국 여왕을 상징하는 강한 여인 M의 죽음을 받아들이기 힘들었다고 말했다. 그러나 이내 주디 덴치는 현실을 인정했다. 왜냐하면 제작진이 아무리 주디 덴치에게 애정을 가졌더라도, 78세의 주디 덴치가 다음 007 영화 제작 때까지 살아 있으리라는 보장이 없었기 때문이다.

그즈음 영국에서는 즉위 60년을 맞은 엘리자베스 여왕의 용퇴에 대한 말이 나오고 있었다. 1952년 여왕에 즉위해서 무려 60년간이나 대영제국을 이끌어온 엘리자베스 2세. 강한 영국보다 노쇠한 영국의 이미지가 흘러나온다는 비판의 목소리가 나오고 있었지만, 그렇다고 두 눈 시퍼렇게 뜨고 있는 여왕을 물러나게 할 수도 없었다. 그래서 겸사겸사 강한 영국의 상징인 M을 극중에서 사망 처리한 것 같았다.

주디 덴치는 〈베스트 엑조틱 메리골드 호텔〉이라는 영화에도 등장한다. 이 영화는 일곱 노인의 은퇴 이후의 생활을 그려낸 작품이다. 과거 식민지였던 인도의 베스트 엑조틱 메리골드 호텔에서 죽음을 기다리는 일곱 노인 가운데 한 명이 주디 덴치였다.

영화 속의 무기력한 모습과는 달리, 2014년 80세가 된 주디 덴치는 활발한 활동을 펼치고 있다. 2013년에는 〈필로미나의 기적〉에서 주인공 필로미나 역을 멋지게 소화해 아카데미 여우주연상 후보에까지 이름을 올렸다. 물론 아쉽게도 아카데미상을 수상하지는 못했지만, 주디 덴치는 이 영화로 2014년 런던비평가협회상 영국여우주연상을 수상했다. 또한 각종 방송 프로그램에 출연하며, 예전에 개그맨 박명수가 자주 사용하던 표현처럼 '제8의 전성기'를 구가하고 있다.

노화의 문제는 엘리자베스 2세나 주디 덴치 같은 유명인만이 아니라, 런던의 대형 쇼핑센터 웨스트필드에서 청소를 하는 인도 출신 노인 노동자들도 경험하는 문제이다. 유명인이든, 일반인이든 누구나 나이를 먹으면 늙게 되고, 늙는 것은 결코 행복하거나 즐거운 일이 아니다. 그렇다고 나이를 먹지 않을 수도 없고 늙지 않을 수도 없으니, 자연스러운 일로 받아들일 수밖에 없다.

문제는 평균수명 100세 시대의 생존법이다. 전 세계에 찾아온 100세 장수시대는 다른 말로 바꾸면, 노인 노동시대의 시작이라고 해석할 수도 있다. 100세를 맞았다고 정부에서 충분한 노령수당을 제공해주는 것도 아니므로, 죽기 전까지 일을 하지 않으면 안 되는 상황이 된 것이다. 결국 할 수 있는 한 최고로 오래까지 노동 현장에 남아 있어야 하는 것이 100세 시대의 생존법이다. 노인 노동시대는 100세 장수 상황을 맞이한 세계의 모든 나라로 확산되어갈 것임에 틀림없다.

100세 시대를 살아가는 노익장들

| 일본, 국민을 위로하고 국가 위기를 극복하다 |

100세 노인이라고 해서 바깥활동을 하지 않거나, 집에만 틀어박혀 사는 것은 아니다. 이미 우리 주변에 있는 100세 노인들 가운데에는 자신이 속한 사회에 엄청난 영향을 끼치는 노인들이 많다. 100세 인생에서 얻은 경륜과 혜안 때문이다.

2013년 1월 20일, 도쿄 북쪽의 우쓰노미야 시에 사는 101세 할머니가 타계했다. 그러자 이 소식은 순식간에 퍼져나갔고, 일본 열도는 이 할머니의 죽음을 애도하며 술렁였다. 텔레비전에는 매시간 할머니 관련 보도가 쏟아져 나왔고, 신문과 잡지에는 할머니 특집 기사가 소개되었다. 이 할머니가 도대체 어떤 사람이었기에 일본 사회가 그런 반응을 보였던 것일까?

이 할머니의 이름은 시바타 도요. 이 할머니는 99세에 시집 『약해지지 마』를 발표해서, 일본 내에서만 160만 부 판매의 기록을 세웠다. 일본 사회가 이 할머니의 죽음에 깊은 슬픔을 나타낸 것은 바로 이 사실 때문이었다.

약해지지 마

있잖아. 불행하다고 한숨짓지 마
햇살과 산들바람은 한쪽 편만 들지 않아
꿈은 평등하게 꿀 수 있는 거야
나도 괴로운 일이 많았지만
살아 있어 좋았어
너도 약해지지 마

이 짧은 시가 일본 사회를 감동시킨 이유는 이 시가 2011년에 발표되었기 때문이었다. 전후 일본에서 최악의 참사라는 동일본 대지진. 2011년 3월 11일에 발생한 이 참사로, 일본 사회는 거의 재기불능이라 할 정도로 침체되었다.

진도 9.5의 동일본 대지진으로 인해서 발생된 실종자와 희생자는 2만여 명이었고, 피난 주민은 33만 명이었다. 우리나라의 원주쯤 해당되는 지역 하나가 완전히 붕괴되어버린 것이다. 인명 피해가 이 정도이니, 재산 피해를 산출하는 것은 거의 불가능할 지경이었다.

바로 이때 세간에 화제가 된 시집이 『약해지지 마』였다. 99세의 할머니가 썼다는 사실과 함께, 동일본 대지진의 충격으로 크나큰 슬픔에 빠진 일본인들의 상처를 부드럽게 어루만지는 내용이었기 때문이다. 1,2만 부만 팔려도 성공이라는 일본 문학계가 놀랄 정도로, 시바타 도요 할머니의 시집은 160만 부라는 경이적인 판매 부수를 기록했다.

92세에 작법을 배워 시인이 된 시바타 도요 할머니. 99세의 나이에, 일본 사회 전체가 귀를 기울이는 희망의 메시지를 전달했다. 100세 인생의 귀감이라 아니 할 수 없다.

100세에는 못 미쳤지만, 80세 노익장으로 국가의 위기를 극복한 일본의 사례가 하나 더 있다. 일본 국적기를 살린 한 노인의 이야기이다.

일본 경제의 상징으로 부각되던 일본 항공 JAL. 버블 경제가 무너지면서, 몰락의 길을 걷기 시작했다. JAL의 몰락은 일본인들에게 크나큰 충격이었다. JAL은 전후 일본이 세계 경제의 중심축이 되는 동안, 섬나라 일본을 5대양 6대주로 연결해주던 날개였다.

일본의 날개 JAL은 급속하게 침체의 늪으로 빠져 들어갔다. 온갖 방법을 다 동원해보았지만 회생 방법을 찾을 수가 없었다. JAL의 회생은 불가능한 것처럼 보였고, 일본인들은 일본 경제의 침체를 JAL의 몰락에서 확인하고 있었다. 탑승객은 계속 줄어들었고, JAL은 적자가 계속 누적되어서 더 이상 손을 쓸 수 없을 지경에 도달하고 있었다.

2010년 2월, JAL은 결국 주식시장에서 상장 폐지되었다. 2003년 10월 366엔으로 최고 주가를 기록했던 JAL의 주가는 상장폐지 직전 1엔이었다. 이때 하토야마 유키오 총리의 지시로 민관이 공동으로 출자한 'JAL 재생 태스크포스'가 구성되었다. 그리고 JAL의 회생을 한 사람의 손에 맡기기로 결정했다.

그 사람의 이름은 이나모리 가즈오. 일본 경영의 신이라고 불리는 78세 노인이었다. 일본을 대표하는 전자기기 회사 교세라의 설립자이자, 이동통신업체 KDDI의 창업자였다. 당시 이나모리 가즈오는 10년 전인 2001년에 현역에서 물러난 상태였다.

이나모리 가즈오에게 떨어진 특명은 자기자본 비율이 9.3%까지 떨어진 파산직전의 JAL을 되살려 내라는 것이었다. 금융부채만 20조 5천억 원이 넘는 JAL은 'JAL 재생 태스크포스'가 꾸려진 2010년 1분기 적자액만도 1조 3천억 원에 이르렀다. 이나모리 가즈오는 JAL을 살리기 위한 마지막 선택이었다. 이나모리 가즈오까지 무너지면, JAL은 더 이상 회생을 거론할 수 없는 막다른 상황에 몰리게 되는 것이었다.

불세출의 '경영의 신'이라는 은퇴 10년의 이나모리 가즈오가 JAL의 구원투수로 나섰을 때, 사실 일본 정부 내에서도 결과에 대해서는 회의적이었다. 과연 80세에 가까운 이나모리 가즈오가 5,60대 JAL의 전직 경영진들도 해내지 못한 회생 작업을 성공해낼 수 있을지에 대해서 의문을 가지고 있었던 것이다.

이나모리 가즈오는 측근 세 명만 대동하고, 일본 버블 경제를 상징하는 JAL로 뛰어들었다. 그리고 일본 최고의 기업 교세라와 KDDI를 창업하고 관리하던 기업경영전략을 JAL에 이식하기 시작했다. 이나모리 가즈오의 JAL 변화 프로젝트는 서서히 빛을 발하기 시작했고, JAL은 상장폐지 전보다도 높은 수익률을 올려나갔다. 2011년 영업 이익은 JAL 역대 최대인 1,870억 엔이었다.

2012년 3월, JAL은 채무를 완전 청산했고, 2012년 9월에는 일본 증권시장에 다시 상장되었다. JAL 회생 프로젝트를 지휘했던 이나모리 가즈오는 자신의 임무를 마친 뒤, 2013년 3월에 표표히 JAL을 떠났다. 1,155일간의 투쟁은 이나모리 가즈오가 JAL에 투입된 이후 재생시키는 데 소요된 시간이다.

현역에서 은퇴한 지 10년이 다 된 이나모리 가즈오가 JAL을 회생시킬 수 있었던 비결은 바로 현실감이었다. 일선에서 물러나긴 했지만, 경제적 현실감만은 잃지 않고 있었다. 매일 방송과 신문을 통해 일본 경제의 사정을 점검하고 있었고, 후배들에게 물려주긴 했어도 나름대로 위기 대응 능력을 키우며 현실 복귀에 대한 준비를 하고 있었던 것이다.

| 미국, 끊임없이 지식을 충족하고 사랑을 하다 |

100세 노인의 대활약은 일본에만 있는 것이 아니었다. 일본보다 인구가 세 배나 많은 미국에서는 더 놀라운 기록을 가진 사람이 있다.

미국에는 죽을 때까지 강의를 했고, 죽기 직전까지 책을 썼던 사람이 있다. 그 사람은 바로 현대 경영학의 창시자 피터 드러커이다. 1909년에 태어난 피터 드러커는 2005년 95세의 나이로 타계했다. 피터 드러커가 영면한 이후, 세계는 위대한 스승을 잃었다며 탄식했다. 사실이었다. 피터 드러커는 세계를 가르친 위대한 스승이었다.

피터 드러커의 생애는 100세 수명을 누리는 현대인들에게 대단히 이상적인 모델이다. 피터 드러커는 100년의 인생을 어떻게 살아야 하는지, 어떻게 살게 되는지를 단적으로 보여주고 있다.

오스트리아 출신이었던 피터 드러커는 제1차 세계대전 이후 독일로 이주해서 생활하다, 제2차 세계대전 직전 영국으로 건너가 생활을 했고, 이어서 미국으로 이민했다. 100년을 살게 되면, 한두 번쯤 국적이 바뀔 수 있는 현대인의 처지를 뚜렷이 보여주는 사례이다.

피터 드러커는 직업도 여러 차례 바꿨다. 오스트리아와 독일에서 무역회사와 금융회사, 신문사에 근무했던 피터 드러커는 법대에 들어가서 법학박사 학위를 취득했다. 이후 런던에서 보험회사 분석가와 은행원 생활을 했고, 미국으로 건너가서는 대학교수로 활동했다.

피터 드러커는 전공도 몇 차례 바꿨다. 독일에서 법학을 공부했던 피터 드러커는 제2차 세계대전 직전 영국에서 일할 때, 케인즈 밑에서 경제학을 공부했다. 그리고 미국으로 건너가서는 1949년부터 본격적으로 경영학을 가르쳤다.

피터 드러커가 가르치면서 옮긴 대학만 해도 여러 군데이다. 미국 대학만 따져도, 1942년 베닝턴 대학에서 7년간 교수로 재직했고, 1949년부터는 뉴욕 대학교에서 퇴직을 했으며, 1971년부터는 석좌교수로 캘리포니아 클레어몬트 대학교에서 강의를 시작해서, 2002년까지 강의를 계속했다. 물론 피터 드러커는 대학교수 생활을 마친 뒤에도, 타계하기 전까지 3년 동안 공적 사회활동과 공개강의 등을 계속했다.

피터 드러커는 제2차 세계대전 직후에는 유럽의 재건 계획인 미국의 마샬 프로그램의 성공적 정착을 위해서 조언을 했고, 역대 미국 대통령들의 통치 과정에 지속적으로 효과적인 제안들을 해왔다. 또한 미국 이외의 국가들에도 적절한 조언들을 해온 것으로 알려지고 있다.

법학자, 경제학자, 경영학자였던 피터 드러커는 무수한 기업들의 고문으로, 조언자로 활동하기도 했다. 그리고 세계가 주목할 만한 35권의 기념비적인 저작물들을 출간했다. 스스로 고안해서 창조한 지식노동자는 피터 드러커 스스로에게 부합되는 직업적 개념이었다.

놀라운 것은 동서고금의 모든 지식과 기술, 인류의 업적을 연구하며 분석한 책은 35권이었지만, 피터 드러커를 연구한 책은 세계적으로 수천, 수만 권에 이른다는 사실이다. 학계에서는 '현대 경영학은 피터 드러커학으로 대체할 수 있다'고 말하고 있기까지 하다. 95세로 타계한 피터 드러커는 분명히 21세기 인류가 맞이한 100세 시대를 예단한 선각자이며 선구자임에 틀림없다.

피터 드러커가 한 세기 가까운 시대를 향유하며, 세계를 가르칠 수 있었던 힘은 오직 한 가지뿐이었다. 세상을 가르칠 수 있는 지식을 끊임없이 충족시켰기 때문이다.

80세, 90세가 되면 죽을 날만을 기다리며 살 것이라고 생각하는 것은 큰 오산이다. 80세에도 노동을 하고, 90세에도 이혼과 결혼을 한다.

1966년 〈황야의 무법자〉로 세계적인 명성을 얻은 미국 영화배우

클린트 이스트우드. 2012년에 〈내 인생의 마지막 변화구〉라는 영화를 제작하며 주연을 맡기도 했고, 〈캐스팅 바이〉라는 영화에 주연, 〈스타 탄생〉을 감독하기도 했던 클린트 이스트우드가 2013년에는 잠잠했다.

2013년에 한 일이라고는 자신의 영화 〈용서받지 못한 자〉를 일본에 원작 판매한 것밖에 없었다. 2014년에도 〈저지 보이스〉라는 뮤지컬 영화의 연출을 예약해놓은 상태에서, 유독 2013년 한 해만 영화 이력이 빠진 것은 이상한 일이다.

그런데 그럴 만한 이유가 있었다. 클린트 이스트우드에게 일보다 더 바쁜 상황이 생긴 것이었다. 새로운 여자와 연애를 하느라, 영화를 찍을 틈이 없었던 것이다.

1955년, 25세의 나이에 〈타란튤라〉라는 영화로 데뷔한 이래, 매년 한 해도 거르지 않고 87편의 영화에 출연, 각본, 감독, 제작을 해온 클린트 이스트우드는 그동안 85세라는 고령에 이르도록 왕성하게 활동을 해왔다.

미국 공화당 지지자라는 사실을 떳떳하게 밝히고, 버락 오바마 대통령의 통치방식에도 불편한 심기를 거침없이 내비치는 노익장 클린트 이스트우드는 사생활에서도 역시 주저함이 없다. 자신보다 35세나 어린 아내 디나 이스트우드를 뒤로하고, 아내보다 한 살 어린 에리카 톰린스 피셔와 연애를 시작한 것이다.

미국 언론들은 클린트 이스트우드의 아내 디나 이스트우드가 이혼 소송을 제기한 것에서부터, 에리카 톰린스 피셔와 약혼을 한 것까지 소상하게 보도하고 있다. 딸 또래인 아내 디나 이스트우드와의

17년간의 결혼 생활에 종지부를 찍을 만큼, 에리카 톰린스 피셔에 대한 클린트 이스트우드의 사랑은 지대하다고 보도하고 있다.

사실 클린트 이스트우드의 여성 편력은 영화 이력만큼이나 화려하다. 물론 그 무수한 여성 편력을 다 소개할 수는 없고, 그럴 필요도 없다. 그것은 인터넷을 뒤져보면 누구나 알 수 있는, 철저히 공개된 사생활이기 때문이다. 중요한 것은 클린트 이스트우드가 85세의 나이에도 불구하고, 40대 초반의 여성들에게도 성적 호감을 불러일으키는 매력을 지니고 있다는 점이다.

1930년생인 클린트 이스트우드는 80세 전후부터 오히려 이전보다 더 깊이 있는 영화들을 만들어냈다. 남아프리카 공화국의 넬슨 만델라 대통령과 관련된 〈우리가 꿈꾸는 기적 - 인터빅스〉를 79세에 출연, 제작했고, 이듬해인 2010년에는 영적 세계를 다룬 〈히어 애프터〉의 음악, 연출, 제작을 맡았다. 그리고 2011년에는 FBI의 설립자 에드가 존 후버의 실화를 다룬 〈제이, 에드가〉를 연출했다.

60년 영화 인생을 통해서, 수없이 많은 배우들에게 아카데미상을 탈 기회를 제공해 왔으면서도, 본인은 정작 아카데미 연기상을 받지 못했던 클린트 이스트우드. 그렇지만 클린트 이스트우드에게도 62세인 1992년과 63세인 1993년에 감독상과 제작상이 주어졌다. 가장 미국적인 배우 겸 감독에 대한 찬사와 환호가 60세 이후에 찾아온 것은, 그 이후로 20년 이상 이어질 영화 인생에 대한 기대와 격려인 것 같다.

나이 든다고 일에서 물러나고, 사랑도 멀어지는 것은 아니다. 준비하고 노력하면, 일과 사랑 모두 성취할 수 있다. 준비된 사람에게는 매력이 넘쳐나고, 매력은 나이와 관련이 없는 것이다.

| 한국, 철저한 자기 관리와 새로움에 도전한다 |

자의건, 타의건 40대 은퇴도 흔한 요즘 세상에, 93세에 은퇴를 한 사람이 있다. 믿어지지 않는 일이지만 사실이다. 물론 은퇴 역시 당사자가 스스로 결정한 일이었다.

이야기의 주인공은 23세에 의사가 되어서 93세까지 70년간 환자를 돌본 김응진 선생이다. 한국 현대의학의 발전을 자신의 건강한 모습으로 몸소 보여준 사례이자, 사람이 건강하고 능력만 있으면 평생 자신의 소명을 감당할 수 있다는 증거이다.

2009년 2월 25일 을지병원 의무원장에서 물러난 김응진 선생은 사실 첫 번째가 아니라, 두 번째 은퇴를 한 것이다. 첫 번째 은퇴는 1946년부터 35년간 재직한 서울대학교 의과대학에서 1981년 65세로 정년퇴직을 한 것이었다.

김응진 선생은 그 후 신생 의과대학인 을지의대 부속병원 병원장으로 취임해서 27년간을 더 재직했다. 대학교수 생활 60년은 유례를 찾아볼 수 없는 신기록이다. 교수로 채용되기 전에 수련의와 전문의, 전임의를 10년 한 것까지 도합 70년간의 의사 생활을 할 수 있었던 것은 천수를 누린 것과 함께, 무수한 환자를 살리면서 천복을 얻은 것이라고밖에 달리 표현할 말이 없다.

김응진 선생의 은퇴와 관련해서, 을지의대에서는 순전히 선생 스스로 은퇴를 선택했다는 사실을 밝혔다. 후배들이 자신의 뒤를 잘 이어줄 것으로 믿고, 김응진 자신이 노령을 고려해서 일선에서 물러설 용단을 내렸다는 말이었다.

김응진 선생은 당뇨병 연구의 전문가이다. 1968년에 동료 의사 열두 명과 함께 대한당뇨병학회를 창립해서 회장으로 취임했다. 그리고 선진국병으로 알려진 당뇨병 연구에 반세기를 바쳤다. 1950년대 후반 미국 유학 중에 접한 당뇨병의 실태를 통해, 당뇨병이 한국의 중요한 미래 질환이 될 것을 예감했기 때문이었다.

김응진 선생은 자진 은퇴 직전까지 매일 아침 여섯 시 30분까지 병원에 출근해서, 하루 40명 이상의 외래환자를 돌봐 왔다. 서울대 병원에서 반세기 전에 행한 진료 기록은 이미 없어진 터라 확인할 수 없지만, 김응진 선생은 을지병원에서만 30만 명 이상의 환자를 진료한 것으로 알려져 있다.

김응진 선생은 환자의 건강을 살피기 전에 자기 자신이 먼저 건강한 사람이었다. 철저한 자기 관리와 운동습관으로 90세 직전까지 골프를 즐겼고, 은퇴 즈음까지 테니스와 두 시간 정도의 산책을 다녔다. 건강한 의사가 환자를 건강하게 만들 수 있다는 신념을 가지고 있었기 때문이었다.

김응진 선생은 가정 관리 면에서도 탁월했다. 충남의대 내과 교수인 장남 영건씨와 자신과 같은 을지의대 내과 교수인 손녀 현진씨도 함께 당뇨병을 전공해, 3대가 한 길을 걸었다. 대를 이어 사람을 살리는 일을 하는 것도 흔치 않지만, 3대를 이어 같은 전공의 의사가 되는 것은 더더욱 쉽지 않은 일임에도, 김응진 선생은 그런 축복을 누렸다.

물론 의사라는 전문직업의 특수성으로 인해서, 개업의의 경우에는 70세, 80세에도 환자를 볼 수는 있다. 그렇지만 의과대학 교수의 경우에는 명성만으로는 90세를 넘겨서까지 환자를 진료하기가 쉽지 않다. 교수직을 유지할 수 있는 조건을 충족시켜야만 가능하기 때문이다.

100세 인생을 살기 위해서는 직업이 여러 개가 될 수도 있다. 또 직장도 여러 군데로 바뀔 수가 있다. 그렇지만 그런 것을 두려워해서는 안 된다. 100세가 될 때까지 일할 기회를 부여받는 것만으로도 감사한 일이기 때문이다.

80대가 되었는데도 지치지 않는 인생이 있다. 그리고 여전히 현역을 고수하고 있다. 한국의 대표적인 지성 이어령 박사이다. 이어령 박사는 박사 넘치는 현대 사회에서 진짜 박사 같은 박사이다. 이어령 박사는 동서고금을 뛰어넘어 문학과 이학을 오고가는, 말 그대로 무불통지(無不通知)이다.

그런 이어령 박사가 2015년 6월에 또 한 권의 화제작을 선보였다. 『딸에게 보내는 굿나잇 키스』라는 산문집이다. 중앙일보 고문에, 동아시아문화도시 조직위원회 명예위원장을 겸직하고 있는 이어령 박사는 2014년 10월에도 『뜨자, 날자 한국인』이라는 어린이 입문서를 출간했었다.

2012년에 『우물을 파는 사람』과 『지성과 영성의 만남』을 발표했던 이어령 박사는 그 전에도 계속 화제작을 뿌렸었다. 물론 그 사이

사이에도 무수한 저서들을 발표했고, 이어령 박사 스스로 밝힌 것처럼 반세기 스테디셀러인 『저 흙 속에 저 바람 속에』와 같은 명저도 있다.

어쩌면 이어령 박사는 자신이 펴낸 저서가 모두 몇 권이나 되는지 정확히 알지 못할 수도 있다. 조판이나 장정을 바꿔서 재출간된 책들이 워낙 많아서, 전집을 만들고도 남을 책들이 무수하기 때문이다.

서울대학교와 대학원을 졸업하고, 경기고등학교 교사를 시작으로 단국대 강사, 이화여대 교수, 문학사상 주간, 문화부 장관도 지냈고, 교수 은퇴 뒤에는 곧바로 중앙일보 고문까지 지냈으니, 이어령 박사는 학자가 할 수 있는 직업은 대부분 다 거쳤다고 할 수 있다. 거기에 소설가와 비평가 등도 겸했으므로, 말 그대로 다방면에 다재를 보인 천재였다.

이어령 박사의 은퇴 시기는 아무도 예단할 수 없다. 아마 이어령 박사의 은퇴를 논할 수 있는 사람은 한국 사회에 없을 것이다. 이어령 박사가 가진 사회적 영향력이나 체면 때문에 은퇴 이야기를 꺼낼 수 없는 것이 아니다. 그의 지적 탐색이 젊은 세대의 어느 누구에게도 뒤지지 않기 때문이다.

나이가 들어서 은퇴해야 한다는 주장은 이어령 박사에게는 결코 통하지 않는 말이다. 이어령 박사의 은퇴를 종용하기 위해서는, '당신의 사고가 더 이상 경쟁력을 가질 수 없을 정도로 낡았소'라고 이야기를 할 수 있어야 한다. 그래야만 은퇴를 망설이는 이어령 박사를 설득할 수 있을 것이다.

그렇지만 그런 말을 할 수 있을 만큼 창의적이거나, 당당한 지식인은 아직 많지 않은 것 같다. 이어령 박사가 발표하는 많은 저서들이 여전히 세간의 화제가 되고 있으며, 언론 역시 이어령 박사에게 우호적이기 때문이다. 인심 인색하기가 손바닥 바꾸기보다 더 빠른 언론들이 이어령 박사를 여전히 우대하는 이유도 대중들의 기호와 무관하지 않다.

80대 청춘 이어령 박사는 어떻게 나이 들어야 하는지를 잘 보여주고 있다. 이어령 박사는 아마도 나이가 들었다는 생각을 전혀 하고 있지 않을 수도 있다. 100세 시대에 살아남는 길은 이어령 박사처럼 나이와 무관하게 항상 싱싱하고도 도전적이어야 한다.

죽기 전까지 일해야 하는 시대

| 탁월한 기량으로 순발력과 현실감을 길러라 |

자신이 해오던 일을 계속하면서 나이가 드는 것은 드문 행운이다. 열정과 의지에 관계없이, 일에서 소외되는 것이 일반적인 현실이기 때문이다. 직장에 다니는 사람은 고액 연봉으로 인해서, 사업을 하는 사람은 떨어지는 감각에 따라서, 전문직에 종사하는 사람은 기능의 퇴보 때문에, 해오던 일을 어쩔 수 없이 놓게 된다.

70세, 80세가 되도록 계속 일을 하는 것도 좋지만, 젊어서 하던 일을 쉬지 않고 할 수만 있다면 더할 나위 없이 바람직스러울 것이다. 그래서 사람들은 각자 자신의 역량을 갈고 닦아 보지만, 세월의 흐름을 막기는 쉽지 않다.

하지만 조정래는 다르다. 나이가 들수록 더 원숙해지고, 심오한 세계를 파헤치고 있다. 할 줄 아는 것이 글 쓰는 일밖에 없는 조정래는 70대에도 여전히 현역으로 창작활동을 계속하고 있다. 매년 무수하게 쏟아져 나왔다가 빛도 이름도 없이 사라지는 후배 작가들 사이에서도, 조정래라는 이름은 40년 넘게 독자들의 뇌리에서 떠나지 않고 있다.

2013년 여름, 조정래는 『정글만리』라는 대하소설을 들고 나타났다. 14억 인구의 중국을 상대로 펼치는 한국인들의 경제전쟁을 소재로 한 이 작품은 독서계를 강타했다. 그리고 불황의 연속이라는 독서시장에서 장기 베스트셀러로 부상했다.

놀라운 것은 조정래가 『정글만리』를 네이버 포털을 통해서 연재했다는 사실이었다. 신문이나 문학잡지가 아니라, 새로운 독서 트렌드로 자리 잡은 포털 사이트에 소설을 연재한 것은 혁신적인 방법이었다. 이전에도 여러 작가들이 비슷한 시도를 했지만, 조정래만큼 충격적이지는 않았다.

조정래는 중국이라는 핫이슈를 인터넷 포털이라는 최신 트렌드에 맞춰 발표한 것이었다. 실시간 독자 반응을 곧바로 알게 해주는 인터넷은 70세 작가에게 무척 부담스러웠을 것이다. 『태백산맥』『한강』『아리랑』 등으로, 돈과 명예를 동시에 거머쥔 조정래가 굳이 인터넷에다 신작소설을 발표할 필요는 없었다. 인터넷은 격이 떨어지는 매체처럼 느껴졌고, 문학이 지닌 숭고한 창작정신을 헐값으로 팔아넘기는 것 같았기 때문이었다.

그런데도 조정래는 동시대의 작가들이 최전선에서 물러난 2013년 3월, 과감하게 인터넷 포털에 『정글만리』를 연재했다. 그리고 1

천2백만 페이지뷰와 수만여 건의 댓글 반응을 받아가며, 2013년 7월 단행본으로 출간했다. 『정글만리』는 6개월도 안 되어서 100만 부 판매를 돌파하는 대성공을 거두었다.

현실감각이 뛰어난 젊은 작가들에게도 버거운 100만 부 판매의 기록을 70세 노작가가 어떻게 달성해낼 수 있었던 것일까? 조정래의 『정글만리』 출간은 2, 30대 연예인이 주축이 된 〈1박 2일〉 〈무한도전〉 〈러닝맨〉 사이에서 〈꽃보다 할배〉가 두각을 나타낸 것과 같은 비상한 일이다.

『정글만리』와 〈꽃보다 할배〉의 성공 요인은 크게 다르지 않다. 이휘재, 신동엽, 유재석 등의 개그맨 사이에서 〈꽃보다 할배〉의 이순재, 신구, 박근형, 백일섭이 일어선 것은 시청자를 아는 힘이었다. 마찬가지로, 『정글만리』로 100만 독자들을 사로잡은 조정래의 힘은 독자의 욕구를 제대로 파악한 것이었다.

조정래는 평생 대중을 상대로 글 장사를 해온 사람이다. 그래서 독자가 무엇을 읽고 싶은지, 작가가 어떻게 이야기를 해주면 좋은지를 잘 알고 있다. 조정래가 잘 한 일은 독자들이 몰려 있는 인터넷으로 달려갔다는 사실이다. 그것은 후배 작가들도 잘 시도하지 않는 노력이었다. 조정래는 과거에 어떤 책을 펴냈거나, 얼마나 많은 이야기를 가슴에 품었는지가 중요한 것이 아니라는 사실을 깨달았다. 인터넷 시대에 중요한 것은 실시간으로 독자들과 만날 수 있는 힘이었다. 지행합일의 정신으로, 조정래는 곧바로 인터넷에 글 판을 벌였다. 그리고 중국이라는 뜨거운 감자의 얇은 껍질을 벗기는 한국인들의 투지와 기세를 가벼운 필치로 소묘했던 것이다.

| 천재보다 장수, 세계적 거장의 원리 |

『장미의 이름』으로 유명한 이탈리아의 작가 움베르토 에코, 러시아 RT TV에서 토크쇼를 진행하는 미국 앵커 래리 킹, 뉴욕 패션쇼의 런웨이를 걷는 미국 모델 카르멘 델로피체, 매주 한 번씩 〈전국 노래자랑〉을 진행하는 한국 MC 송해. 이들의 공통점은 80세 이상의 현역이라는 사실이다.

〈어 울프 오브 월스트리트〉 등 세 편의 신작을 최근 발표한 미국 감독 마틴 스콜세지, '로저스 홀딩스'의 창업자인 미국 금융인 짐 로저스, 2013년에 발표된 영화 〈마지막 4중주〉의 음악 감독을 맡은 미국 작곡가 안젤로 바달라멘티, '메종 드 이영희'의 대표인 한복 패션디자이너 이영희. 이들의 공통점도 70세를 훌쩍 넘긴 현역이라는 사실이다.

세계 각국의 각 분야 전문가들이 7, 80대 고령으로 바뀐 것은 이제 새삼스러운 일이 아니다. 요즘 세상의 모든 분야는 20대 신출내기에서부터 80대 장인까지 고루 분포되어 있는 연령 전시장이 되었다. 최고령과 신인의 나이 차이가 60세는 기본이다.

전문 분야뿐만이 아니다. 일반적인 직업의 세계도 마찬가지이다. 세인들의 주목을 받는 전문가들이나 장인들만 부각되어서 그렇지, 실제로 우리 주변에서 활동하는 노인들은 이미 엄청나게 늘어나고 있다. 이것은 우리 사회만의 독특한 상황이 아니라, 인구 고령화에 따른 세계적인 추세이다.

미인박명이나 천재요절과 같은 논리가 설득력을 얻었던 시절이 있었다. 세계대전과 냉전시대를 거치는 동안 굳어진 사회적 논리였다. 의료기술이나 과학의 발전이 미흡했고, 물자 부족과 질병이 만연했던 까닭이었다. 특정 분야에 재능을 발휘했던 천재들이 건강관리에 소홀하면서 요절하는 일이 있었기에 그런 말이 나올 수 있었다.

하지만 21세기 과학기술의 발전과 물질의 풍요는 이러한 논리를 무참하게 깨뜨렸다. 재능이 있고 실력을 갖추면 경제적 보상을 받을 수 있고, 이것은 곧바로 장수와 연결되었다. 그리고 더 나아가 부의 선순환 구조를 만들었다. 일로 인해 돈을 벌고, 계속해서 건강하면, 다시 일을 하며 돈을 벌 수 있게 된 것이다.

20세기 중반까지, 천재는 남들이 생각지도 못한 일을 착상해낸 사람이었다. 34세에 정수론의 원리를 밝혀낸 칼 프리드리히 가우스, 27세의 나이에 미적분법의 원리를 세운 아이작 뉴턴, 37세에 일반 상대성 이론을 펴낸 알베르트 아인슈타인 등이 그런 사람이다. 이들은 20대나 30대에 밝혀낸 과학의 신비로 인해 세계적인 대가의 반열에 올랐다.

하지만 21세기의 천재는 남들보다 오랫동안 자신의 분야에 매달리는 사람이 되었다. 66세에 노벨 경제학상을 수상한 존 내쉬, 87세에 노벨 물리학상을 수상한 난부 요이치로, 65세에 노벨 생리의학상을 수상한 랜디 셰크먼 등 70세 전후로 노벨상을 수상한 학자들만 봐도 알 수 있다. 학자가 되어 특정 분야에 대한 전문지식을 쌓는 데만도 오랜 시간이 걸리고, 독창적으로 내세운 학설이 입증될 때까지는 적어도 30년, 40년씩 기다려야 하는 세상이 되었기 때문이다. 그래서 과학기술의 발전이 한계에 도달한 것처럼 느껴지는 현대사회에서는, 오래 버티며 자신의 분야를 연구·발전시켜 나가는 사람이 천재로 대접받는 세상이 된 것이다.

그렇기에 이제는 거장의 개념도 바뀌고 있다. 예전의 거장은 잘 하는 사람, 뛰어난 사람을 가리켰다. 그렇지만 지금의 거장은 잘 하고 뛰어난 분야에 전념해서, 남들이 인정할 때까지 자신의 분야를 지킬 수 있는 사람이어야만 참된 거장이란 말을 제대로 들을 수 있게 된 것이다. 이제 세상은 고령화가 생물학적 노인화가 아니라 직업적 전문화를 의미하는 시대가 되었다.

더 이상 나이가 드는 것이 억울하고 아쉬운 시대가 아니다. 의지와 노력만 있다면, 70대나 80대에도 현역으로 버틸 수 있게 되었다. 본인이 철저하게 준비만 하면, 100세에도 현역으로 활동하는 것도 가능한 시대이다.

그런 시대에 필요한 것은 인생에 대한 긴 호흡이다. 30년 직장 생활 이후에도 30년 은퇴생활을 하게 되는 시대라면, 30년 직장 생활 이후에 30년 재취업의 시대를 준비할 수 있어야 한다. 그것이 귀찮다면, 아예 처음부터 60년 직업생활을 준비하는 것도 한 방법이다. 자신의 의지만 굳다면, 그 의지대로 세상을 살아나갈 수 있기 때문이다.

| 일을 할 수만 있다면 종업원도 좋다 |

미국 뉴저지 주 브리겐타인 시에 사는 94세의 마리온 스타우트는

아마 세계 최고령 헤어디자이너일 것이 틀림없다. 마리온 스타우트는 전문직 종사자가 어떻게 노후를 준비하는지를 단적으로 보여주는 좋은 사례이다. 78년 경력의 마리온 스타우트는 2014년 10월에 새로운 도전을 시작했다. 54세에 문을 열어 40년간 운영해온 미용실의 문을 닫고, 근처 미용실의 직원으로 재취업을 한 것이다.

마리온 스타우트가 종업원이 된 이유는 단순하다. 자신을 찾는 단골손님들을 위해서는 일주일에 사흘, 하루에 여섯 시간씩만 일을 해도 충분하다고 판단했기 때문이다. 나이가 든 손님들은 자식들의 집으로 거처를 옮기거나 요양원으로 가는 경우도 있었고, 또 더러는 병원에 입원을 하거나 유명을 달리한 경우도 있었다. 그래서 단골손님들의 숫자가 줄어든 마당에 굳이 자신의 미용실을 운영하는 것보다는, 차라리 근처 미용실의 직원으로 근무하는 편이 더 낫다는 생각을 하게 된 것이다.

종업원이 되었다고 마리온 스타우트에게 달라진 것은 아무것도 없다. 3,40년 단골손님들은 고맙게도 옮긴 미용실로 찾아와 주었고, 마리온 스타우트는 여전한 정성으로 단골손님들의 머리카락 손질을 하고 있다. 마리온 스타우트는 현역으로 인생을 마감할 생각이다.

94세의 헤어디자이너 마리온 스타우트의 사례를 소개하는 이유는 단 한 가지이다. 나이가 들어도 일은 해야 하는데, 전문직 종사자의 경우라면 복잡하게 경영까지 신경 쓸 필요 없이 자신의 일에만 매달리는 것이 최선의 방법이라는 사실을 강조하기 위해서이다. 나이가 들어서도 전념할 수 있는 일을 한 가지 찾아서, 은퇴하지 않고 꾸준하게 매달리는 것이 가장 바람직하게 나이드는 방법이다.

일본에 사는 91세의 스시 장인 오노 지로도 은퇴가 없는 현역이다. 오노 지로는 마리온 스타우트와 비교할 때, 그나마 사정이 좀 나은 편이다. 40세에 문을 연 도쿄 긴자 지하철역 근처의 스시집 스키야바시 지로의 문을 닫지는 않았다. 20년 전, 흡연으로 인한 심근경색 치료를 받은 이후, 스시집의 경영을 당시 40대로, 이제는 60대가 된 아들에게 맡겼기 때문이다. 그래도 항상 건강 문제는 각별히 신경을 쏟고 있는데, 그래서인지 오노 지로는 91세의 고령인데도 하루에 열 시간 이상 서서 근무를 해도 특별한 문제가 없다.

7세에 요리를 배우기 시작해서, 26세에 정식으로 스시 요리사가 된 오노 지로. 65년 동안 스시를 만들어오는 동안, 오노 지로에게는 정말로 많은 일들이 있었다. 1994년에는 헤럴드 트리뷴이 오노 지로의 스시집을 세계 6위의 레스토랑으로 손꼽기도 했고, 2005년에는 후생노동성에서 명인으로 표창하기도 했다. 그리고 2007년에 와서는 미슐랭이 도쿄에서 최초로 별 세 개 식당으로 뽑아주기도 했고, 도호 영화사에서는 오노 지로의 일대기를 〈스시의 꿈〉(2011)이라는 영화로 제작하기도 했다. 그렇지만 뭐니 뭐니 해도, 오노 지로가 잊지 못하는 것은 일본을 대표해서 미국 대통령에게 스시를 대접한 일이다. 2014년 4월, 아베 신조 총리는 일본 방문 중인 오바마 대통령을 오노 지로의 스시집으로 모시고 왔다. 좌석 열 개밖에 안 되는 식당에는 세계 각국에서 몰려든 취재진으로 인해 발 디딜 틈이 없었다.

이 정도가 되면, 일선에서 물러나 명성만으로 버텨도 될 상황이다. 그렇지만 오노 지로는 손에서 칼을 놓을 생각을 하지 않는다. 스시집 경영은 큰아들에게 맡기고, 죽기 전까지 스시 만드는 일에만 매진할 생각을 한 것이다.

경영을 맡은 큰아들 오노 사다카즈가 쓰키지 시장에서 장을 봐오면, 종업원이 된 오노 지로는 한 끼에 30만 원짜리 초밥을 만들기 시작한다. 오노 지로는 죽기 전까지 은퇴는 없다고 생각한다. 서서 일할 수 있는 한, 오노 지로는 칼을 잡을 것이다. 오노 지로는 7세 때 처음 칼을 잡으면서 꿨던 꿈을 잊지 않는다. 스시집 사장이 되기보다는 죽기 전까지 스시를 만드는 사람이 되고 싶다는 꿈을.

나이가 들어가면 사람들은 은퇴부터 생각한다. 하루라도 빨리 은퇴를 할 수 있도록, 많은 돈을 벌 생각만 한다. 그런데 하는 일 없이 하루하루를 버티면 행복할까? 헤어디자이너 마리온 스타우트와 스시 장인 오노 지로의 공통점은 현역으로 버티고 있다는 점이다. 두 사람이 돈이 없어서 현역 생활을 이어가는 것 같은가? 아니다. 나이가 들어갈수록, 사람 만날 일이 줄어들기 때문이다. 빈 집에서 하릴없이 빈둥거리는 것은 관 속에 미리 들어가 있는 것과 다름이 없다. 사람은 모름지기 다른 사람들과 어울려 부대낄 때에만 삶의 활력을 느끼게 마련이다. 그래서 두 사람 모두 죽기 전까지 현역을 고수하는 것이다.

굳이 사람들을 자주 상대하지 않아도, 현역으로 버틸 수가 있다. 사람들과 어울리는 일을 누구나 다 좋아하는 것은 아니기 때문이다. 그래서 필요한 때만 사람들을 상대하는 대신, 끊임없이 새로운 일거리를 만드는 것도 현명하게 나이 드는 좋은 방법이다. 미국 사진작가 87세의 엘리엇 어윗은 그런 면에서 끊임없이 새로운 일을 창출해내는 훌륭한 사례이다.

엘리엇 어윈은 몇 년 전부터 새로운 도전을 시작했다. 평생 사진만 찍어오던 그가 가구 디자이너로 변신을 한 것이다. 2013년, 85세의 엘리엇 어윈은 밀라노 가구박람회에 지팡이를 제작해서 출품했다. 경적이 달려 있고, 전등이 반짝거리는 노인용 지팡이로서 실용성과 화려함을 겸비한 제품이었다.

90세를 바라보는 나이에 무슨 새로운 직업인가 하고 의문을 가질 법도 하지만, 엘리엇 어윈에게 도전은 낯선 일이 아니다. 1950년, 22세의 나이에 사진작가로 데뷔해서, 콜리어스와 록, 라이프, 할리데이, 매그넘 포토스 등에서 활동해온 엘리엇 어윈은 43세에는 영화 제작에 뛰어들었다. 잡지사 사진기자로 활동하면서, 틈틈이 텔레비전 광고, 다큐멘터리 필름, 영화 제작 등 맡겨지는 일들을 마다하지 않았다. 그러고도 모자라 사진집과 사진예술에 관한 저서들을 출판하면서, 다양한 분야에 도전을 멈추지 않는 사진작가로 65년을 살아왔다.

세계적인 사진작가이자 영화감독인 엘리엇 어윈은 관련 분야에서 최고 경영자가 될 기회를 몇 차례 맞기도 했다. 그렇지만 엘리엇 어윈은 자리에 대한 욕심 대신, 종신 현역으로 남을 생각을 했다. 가구 디자이너로 새로운 경력을 쌓기 시작한 것은 사진 촬영을 위한 여행의 부담 때문이었다. 이동량이 많은 사진 촬영의 횟수를 줄이는 대신, 가구 디자인이라는 새로운 영역으로 창의성을 확대시킬 생각이었다. 엘리엇 어윈은 이탈리아의 세계적인 가구회사 다네제 밀라노와 정식으로 계약을 체결하고, 제품 디자인에 나섰다. 엘리엇 어윈은 현역으로라면, 맡겨지는 일은 무엇이든 감당하려는 정신력을 가지고 있었던 것이다.

나이가 들수록, 현역으로 버틸 생각을 해야 한다. 아무리 돈이 많고 좋은 집에 살아도, 현역이 아니면 삶의 의미가 공허해진다. 빈 집에 혼자 우두커니 앉아서 텔레비전 채널이나 하루 종일 돌리는 노인은 그저 숨 쉬는 생명체일 따름이다. 다른 사람들과 한데 어울려 부대끼는 것이 때로는 즐겁고 재미있기도 하고, 때로는 화도 나고 슬퍼지기도 하지만, 그래야 사람 사는 맛이 난다. 일도 마찬가지이다. 일을 하다 보면 때로는 싫증이 나서 지루해지기도 하고, 때로는 활력이 샘솟거나 시간 가는 줄 모른 채 몰입할 수도 있지 않은가.

이렇듯 사람은 모름지기 다른 사람들과 한데 어울리면서, 또한 일을 계속하면서 삶의 의미를 되새겨야 한다. 그러므로 나이가 들수록, 현역으로 살아남을 방도를 찾아야 한다.

늙지 않는 몸과 마음을 유지하라

| 두 번 맞는 정년퇴직 |

우리나라 노인과 관련된 기록 중에서 세 가지가 경제협력개발기구(OECD) 회원국 가운데 1등을 차지하고 있다. 노인 빈곤율 상승 속도, 고령화 속도, 노인 자살률이다. 충격적인 내용이지만, 세계가 인정한 사실이다.

2014년 3월 17일에 기획재정부와 OECD가 발표한 공식 자료에 따르면, 우선 우리나라의 노인 빈곤율 상승 속도는 34개 회원국 가운데 가장 빠르다. 그리고 빈곤율 자체도 압도적인 1위이다. 빈곤율이라는 말은 상대적 빈곤을 나타내는 지표로서, 같은 연령대의 평균 소득의 50%에도 못 미치는 소득을 올리는 사람들의 비율을 뜻한다.

우리나라의 노인 빈곤율 상승 속도가 얼마나 빠른가 하면, 2007

년에 44.6%였던 빈곤율이 4년 뒤인 2011년에는 48.6%로 4퍼센트 나 상승했다. 65세 이상의 우리나라 노인 가운데 절반이 빈곤 상태로 나타난 것인데, 앞으로는 이 속도가 더욱 빨라질 것이라는 점이 더 큰 문제이다. 노인 빈곤율이 상승한 국가 순위는 1위 한국, 2위 폴란드, 3위 오스트리아, 4위 그리스, 5위 체코이다. 나머지 29개국은 전부 노인 빈곤율이 하락했다.

두 번째로 우리나라가 1등인 것은 고령화 속도이다. 우리나라는 전체 인구에서 노인이 차지하는 비중이 비약적으로 늘어나고 있다. 2000년에는 7%였는데, 2018년에는 14%가 노인이 될 것으로 예상되고 있다. 전 인구 가운데 65세 이상의 고령자가 7%에서 14%로 늘어나는 데 프랑스는 115년, 미국은 71년, 일본은 24년이 걸렸는데, 우리나라는 18년 만에 도달할 것으로 보인다. 아이는 낳지 않고, 노인은 죽지 않아서 생긴 문제이다.

세 번째로 우리나라가 1등인 것은 노인 자살률이다. 한국보건사회연구원은 우리나라 인구 10만 명당 노인 자살률이 2000년에 43.2 명, 2010년에는 80.3명으로 10년 사이에 두 배로 늘어났다고 밝혔다. 통계청과 보건복지부로부터 나온 좀 더 구체적인 자료를 살펴보면, 최근 5년 동안 자살한 노인 숫자는 2만 439명이다. 1년에 4천여 명, 하루에 평균 11명의 노인이 스스로 목숨을 끊고 있는 것이다.

우리나라가 이렇게 노인 관련 분야에서 3관왕을 차지하게 된 이유는 갑자기 수명이 늘어났기 때문이다. 58세에 정년퇴직하고, 10년쯤 더 살다가 68세쯤 사망하면, 아무 문제가 없었을 것이다. 평균수명 65세 시대에는 그것도 감지덕지한 일이었다.

그런데 갑자기 평균수명이 늘어나기 시작했다. 그것도 1,2년이 아니라 10년, 20년씩 순식간에 늘어난 것이다. 65세에 사망할 것으로 예상되었던 노인들이 75세, 85세에도 죽지 않게 되면서 문제가 터진 것이다. 이제 100세 노인도 대수로운 일이 아닌 시대이다.

보건복지부는 우리나라 100세 노인이 2009년 884명, 2010년 904명, 2011년 927명, 2012년 1,201명 등으로 해마다 증가하고 있다고 밝혔다. 이를테면 58세에 정년퇴직을 한 후 100세까지 건강한 노인이 있다고 생각해보자. 그렇다면 퇴직 후에 도대체 몇십 년을 더 산 것인가?

정부는 2016년부터 정년을 60세로 늘리겠다고 발표했다. 하지만 그렇다고 해도, 퇴직 이후 아무 일도 안 하며 100세를 맞을 수는 없다. 30년의 직장 생활로는 나머지 인생 40년의 생활을 책임질 재정적 여유를 갖지 못하는 까닭이다. 그래서 60세에 또다시 신입사원이 되어, 90세에 두 번째 정년퇴직을 맞아야 하는 상황이 벌어지게 되었다.

| 노쇠해지지 않겠다는 결심에서 시작하라 |

2013년 한여름에 충격적인 누드 사진이 공개되었다. 묘령의 여자 배우의 나신이 불법 노출된 것이 아니었다. 78세 남성의 누드 사진이었다.

벌거벗은 채로, 커다랗게 확대한 골프공을 양 손에 들고 있는 사진을 공개한 당사자는 남아프리카 공화국의 골프 전설 게리 플레이어였다. 놀라운 것은 사진 속의 몸매였다. 게리 플레이어는 30대나 40대와 비교해도 손색이 없으리만큼 탄력 있는 몸매를 과시하고 있었다.

80세를 눈앞에 둔 노인이 무슨 보디빌딩이냐고 힐난하는 사람도 있을 수 있겠지만, 자기 좋아서 하는 일을 말릴 사람은 없다. 군살 없는 몸매를 사진에 담기 위해, 게리 플레이어가 했을 노력은 가히 짐작할 만하다.

보디빌딩뿐만 아니라, 일상생활에서도 게리 플레이어는 수준급의 풍요를 누리고 있다. 1년 중에 7개월은 골프 코스 설계 여행을 하고, 목장과 사업체를 경영하며, 틈틈이 골프 관련 책을 펴내거나 강의도 한다. 몸뿐만 아니라, 인생에서도 군살이 없다.

"텔레비전을 보다가 죽기는 싫다"는 게리 플레이어는 하루에 윗몸 일으키기를 1천2백 번씩 한다고 한다. 그 정도로 윗몸일으키기를 할 정도이니, 스트레칭이나, 45kg짜리 바벨을 들고 어떤 운동을 했을지 능히 짐작할 수 있을 것 같다. 게리 플레이어는 한창 골프 선수로 활동하며 육식을 즐기던 젊은 시절과는 달리, 채식주의자가 되어 규칙적인 식사를 한다고 한다.

게리 플레이어의 이야기를 하는 이유는 오직 한 가지이다. 사람은 자기가 생각한 대로 된다는 사실을 강조하고 싶기 때문이다. 그냥 늙고 싶은 생각을 하면, 아무것도 할 필요가 없다. 가만히 있으면 그 대로 늙기 때문이다.

그렇지만 앞서 언급한 여섯 명의 100세인들처럼, 78세에 누드 사진을 찍는 게리 플레이어처럼 살기 위해서는 결단이 필요하다. 나이를 먹어도 노쇠해지지 않겠다는 결단. 막연하게 죽을 날만 바라보지 않고 일거리를 찾아 준비하겠다는 결단. 남은 인생을 젊은 인생보다 더 화려하게 살겠다는 결단. 그런 결단이 있어야만, 80대 평균수명과 100세 장수 시대를 즐겁게 살아갈 수 있는 것이다.

이미 우리 주변에는 80대 활동가는 널려 있고, 100세 활동가도 심심찮게 발견되고 있다. 스마트폰을 사용하는 것이 트렌드가 된 것처럼, 100세 시대를 살아가는 것도 트렌드가 되고 있다. 남들 다 쓰는 스마트폰을 장만하듯이, 남들 다 사는 100세 시대를 이제 우리의 현실로 받아들이는 것이 필요하다.

수험생이 밤잠을 줄여가면서 대학 입학시험을 준비하듯이, 그런 각오로 80대 인생을 준비해야 한다. 대학을 졸업하고 입사 시험에 대비하는 것처럼, 치열하게 100세 장수를 고민해야 한다. 대부분의 사람들은 세상의 모든 일이 자신에게는 예외적으로 적용될 것이라고 착각하며 산다. 그렇지만 0.1%의 확률이라고 해도, 내게 적용되면 100%의 확률로 변화한다.

그러므로 이제는 80대 평균수명 시대가 바로 내 자신의 문제라는 인식을 가져야 한다. 내가 80세를 살 것이고, 어쩌면 90세, 100세까지도 살 수 있다는 사실을 내 현실로 받아들여야 한다. 그래야만 비로소 남은 인생을 위한 첫걸음을 내딛을 수 있다.

따라서 지금부터 우리가 해야 할 가장 중요한 일은 퇴직 후 30년에 집중하기 위해서 '내가 100세를 살 수도 있다'는 인식을 하고, 그에 대한 대비책을 치밀하게 세워나가는 일이다.

앞으로는 90세, 100세에 이르는 노인이 지금보다 더 많아질 것이다. 하지만 이렇듯 예측 가능한 미래에 대해서 사람들의 준비는 미온적이기 그지없다. 아니 정확하게 말한다면, 너무나 황당한 미래이기에 어떻게 대응해야 할지 엄두를 내지 못하는 것 같다. 사람이 태어나서 한 세기, 100년을 살게 될 것이라고 일찍이 누가 생각이나 했겠는가?

전문가들은 현재 우리나라 인구 열 명 중 한 명 수준인 65세 이상의 노령인구가 2026년에는 다섯 명 중 한 명 수준으로 늘어날 것으로 예측하고 있다. 자연히 80세 이상의 노령 인구 역시 많아질 것이다. 10년 후에는 전체 인구 가운데 80세 이상 노인이 5% 정도 될 것으로 예상하는데, 즉 20명 중 한 명이 80세 이상이라는 것이다.

평균수명이 늘어난다고 해서 사회활동 연령도 함께 늘어나는 것은 아니다. 자영업자의 경우라면 퇴직 시기를 자신이 선택할 수 있다. 그러나 직장인의 경우는 기업이 정한 퇴직 연령에 다다르면 은퇴를 해야 한다.

현재 공기업과 사기업의 퇴직 연령이 58세에서 60세 전후인데, 평균수명 80대 시대라고 퇴직 연령을 갑자기 70세나 80세로 늦추지는 않는다. 따라서 사회활동 연령은 전문직, 자영업, 기술직을 제외하면 대부분 60세 전후가 될 것이다.

그렇다면 60세 전후에 퇴직을 하고, 80대 중반 시점까지 어떤 시간을 보내게 될까? 대략 25년 정도의 시간이 될 텐데, 그 시간은 젊어서 직장을 다니거나 사회활동을 한 시간과 맞먹는 장구한 기간이다.

통계청은 평균수명 증가로 인해 남녀 모두 평균 10년 이상 투병생활을 할 것으로 예측하고 있다. 은퇴 이후, 절반쯤의 시간을 질병이나 사고로 고통 받으며 보내게 된다는 것이다. 의료 기술의 발달로, 예전 같았으면 죽었을 상황에서 곧바로 죽지 않고 병마에 시달리며 생을 연장해나가는 것이다.

준비 없이 장수시대를 맞이하는 것은 축복보다 재앙일 가능성이 높다. 80세, 혹은 90세라면, 이미 자녀들도 60세 전후의 노령이다. 자식들도 자신들의 노후 문제를 해결하기에 급급한 상황이 되는 것이다. 따라서 고령화 시대에는 자녀나 지인, 혹은 정부의 지원을 기대하기보다는 스스로 노후 대책을 마련하지 않으면 안 되는 상황이 되었다.

경제적 문제가 해결되었다고 모든 것이 해결된 것은 아니다. 앞서 언급한 것처럼, 건강도 중요한 문제이다. 건강하지 않으면 80세든 90세든 즐거울 수 없다. 투병으로 시간을 보내면, 미리 세워놓은 노후 대책도 말짱 물거품이 된다. 경제 문제와 함께 건강도 안락한 노후를 대비하기 위해 철저하게 챙겨야 한다.

경제 문제와 건강이 해결되었다 해도, 노인들에게는 또 다른 문제가 남아 있다. 30년 가까운 장구한 시간을 어떻게 무엇을 하면서 보내느냐, 누구와 함께 보내느냐이다. 하루에 아홉 시간 근무하던 중장년층의 30년과 비교할 수 없는 긴 시간을 무위도식할 수도 없는 터! 따라서 제2의 직업이든 취미이든 특기이든, 창조적으로 시간을 소비할 수 있는 준비가 되어 있어야만 하겠다.

2

직장 생활의 목표? 퇴직 후 준비이다

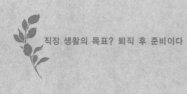 직장 생활의 목표? 퇴직 후 준비이다

100세 수명은 축복일까, 저주일까?

| 우리에게 찾아온 생활 패턴의 변화 |

평균수명이 예기치 못하게 증가하다 보니, 늘어난 시간을 마치 공돈이나 굴러 들어온 것처럼 소홀히 여기는 경향이 빚어지고 있다. 그래서 시간을 애지중지하기보다는 오히려 쉽게 흘려보내는 사람이 많다. 60세쯤 살 요량을 했는데 70세, 80세가 되어도 건강에 이상이 없으니, 횡재한 것처럼 흥청망청 시간도 물 쓰듯 쓰는 것이다. 얼핏 낙천적인 태도로 보일 수도 있지만, 실제로는 매우 걱정스러운 세태이다.

평균수명이 늘면서 또 하나 이상한 현상이 벌어지고 있다. 바로 나이 파괴 현상이다. 상대방에게 자신의 나이를 들키지 않으려는 사람들이 늘어나고 있는 것이다. 요즘 거리를 돌아다니다 보면, 옷차

림만으로는 도무지 나이를 짐작할 수 없는 사람들이 많다. 뒷모습은 영락없이 처녀인데, 정작 아주머니인 경우가 부지기수다. 심지어 애가 둘이라는 아주머니가 처녀처럼 보이는 경우도 있다.

이런 상황은 남자들도 마찬가지다. 40대 정도로 생각하고 이야기를 나누다 보면, 퇴직을 앞둔 50대들이 허다하다. 노땅 취급 받기보다는 한 살이라도 어려 보이겠고, 세대 차이를 덜 느끼게 하겠고, 염색도 하고 화려한 색상의 젊은 스타일의 옷을 입고 다닌다. 나이에 맞는 대접을 기대하기보다는 오히려 나이를 낮추고 싶어 하는 욕구가 역력하다.

어느 날, 텔레비전에서 한겨울에 냉수욕을 하는 여성을 다룬 프로그램을 본 적이 있다. 해병대도 아니고 특전단도 아닌데, 얼음을 깨고 들어가는 모습이 대단하게 느껴졌다. 냉수욕이 혈액순환에 좋다며 열변을 토하는 여성은 40대쯤으로 보였다. 그런데 웬걸, 자막으로 나온 나이가 무려 60세였다. 정말 냉수욕으로 혈액순환이 원활해진 것인지, 15년쯤은 족히 젊어 보였다. 20~30년 전에는 60세가 되면 환갑잔치를 했는데, 요즘의 60세에게 60번째 생일은 그냥 59번째 생일 다음에 맞은 또 한 번의 생일일 뿐이다. 식생활 수준이 높아지고, 운동량도 많아지고, 의료 기술도 좋아졌기 때문이다.

상황이 이렇다 보니, 요즘 어설프게 나이 이야기를 꺼냈다가는 본전도 못 찾는다. 중년 같은 70~80세 노인이 흔하기 때문이다. 아니, 요즘은 노인들에게 할아버지, 할머니 소리도 조심스럽다. 실제로 그런 연령대의 어른들에게 "아저씨" "아주머니"라고 부르지 않으면, 뒤도 돌아보지 않는다.

옥스퍼드 대학교 연구진들은, 현 세대 가운데는 200세까지 살 사람도 있다고 말한다. 정말로 그런 일이 벌어질 수도 있겠다는 생각이 든다. 100세를 사는 사람 중에, 과학과 의료 기술의 혜택을 입어 130세, 150세를 넘긴 이후에 또다시 새로운 첨단기술의 도움으로 180세, 200세까지 살게 될 가능성이 생겨날 수 있기 때문이다. 그러다 보면 마지막에는 SF영화에서처럼, 뇌만 자기 것이고 몸은 기계의 도움을 받아 더 오래오래 살 수도 있겠다. 물론 그렇게 사는 것이 진정한 인생일지 아닐지는 분간할 수 없지만 말이다.

인류의 역사가 시작된 이래, 장수는 인간의 공통된 소망이었다. 기원전 3세기, 부귀영화를 누리던 진시황제가 생명 연장을 위해 선남선녀를 동방에 보내 불로초와 산삼, 신선초, 회춘제를 구해 오라고 한 것도 같은 맥락이다. 그런데 지금 우리는 불로초 등과 다름없는 영양 식단, 의약품 및 의료 기술의 도움으로, 49세에 생을 마감한 진시황제보다 두 배 이상 사는 시대를 맞이하였다.

그런데 고대광실에 사는 대기업 총수뿐만 아니라 여염집 아낙네까지 100세 수명을 바라보는 이때, 단순하게 오래 사는 것이 정말로 행복한 삶일까? 오래 살기만 하면, 모든 일이 걱정 없이 술술 풀려 나갈까? 인생이 두 배이면, 고민과 고통도 두 배가 되지는 않을까?

| 변화하는 죽음의 방식 |

고령화 사회로 변화하면서, 죽음의 방식도 달라지고 있다. 우리보

다 먼저 고령화 사회로 진입한 일본에 비근한 예가 있다. 충격적이지만 사실이며, 암시하는 내용도 많다. 나는 우리 사회가 제발 일본이 최근 보여주는 비극적인 상황만은 재연하지 않았으면 하는 마음이다.

2012년 2월 20일, 도쿄 인근의 사이타마 시에서 60대 부부와 30대 아들이 숨진 채로 발견되었다. 숨진 지 두 달 만에 발견되었는데, 놀랍게도 집안에 음식의 흔적이 전혀 없었다. 경찰은 앙상하게 야윈 시신을 근거로 사망자들의 사인을 아사로 규정했다.

선진국이며, 복지 정책이 제대로 갖춰져 있다고 자부하는 일본 사회는 충격에 휩싸였다. 충분히 노동을 할 수 있는 성인 세 명이 동시에 굶어 죽는 일은 납득하기 힘든 상황이었다. 사람이 굶어 죽는다는 것이 선진국 일본에서 과연 있을 수 있는 일이란 말인가? 게다가 사람이 죽은 지 두 달이 지나서야 사체를 발견한다는 것 또한 가능한 일이란 말인가? 사건 발생 직후, 자성의 목소리가 일본 사회에 들끓었다.

그렇지만 그것이 바로 후기 고령화 사회의 한 단면이다. 일본의 예를 계속 들자면, 일본은 이미 2009년에 전체 국민 가운데 65세 이상이 22%를 넘어섰고, 75세 이상의 인구도 10%를 넘어섰다. 일본은 2025년에는 28%가 65세 이상의 인구가 될 것이라고 예측되고 있으니, 급속하게 후기 고령화 사회로 접어든 일본의 걱정이 얼마나 큰지는 가히 짐작할 수 있다.

지금까지 사람들은 병에 걸려 앓다가 죽는다고 생각해왔다. 암이나 고혈압, 당뇨병 같은 질병, 혹은 갑작스러운 사고로 인해, 투병기간을 거쳐 죽음에 이르는 것으로 믿어온 것이다. 그렇지만 앞서 발견된 세 가족 아사 사건처럼, 고령화 시대로 접어든 현대 사회에서는 죽음의 방식이 달라질 수 있다는 점을 주목해 봐야 한다. 그것이 21세기의 현실이다.

고령화 사회를 지나 후기 고령화 사회로 진입한 일본. 일본에서 벌어지고 있는 현실은 향후 우리나라에서 전개될 수도 있는 미래를 암시한다. 바로 고독사와 아사이다. 고독사는 모든 인간관계가 끊긴 상태에서 외롭게 죽는 것이고, 아사는 굶어 죽는 것이다.

이해가 되지 않는 현실이지만, 앞서 언급한 아사는 현재 일본에서 빈번하게 일어나고 있다. 일본 후생노동성은 1981년부터 2010년까지 30년 동안, 일본 내에서 1,331명이 굶어 죽었다고 발표했다. 1981년부터 1994년까지는 한 해 평균 20명 정도, 1995년부터 2010년까지는 두 배로 늘어난 60명 정도가 굶어 죽었다는 것이다. 주목할 점은 남자가 여자보다 다섯 배 정도 많이 굶어 죽었고, 특히 50대의 아사가 많았다.

현대인의 성향이 개인주의적이라 이런 참극이 빚어졌다고 말할 수 있겠지만, 따지고 보면 꼭 그런 것만도 아니다. 노인들 가운데에는 배우자나 자녀가 먼저 세상을 떠난 경우도 있을 수 있고, 처음부터 결혼을 하지 않은 1인 가구와 자녀를 출산하지 않은 무자녀 가구도 있을 수 있다. 이런 경우는 노인이 사망을 해도 여간해서 사망 사실이 주변에 알려지기가 쉽지 않다.

평균수명 80대 시대에 나타날 수 있는 가장 큰 변화는 바로 죽음의 방식이다. 가족도 없고 친구나 지인도 없는 경우, 외로워서 죽거나 굶어 죽는 것은 앞으로 흔한 일이 될 수 있다. 우울증이 심해져서 고독사를 맞이할 수도 있고, 스스로 식사를 해결하지 못해 기력이 떨어져 아사를 할 수도 있다. 그러므로 그런 비극적인 사태를 막기 위해서라도, 하루라도 젊은 나이에 미래를 설계하는 노후 준비가 필요하다.

얼마 전 퇴직한 편성 본부장이 들려준 얘기다. 한때 방송국의 전설이었던 5년 선배 여자 프로듀서를 식사 자리에서 우연히 만났다는 것이다. 명문대학 졸업생에, 방송이 좋아서 결혼도 않고 혼자 살다가 정년퇴직을 한 선배였다. 프랑스 유학도 다녀왔고, 여전히 멋진 음식점을 순회하며 와인도 걸치는 미식가라는데, 당사자는 아직도 어안이 벙벙한 충격적인 상황을 맞았다는 것이다.

하루는 그 여자 선배가 집에서 텔레비전을 보고 있는데, 누군가 초인종을 눌러서 문을 열었다고 한다. 그랬더니 구청 사회복지사라는 여자가 찾아와서, 잠깐 들어가서 할 말이 있다는 것이었다. 공무원이라기에 집 안으로 들여놓았더니, 독거노인의 건강 실태 파악에 나섰다며, 건강 상태가 어떠냐며 설문지를 작성하라는 것이었다.

여자 선배의 충격은 말로 형언할 길이 없었다는데, 따지고 보면 틀린 구석이 하나도 없었다는 것이다. 남편도 없고, 자식도 없는 63세 독신 여성의 낭만은 자기 혼자만의 것이었다. 구청 사회복지사의 입장에서 보면, 63세 할머니가 왕년에 방송국 프로듀서를 했든, 외국 유학을 다녀왔든 알 바 아니라는 것이었다. 사회복지사는 미안한 이야기이지만, 당신은 혼자 죽어도 밖에서는 죽었는지 알 수가 없는 독거노인에 불과하다고 말했다는 것이다.

여자 선배는 그때서야 자신의 처지를 실감했다고 했다. 자신에 대한 사회의 평가는 본인이 느끼는 건강 상태나 경제능력하고는 관계가 없는 것이었다. 여자 선배는 사회복지사가 말한 대로, 독거노인이 분명했다. 감기가 걸려도 병원에 가라고 닦달할 남편도 없고, 하루 세 끼를 굶어도 밥 먹자며 성화를 부릴 자식이 없는 것은 사실이었다.

그런 생각이 들자, 그동안 자신의 처지에 대한 객관적 평가를 하지 못했다는 사실에 뒤늦게 '아차' 했다는 것이다. 63세인 지금은 그렇다고 해도, 정말로 5년 뒤 68세, 10년 뒤 73세에는 어떤 상태가 될지 알 수 없는 노릇이었다. 결국 여자 선배는 사회복지사의 요구에 따라서, 묵묵히 건강 상태를 묻는 설문지를 채웠다고 한다. 그때 그 여자 선배의 심정은 따로 말로 표현하지 않아도 짐작이 갈 것 같았다.

그런데 이야기는 거기에서 끝이 아니었다. 사회복지사는 일주일에 한 번씩은 전화통화를 하자는 말을 했다고 한다. 그리고 한 마디 덧붙이기를, 갑자기 외로워지거나, 이동이 불가능할 정도로 건강이 나빠지면 곧바로 자신에게 연락을 해달라며 휴대전화 번호까지 알려줬다는 것이다. 여자 선배는 자신이 죽어도 최소한 일주일 내에는 발견이 되겠다는 생각이 들어서, 그것이 좋은 일인지, 서글픈 일인지 한동안 고민을 했다고 한다.

나이가 들면 인간관계가 줄어들 수밖에 없다. 직장도 없고, 따로 사람 만나는 모임을 갖기도 힘들기 때문이다. 통장 잔액도 줄어들고, 건강도 나빠지기 때문이다. 돈이 있고 시간이 많아도, 사정은 다르지 않다. 나이든 사람을 만나고 싶어 하는 젊은이들이 있을 수 없고, 동년배 노인이라도 지속적으로 만나야 할 이유도 많지 않기 때문이다.

한동안 골드미스나 골드미스터, 딩크족이라는 말이 유행했다. 그렇지만 3,40년 뒤에는 지금 잘 나가는 사람들이 남들보다 더 고독한 노년을 맞이할 수도 있다. 배우자나 자식 없이 늙어가는 일은 생각보다 외롭고, 고통스러운 상황에 처하기 쉽기 때문이다. 말 그대로 등 긁어줄 사람 없이 노년을 보낼 가능성이 높아지는 것이다.

그래서인지 요즘은 반려동물의 인기가 높아지고 있다. 동네 노른자위 상가 자리는 이미 미용실 대신, 동물병원이 점유하고 있다. 그만큼 손님이 끊이지 않는다는 말이다. 그렇지만 반려동물도 보살필 능력과 체력이 뒷받침되어야 의미가 있다. 개 두 마리를 기르던 독거노인이 사후 2주 만에 발견되었을 때, 개들에게 시신이 훼손된 상태였다는 보도가 나온 적이 있었다. 먹을 것이 없던 개들이 급기야 주인의 시신에 입을 댄 것이었다. 반려동물은 어디까지나 말 못하는 짐승일 뿐이다. 반려동물에게 긁어달라고 가려운 등을 내밀 수는 없는 노릇이다.

퇴직 후 30년이 알려주는 현실

| 노후 빈곤을 일으키는 3적 |

이제 회사에 갓 입사한 20대 신입사원이나, 한창 직장 생활에 재미를 붙인 30대, 40대 중년들에게 퇴직 후 노후 생활을 이야기한다는 것은 뚱딴지같은 일로 느껴질 것이다. 하지만 냉정하게 생각해보면, 이것은 가장 현실적인 이야기이다. 굳이 멀리서 찾지 않아도 쉽게 볼 수 있는, 당신의 부모가 산증인들이다.

당신의 부모는 현재 건강한가, 혹은 그렇지 못한가? 경제적인 여유는 있는가? 나이가 들어도 자녀들에게 손 벌리지 않을 정도의 경제적 여유와 건강이 있어야 부모 대접을 받는다. 서글픈 일이지만 엄연한 사실이다.

국민연금연구원에 따르면, 2010년 말 기준으로 우리나라 노인

가구의 35.1%는 소득 수준이 최저생계비에도 못 미치는 '절대빈곤' 상태인 것으로 나타났다. 이 수치는 우리나라 전체 가구의 빈곤율 14.1%보다 2.5배나 높다. 한평생 열심히 일을 했는데도 늙어서 가난을 못 면하는 '실버 푸어', 즉 '노후 빈곤' 상태의 노인이 열 명 중 서너 명이라는 사실은 충격이 아닐 수 없다.

얼마 전, 치매에 걸린 아버지를 요양원에 입원시킨 후배의 사정 이야기를 들었다. 그런데 그 후배가 가장 안타까워하는 문제는 아버지와의 헤어짐이 아니었다. 자신을 포함한 3남매가 부담해야 하는 요양원 비용이었다. 매달 급여에서 수십만 원을 떼내어야 하는 것뿐만 아니라, 그렇게 돈을 쏟아 부어도 아버지의 건강이 좀처럼 회복되지 않을 것이라는 우울한 전망에 억울해했다. 후배의 말처럼, 요양원에 입원한 후배의 아버지에게는 현상 유지가 그나마 최선일 것이다. 후배는 아버지가 건강했더라면, 요양원 비용으로 1년 내내 해외여행을 하고도 남았을 것이라고 했다.

갑자기 뇌혈관이 막히거나 터져 뇌의 손상이 발생하는 뇌졸중도 노후 생활을 불행하게 만드는 요인 가운데 하나이다. 국민건강보험 공단은 뇌혈관 질환 진료인원이 2007년 8만 3천 명에서 2012년 11만 8천 명으로 늘어났다고 밝혔다. 뇌졸중은 환자의 의식장애, 언어장애, 마비, 치매를 일으킨다. 뇌졸중은 단일질환 가운데 가장 높은 사망률을 기록하고 있으며, 고령인구 증가에 따라 환자도 급격히 느는 추세이다. 집 안에 뇌졸중 환자가 있으면 식구 전부가 고통에 빠진다. 즉, 뇌졸중은 환자 개인은 물론 가정의 행복까지 파괴해버리는 무서운 질환이다.

나이 들어서 배우자와 자녀에게 폐를 끼치지 않으려면 무조건 건강해야 한다. 혹시라도 건강을 잃는다면, 스스로 감당할 만한 경제적 여유라도 있어야 한다. 그러기 위해서는 젊어서부터 건강관리를 하고, 저축이나 연금 같은 노후 대책을 세워놓아야 한다. 더 나아가 퇴직 이후에 할 수 있는 일을 선택해 준비해나가는 것도 필요하다.

치매나 중풍은 남녀노소를 불문하고 발생할 수 있는 질환이다. 이런 질환은 노인들이 가장 무서워하는 걱정거리인데, 질환이 발병하면 평생 이룩한 사회적 성과는 물론이고, 개인의 일생 자체가 송두리째 무너지고 만다. 자리에 누워서 10년, 20년을 보내거나 용변도 못 가리면서 병실에 갇혀 지내는 것은 살아 있다 해도 죽은 것과 다름없는 비참한 삶이다.

노후 생활의 3적인 빈곤, 치매, 뇌졸중을 막기 위해서는 젊어서부터 건전한 생활 습관을 유지해야 한다. 적은 돈도 아껴서 저축해야 하고, 몸에 무리가 가는 행동과 습관은 고쳐야 하며, 틈을 내서 운동을 하는 것이 최선의 예방이다. 그렇게 준비를 해도, 생각지 않게 경제와 건강의 위기가 찾아올 수 있다.

| 빈곤이 주는 불행 |

맹자는 "무항산(無恒産)이면 무항심(無恒心)"이라고 했다. 생활이 안정되지 않으면 바른 마음을 견지하기 어렵다는 뜻이다. 사흘만 굶으면 성인군자도 담을 넘는다는 말은 빈말이 아니다. 사람에게 먹고

사는 문제보다 더 중요한 것은 없으며, 노년의 빈곤만큼 불행한 것도 없다. 최소한 밥은 먹고 살아야 친구도 만나고, 취미생활도 할 수 있는 것 아닌가.

젊을 때에는 배고픔도 견뎌낼 수 있다. 포부와 야심이 있기에 내일을 마음에 품고 기꺼이 오늘을 굶을 수 있다. 중년 시절도 마찬가지이다. 자녀가 있고, 아내가 있으면 사랑으로 견디며 경제적 어려움을 이겨낼 수 있다. 온 가족이 사랑으로 함께하면 한 칸짜리 초가도 낙원이다.

그러나 노년은 다르다. 희망도 없고 목표도 사라지는 나이에 현실을 이겨낼 동력이 무엇이겠는가? 80세, 90세에 밥을 굶으면서 마음속으로 어떤 포부를 품을 수 있겠는가? 일찌감치 아내나 남편을 여읜 경우라면, 혼자서 빈 방에 앉아 배를 곯아야 한다.

나이 들었을 때, 최소한 밥을 굶는 일만은 없어야 한다. 지금 생각하면 '그까짓 거쯤이야'라고 가벼이 여길 것이고, 나하고는 관계없는 일이라고 치부할 수도 있다. 하지만 거동도 어려운 80세, 90세에 가족도 직업도 모아놓은 돈도 없다면, 맨주먹으로 피눈물을 흘리게 될 것이 뻔하지 않은가. 그래서 젊은 시절 꾸준히 저축을 해야 하고, 나이가 들어서도 할 수 있는 한 일을 해야 하며, 죽기 전까지 몸을 움직이며 열심히 살아야 한다.

80세, 90세 준비에 앞서 우선 60세, 70세를 준비해야 한다. 그러려면 60세, 70세가 40세, 50세와 연결되어 있다는 사실을 깨달아야 한다. 우리의 일생은 하루하루가 쌓여서 이루어진 것이다. 어제와 오늘, 그리고 내일은 하나로 연결되어 있다. 작년과 올해, 그리고 내

년도 마찬가지다.

세상에 없는 것이 '한 방'이고, '우연'이다. 로또 당첨으로 인생 역전을 꿈꾸는 사람이 숱하지만, 당첨된 사람이 많은지, 당첨되지 못한 사람이 많은지를 따져보라. 우연히 어떤 일을 했다가 그야말로 우연히 성공을 하는 경우도 마찬가지다. 그런 우연한 성공이 얼마나 되겠는가? 세상에 우연은 없다. 모든 것은 필연이다.

그래서 80세, 90세의 노년 빈곤은 이미 60세, 70세에 싹수가 나타난다. 아니 40세, 50세에도 될성부른 나무인지 아닌지 알 수 있다. 공부는 내팽개친 채 바깥으로만 싸돌아다니는 청소년의 눈동자에서 10년 뒤, 20년 뒤의 미래를 읽을 수 있듯이 40세, 50세의 삶에 임하는 자세에서 그들의 노후가 읽힌다. 밤낮없이 술 마시고 값비싼 운동 하겠다며 돌아다니는 모습에서 60세, 70세의 뒷모습이 보인다. 그들에게 80세, 90세의 미래는 머나먼 남쪽 나라 이야기다.

사람이 얼마나 살지는 알 수 없지만, 미래는 무조건 대비해야 한다. 미래를 대비했다가 오래 살지 못하고 죽는다면 그것으로 족하다. 그러나 미래를 대비하지 않았다가 오래 살게 되면 그 얼마나 낭패인가! 늦어도 40세, 50세에는 노후를 위한 대비를 시작해야 한다.

| 언젠가 맞이할 퇴직, 노화, 사망! |

건강하고 여유 있는 노후 생활을 준비하는 '퇴직 후 30년 준비'는 지극히 실제적인 사실을 받아들이는 데서 출발한다. 바로 언젠가 당

신에게 닥칠 퇴직, 노화, 사망에 대한 인식이다. 그런 의미에서 '퇴직 후 30년 준비'의 목표는 결국 '퇴직 후 30년' 시점에 맞춰진다고 할 수 있겠다.

얼마 전, 고등학교 학생주임을 하는 학교 선배로부터 문자를 받았다. 자신이 죽었다는 문자였다. 처음에는 장난 문자인 줄 알았는데, 사실이었다. 그 가족들이 선배의 휴대폰에 입력되어 있는 지인들을 찾아, 선배의 사망 소식을 문자로 알려온 것이었다. 고등학교 선생을 하면서 박사 학위를 취득하고, 야간 대학에서 시간 강의도 하며 성실하게 살던 선배였는데, 갑작스럽게 세상을 떠난 것이다. 길을 걷는데, 불법 유턴을 하던 택시를 피하려고 승합차가 인도로 뛰어들어 선배를 덮쳤단다. 마른하늘에 날벼락이었다.

나이가 든다는 것은 죽음에 가까워지고 있다는 것이다. 사고사의 경우는 예측 불허이기 때문에 예단할 수 없지만, 자연사는 신체 노화와 함께 가능성이 높아진다. 길을 걷다가 쓰러질 수도 있고, 밥을 먹다가 호흡 곤란이 올 수도 있다. 생각지 못한 상황을 준비 없는 가운데 맞이할 수가 있는 것이다.

그렇기에 '퇴직 후 30년 준비'를 하는 사람은 퇴직, 노화, 사망을 염두에 두어야 한다. 지금 한창 잘 나가고 있다 해도, 당신은 현재의 직장에서 퇴직하는 날을 맞을 것이다. 지금은 한창 건강하다고 해도, 당신은 나이 들어 몸을 움직이지 못할 비참한 날도 맞을 것이다. 그리고 지금 당장 상상할 수는 없겠지만, 당신은 반드시 죽을 것이다.

'퇴직 후 30년 준비'의 결론은 당신의 죽음이다. 너무나 비관적인 얘기인가? 열심히 살자고 목소리를 높이다가, 왜 갑자기 죽음 이야기를 꺼내느냐고? 피하고 싶고 상상하기도 싫겠지만, 죽음은 결국 우리가 맞이할 현실이기 때문이다. 그러니 이왕 피하지 못할 현실이라면, 미리 받아들이는 것이 좋다.

한 가지 위안은 언젠가 죽을 사람이 당신만이 아니라는 사실이다. 사람은 모두 죽게 되어 있다. 당신은 그중 한 사람에 불과할 뿐이다. 1년 후가 될지, 10년 후가 될지, 30년 후가 될지 모르겠지만, 언젠가는 죽음이 닥칠 것이다. 죽음은 서서히 찾아올 수도 있고, 갑작스럽게 생각도 못한 장소에서 기다리고 있을 수도 있다. 그런데 언젠가 죽겠지만, 그 정확한 시기를 모르기 때문에, 우리는 조마조마해하지 않고 편안하게 살아간다. 자신이 죽을 날을 미리 알고 있다면, 부담을 넘어 공포일 것이다. 차라리 모르고 지내야 오히려 인생살이의 짐이 더 가벼울 것이다.

예를 들어, 시한부 선고를 받은 말기 암 환자가 있다고 가정해보자. 죽음의 공포를 현실로 받아들여야 하고, 가족이나 친구들과 헤어질 준비를 해야 한다. 육체적으로는 강한 통증을 느끼면서, 정신적으로는 세상과의 작별을 준비해야 하는 것이다. 그에게 오늘 하루는 얼마나 소중하겠는가? 그에게는 늘 먹던 밥맛도 새로울 것이고, 항상 보던 친구나 친지, 가족들도 그리울 것이다. 하루하루 일분일초가 이 세상 그 무엇보다 더 소중할 것이다.

그런데 왜 당신은 이런 소중한 삶을 아끼며 살지 못하는가? 그것은 당신이 지금 당장 죽지는 않을 것이라며 유유자적하는 안이한 마음 때문이다. 즉, 막연한 낙관론 때문인 것이다.

'퇴직 후 30년 준비'를 시작하려면, 당신의 죽음을 현실로 받아들이는 것에서부터 출발해야 한다. 노화의 순간이나 퇴직도 마찬가지다. 최근 퇴직한 선배의 나이를 기준으로, 당신의 퇴직일을 산정해보라. 그리고 그 퇴직하는 날 당신이 손에 쥘 퇴직금, 저축액, 재산총액을 찬찬히 살펴보라. 이변이 없는 한, 그 돈으로 죽는 날까지 생활해야 한다.

지금 당신은 무슨 생각을 하고 있는가? '아, 그렇구나' 하고 그냥 넘어가는가? '아, 일반적인 순리를 거슬러 이변을 만들어야겠다'고 생각하는가? 이변이란, 나이 들어서도 여전히 일하고, 액수에 관계없이 돈을 벌며, 나이보다 덜 늙는 것이다. 노력하면 가능하냐고? 당연하다. 생각하고 노력하면 반드시 된다. 그러므로 나이가 들수록 냉정해지고, 치열해져야 한다. 이것이 바로 풍요롭고 안정된 '퇴직 후 30년'을 맞이하기 위한 가장 현실적인 출발 정신이다.

직장 생활 30년이 미래를 결정한다

| 평균수명 30년 연장의 증거 |

지난 20년간의 직장 생활 동안 나는 선배들의 퇴직을 숱하게 지켜 봐 왔다. 그중에는 정말로 멋지게 근무하면서 귀감이 된 분도 있었 고, 주변에 하도 폐를 끼쳐 차라리 얼른 나가주기를 바랐던 분도 있 었다.

그런데 그 많은 퇴직 선배들 중 어느 누구도 퇴직 순간에 당당한 모습을 보여주지 않았다. 눈물을 흘리기도 했고, 아내와 자식들을 모두 데리고 마지막 출근을 하기도 했다. 아예 퇴임식에 참석하지 않은 분도 있었다. 청춘을 다 바쳐 비가 오나 눈이 오나 지칠 줄 모 르고 달려왔던 직장을 그만둬야 한다는 현실에 직면할진대, 두려움 을 느끼지 않을 사람이 그 어디 있겠는가.

그렇게 회사를 떠난 선배들을 가끔씩 동료들의 상가나 결혼식 등에서 우연히 만날 때가 있다. 오랜만에 만난 선배들인지라 반갑기도 하지만, 직장 시절보다 한결 누그러지고 소탈해진 그들의 모습에서 인간적인 면모를 발견하곤 한다. 사회적 계급장을 떼고 이해관계 없는 자연인으로 만나기 때문일까, 예전보다 훨씬 편한 마음으로 이야기를 나누게도 된다.

그러다 보니, 참으로 재미있는 사실 한 가지를 깨닫게 되었다. 퇴직 선배들 중에 돌아가신 분들이 드물다는 사실이다. 내가 입사한 이후 약 50~60명 정도가 퇴직했는데, 세상을 떠난 분은 겨우 네 분뿐이었다. 내가 신입사원으로 사무실에 첫발을 내딛던 날, 만 58세로 퇴직한 어느 선배는 올해 만 79세인데도 여전히 정정하다. 그런데 그분이 신입사원으로 입사했을 때 실장으로 모셨던 분도 생존해 계시다는데, 연세가 자그마치 93세라고 한다.

이것이 요즘의 사회적 현실이다. 퇴직한 지 20년 이상 되신 분들, 대충 연세가 70대 후반쯤인 분들을 쉽게 찾아볼 수 있다. 이러한 사실은 우리 사회가 진작 고령화 사회로 접어들었다는 산 증거이다.

지금 우리에게 필요한 것은 이런 상황을 자신의 현실로 전환하는 지혜이다. 30년 선배의 현재 모습을 30년 후의 내 모습으로 바꿔 생각한다는 것은 쉽지 않은 일이겠지만, 반드시 해야 할 일이다. 오늘 함께 식사한 5년 선배의 모습이 5년 뒤의 내 모습이고, 퇴직을 앞두고 불안에 떠는 10년 선배가 바로 10년 뒤의 내 모습이다. 10년쯤 뒤에 퇴직을 하고, 다시 사회로 방출되어도 20년, 혹은 30년의 여생이 남는 것이 지금 우리의 현실인 것이다. 정말로 가슴 먹먹한 일이 아닐 수 없다.

결론을 말하면, 요즘 직장 생활에 목을 매고 살아가는 태도는 결코 바람직하지만은 않다는 것이다. 물론 직장에서 업무에 최선을 다하고, 대인관계를 원만하게 유지하면서 업무 효율을 높여야 하는 것은 당연하다. 직장인의 직업윤리이기 때문이다.

그러나 퇴직 이후의 노후 생활을 위해서도 미리부터 준비해야 한다. 입사가 늦어지는 요즘의 추세에 비춰 보면, 30세 전후까지의 취업 준비기를 제1기 인생, 직장 생활 30년 정도를 제2기 인생, 그리고 퇴직 이후 30년 정도를 제3기 인생이라고 볼 수 있을 것 같다. 제2기 인생, 즉 직장 생활 30년 동안 받는 급여만으로도 충분히 노후 준비가 마무리된다면 아무 문제가 없겠지만, 그렇지 않다면 한시라도 서둘러 노후 준비를 시작해야 할 것이다.

노후 준비라는 것은 따지고 보면 별것이 아니다. 건강이 허락하는 한 최선을 다해 노동할 일거리를 찾아내는 것이다. 퇴직 후 30년을 사는 세상을 위해서는 최소 10년, 혹은 20년 정도의 준비기가 결코 긴 시간이 아니라는 점을 명심해야 한다.

| 직장 생활의 성공은 노후 준비의 실패? |

직장에서 유난히 잘 나가는 사람들이 있다. 초고속 승진에, 최연소 임원으로 발탁되는 등 선후배 및 동료들의 부러움과 질투를 한 몸에 받는 사람들이다. 그런 사람들에게는 운전기사가 딸린 업무용

승용차에, 한도가 무제한인 업무추진용 법인카드가 제공된다.

그런데 다른 한편으로는 그런 혜택이 꼭 좋은 것만은 아니다. 왜냐하면 그 좋은 혜택을 받고 있는 동안에는 성취감에 젖은 나머지, 노후 준비를 등한시할 수도 있기 때문이다. 직장 생활의 혜택은 직장 생활 중에만 주어진다. 퇴직과 동시에 업무용 승용차는 회수 당하고, 한도 무제한의 카드와 고액 연봉의 행운도 곧바로 끝장이 난다. 그게 냉혹한 직장 생활의 현실이다.

얼마 전, 택시회사에 월급제 기사로 취업한 선배가 있다. 방송국 내에서 주요 보직을 섭렵하고, 두 차례나 국장으로 발령을 받았던 선배였다. 본부장만 못 해봤지, 요직이란 요직은 다 거친 선배였다. 그런데 퇴직 5년 만에 내린 결단은 택시 운전 기사였다. 58세에 퇴직하고, 5년을 놀고 나자 더 이상 집에서 빈둥댈 수가 없었다고 했다.

"할 수 있는 일이 구청 취로사업밖에 없더라니까. 그래서 택시 기사를 하기로 했어. 그것도 시험이 있더라고. 하여튼 마냥 놀 수만은 없잖아. 애들이 아직 결혼 전이라서, 많이 망설였지. 혹시라도 사돈 될 댁에서 택시 기사라고 문제 삼지 않을까 해서 말이야. 하지만 국민연금 몇 푼으로는 더 이상 못 견디겠더라고. 그래서 자존심 다 버리고, 결국 택시 일을 하기로 했지. 3년만 하면 개인택시를 구입할 수 있다니까, 그렇게 되면 일하고 싶을 때 하고, 하기 싫으면 불쑥 영업용 몰고 여행도 떠나볼 생각이야."

인생의 황금기는 20대가 아니라 50대이다. 구직을 위해 초조와 불안에 떨어야 하는 20대와 달리, 50대는 세상을 제대로 보는 안목을 갖춘 시기이다. 직장 생활도 얼추 20~30년 해서 나름대로 인맥이나 경험도 쌓인 상태이다. 그런데 바로 그때, 회사에서 간부로 승진한다. 쉽지 않은 일이기에 정말로 두 손 들어 환영할 만하다. 개인 기업의 경우는 간부가 못 되면 바로 사직이다. 그래서 죽기 살기로 간부가 되려고 발버둥을 치는지도 모른다.

그런데 그 간부 승진이 바로 80대 평균수명의 시대에 발목을 잡는다. 한 5년쯤 간부로 재직하면서 젊은 시절의 피눈물을 보상받는 사이, 제대로 노후 준비를 할 기회를 놓치기 십상이기 때문이다. 오너에게 인정받고 부하직원들에게 대접받다 보니, 도끼 자루 썩는지 모르고 시간을 보내게 되는 경우가 허다하다.

10년 전 퇴직하고 아파트 경비로 근무하는 선배를 만난 적이 있다. 격일 24시간 근무하고, 180만 원 받는 처지라면서 자조 섞인 푸념을 늘어놓았다. 누가 근무를 하라는 것도 아니었다. 본인 스스로 구직신청을 하여 근무하면서도 푸념을 늘어놓는 모습을 보니, 안타까운 마음이 많이 들었다. 아마도 비감한 자신의 처지에 자괴감이 들어서 한 푸념이었겠지만, 그래도 일할 수 있는 건강한 몸을 지닌 데 대해 감사해야 할 것이라는 생각을 했다. 그 선배는 지방 명문 고등학교에, 명문대학 졸업생 출신이었다.

사실 아파트 경비 중에는 대졸 이상의 학력자들이 많다. 아파트 경비직에 도전하는 베이비부머들의 높은 교육수준도 한몫을 하겠지만, 우편물을 제대로 전달받기 위해 높은 수준의 한자와 영어의 해독을 요구하는 아파트 주민들의 요구가 반영된 까닭이기도 하다. 박사 출신 아파트 경비, 교수 경력 건물 관리인도 머지않았다. 공연한 허풍이 아니다. 실제로 요즘 우리 주변의 현실이 그렇다.

중년에 노후 준비도 없이 직장 생활에만 전념하다 보면, 노년의 궁핍은 피할 길이 없게 마련이다. 주요 직책들을 섭렵하고 승진에 승진을 거듭한다고 해도, 평균수명 80대 시대의 경제난을 해결할 방안이 절로 생기지는 않는다. 그렇기에 40대 후반부터 50대 초반의 인생 황금기에 반드시 노후 준비를 시작해야 하는 것이다.

| 세상이 바뀌고 있다 |

고등학생들은 대학 입학을 위해 수능을 준비한다. 대학생들은 구직을 위해 취업 준비를 한다. 그렇다면 직장인들은 퇴직을 위해서 무엇을 해야 할까? 그 답은 분명하다. 바로 퇴직 준비이다. 이제는 퇴직하고 몇 년 있다가 사망하는 시대가 아니다. 20년, 30년, 심지어 40년을 더 살 수도 있는 세상이다. 그러므로 퇴직이 인생의 종말이 아니라는 현실을 인식하고, 퇴직을 하고 나서 무엇을 어떻게 할 것인가에 대해 철저한 대비를 해야 한다.

산업화에 목을 매던 20세기 후반까지, 모든 자기계발서는 기업형 인간 양성이 목표였다. '직장에서 살아남는 법'에서부터 '이런 간부는 사표를 써라'에 이르기까지, 직장의 성공이 곧 인생의 성공이라는 접근법이 대세였다. 그러나 21세기로 접어들면서, 이러한 패러다임을 깨뜨리는 여러 돌발적인 상황이 발생했다. 일본의 버블경제 붕괴로 한국은 경제 성장 모델을 새롭게 구축해야 했고, IMF 금융위기로 기업의 구조조정이 일어났다. 그리고 IT 붐, 문화 산업의 비약적 발전으로 인해, 산업 질서 조정이 발생했다.

일본식 종신고용은 깨져버렸고, 이직과 전직이 흔한 세상이 되었다. 45세가 기업의 정년이라는 말을 담은 '사오정'이나, 56세에도 직장 다닐 생각을 하면 도둑놈 심보라는 '오륙도'라는 말이 나올 정도로 기업 근무 환경이 각박해졌다. 냉정하게 말하자면, 요즘의 직장인들은 직장에서 언제든 밀려날 수 있다는 비장함을 한시라도 잊지 말아야 하는 것이다.

그래서 부각된 것이 바로 퇴직 이후를 준비하는 직장생활 활용법이다. 기업에서 살아남기 위한 기업형 인간은 80세, 90세로 평균수명이 높아지는 시대에는 부합하지 않는다. 기업이 사원의 인생을 책임져주지 않기 때문이다. 아니 냉정하게 말하자면, 당신이 다니는 회사가 당신의 퇴직 전에 문을 닫을 수도 있다. 회사가 살아남을지 무너질지도 모르는데, 당신의 퇴직 후 보장을 누가 해주겠는가?

그래서 직장 생활은 직장 생활대로 열심히 하면서, 마음 한구석으로는 퇴직 후를 준비하는 '투 트랙 전략'이 필요하다. 그런 생각을 한다고 죄의식을 가질 필요는 없다. 직장 생활을 열심히 하되, 퇴직 준비는 퇴직 준비대로 치밀하고 정교하게 해나가야 한다는 것이다. 그리고 그런 준비를 한다고 떠들고 다닐 필요도 없다. 이미 100세 시대의 중요성을 깨달은 사람들이라면 3년 전, 혹은 5년 전부터 노후 준비를 시작하고 있을 것이다.

지금부터 당신은 직장 생활을 양면으로 나누어 공략해야 한다. 회사에서 살아남기 위한 준비는 물론, 갑작스럽게 닥칠 퇴직에 대한 대비를 동시에 해야 하는 것이다. 구조조정의 칼날이 언제 당신에게

들이닥칠지 모른다. 겁주려고 하는 소리가 아니다. 직장 생활은 직장 다니는 동안만 하는 생활일 뿐이다.

자녀들에게 공부 열심히 하라고 다그치듯이, 당신도 퇴직 준비를 열심히 해야 한다. 고교 시절에 공부에 소홀하다가 재수, 삼수를 했던 경험이나, 그런 경험을 한 친구들을 떠올려야 한다. 2류, 3류 대학 다니면서 평생 가슴앓이를 했던 아픔을 되새겨야 한다. 퇴직 이후의 문제는 한 치도 소홀히 할 수 없는 중차대한 문제다. 더욱 엄밀하게 말하자면 생존의 문제인 것이다. 준비를 하지 않으면 100세 인생을 고통 속에서 보낼 수밖에 없고, 최악의 경우에는 굶어 죽을 수도 있다.

인생은 짧다고는 하지만, 실제 인생은 결코 짧지 않다. 특히 요즘의 인생은 정말 길고도 길다. 한 세기에 가까운 시간을 살아간다는 것은 과거에는 상상도 못했다. 이제 90세까지 산다고 가정하면, 30세에 입사해서 60세에 퇴직을 하고도, 다시 30년 동안 새로운 직장을 찾아 근무할 수 있는 시대가 되었다.

더구나 60세 이후부터 맞이하는 30년은 30세부터 시작된 30년과는 비교할 수 없을 정도로 여유 있는 시간이다. 육아의 부담도 없고 번잡한 인간관계도 없는, 순전히 자기 자신만을 위한 시간이 될 가능성이 높다. 그래서 여유롭기로 따지자면, 인생 전체 가운데에서 그 어느 때보다도 여유로운 시간이 될 수도 있다. 물론 60세 이후의 여유는 60세 이전에 어떤 준비를 어떻게 했느냐에 따라서 결정되기 마련이겠지만.

퇴직 이후를 준비하는 자세

| 사람도 바뀌어야 한다 |

'주마가편(走馬加鞭)'이라는 고사성어가 있다. 달리는 말에 채찍을 가한다는 뜻이다. 형편이 좋을 때, 더 힘을 가해서 좋은 상황을 이어 가라는 속뜻을 지니고 있는 고사성어다. 잘 알고 있는 말이겠지만, 실행하기는 그리 쉽지 않다. 잘 나갈 때는 계속 잘 나갈 것 같고, 못 나갈 때는 계속 못 나갈 것만 같다. 그래서 잘 달리는 말에 채찍질하기가 쉽지 않고, 잘 달리지 못하는 말에는 오히려 말에 무리가 갈 만큼 채찍질을 해대는 경우가 많다.

나이가 들면 지나온 세상에 대해서만은 복기가 가능하다. '그때 그렇게 했더라면 좋았을 텐데' 하는 아쉬움이 드는 것은 나이가 들었다는 뜻이다. '그때 그렇게 했더라면 좋았을 텐데'라는 생각이 들면,

지금이라도 주저 없이 그 생각을 행동으로 옮겨야 한다. 사람들이 실패하는 이유는 한 번 저지른 실수를 또다시 반복하기 때문이다.

또한 인생을 살면서 한사코 피해야 할 것이 있다. 바로 안주이다. 마음을 놓고 현실에 파묻힌 사람은 결코 미래의 주인공이 될 수 없다. 학창 시절이건 직장 생활이건, 친구 좋아하고 술자리 좋아하면, 미래를 준비할 시간을 놓치게 된다. 미래는 예측 가능해 보이지만, 실제로는 도둑처럼 찾아온다. 입사할 때는 퇴직할 나이를 알고 있다. 그렇지만 퇴직의 순간은 정말 도둑처럼 찾아온다. 괴도 루팡이 아닌 이상, 도둑이 예고하고 찾아오는 것을 본 적이 있는가? 공무원이나 특별한 직장이 아닌 경우, 난데없는 구조조정이나 인력 축소로 생각보다 빠르게 퇴직의 순간을 맞을 수도 있다.

그러므로 '주마가편'이라는 말을 염두에 두고, 직장 생활을 점검해 볼 필요가 있다. 당신은 지금 직장에서 잘 나가고 있는가? 그렇다면 빨리 달리는 말에 채찍질을 하는 심정으로, 좀 더 성공적인 직장 생활을 위해 더욱 노력해야 한다. 이때의 성공적인 직장 생활은 직장 내부에서의 성공만이 아니라, 직장 생활을 잘 활용해 성공적인 미래를 준비하겠다는 정신적인 자세를 말한다. 직장 내에서의 성공도 중요하겠지만, 더욱 중요한 것은 언젠가 찾아올 퇴직의 순간을 미리 준비하는 것이다.

반대의 경우도 있을 수 있다. 당신이 지금 직장에서 자신의 역량과 의지를 제대로 펴지 못하고 있다고 느낀다면, 달리는 말에서 내릴 수도 있다는 심정으로 미래를 준비해야 한다. 직장 생활에서 빛을 못 보았는데 퇴직이나 해고 이후에도 비실거린다면, 그것만큼 비참한 경우가 또 어디 있겠는가?

이제 세상은 우리가 상상하지도 못할 상황으로 급변하고 있다. 내가 다니는 회사의 경우는 정말로 격세지감을 느끼게 한다. 여러 가지 변화가 있지만, 신입사원 채용의 경우만 보더라도 그 사실을 알 수가 있다.

2014년 상반기에 뽑은 우리 부서의 신입사원은 남녀 두 명인데, 모두가 33세이다. 다른 부서까지 포함하면, 최고령 신입사원은 38세이다. 23세에 입사해서 15년 동안 직장을 다니고 팀장이 된 38세가 있는가 하면, 38세에 신입사원으로 입사한 사람이 있는 것이다. 입사 제한 연령을 폐지한 까닭인데, 이런 상태가 지속되면 40세 신입사원도 생겨날 수 있다. 입사하자마자 곧바로 퇴직 준비를 해야 하는 상황이 벌어지는 것이다.

물론 특별한 한 개인의 경우를 절대화할 필요는 없겠다. 그러나 전반적으로 구직의 어려움과 함께 취업 연령이 상승한 것만은 분명한 사실이다. 즉, 직장은 더 이상 한 개인을 사회적 · 경제적으로 평생 보장해주지 않는다는 말이다. 그래서 이러한 직장 환경의 변화에 맞게 개인들도 자신의 미래에 대해서 철저히 대비해야 할 필요가 생겨난 것이다.

직장 생활에 만족하는가? 그렇더라도 빨리 서둘러서 직장 생활의 위기를 염두에 두면서, 퇴직 이후를 대비해야 한다. 직장 생활이 불만스러운가? 그렇다면 더더욱 서둘러서 미래를 대비해야 한다. 직장에서 방출될 날이 도둑처럼 찾아올 수 있기 때문이다. 준비하지 않고 맞는 현실은, 피눈물을 흘리다가 죽음까지 생각할 수 있는 비참한 상황으로 몰고 갈 것이다.

| 고독을 이겨낼 준비 |

'퇴직 후 30년 준비'를 시작하면서 감내해야 할 것이 있다. 바로 고독이다. 주변 사람들이 생각조차 하지 않는 노후 문제를 서둘러 준비하는 것은 외롭고도 힘든 일이다. 그렇지만 지금 자발적으로 고독을 미리 경험해보면, 나중에 맞을 수 있는 냉혹한 고독을 피할 수가 있다.

대런 아로노프스키 감독의 영화 〈노아〉는 창세기에 서술된 홍수 사건을 소재로 하고 있다. '노아'는 대홍수로 40일 동안 물에 잠긴 세상에서 살아남은 사람이다. 즉, 노아는 수년 동안 고독을 이겨내며 미래를 준비한 사람이다. '퇴직 후 30년 준비'를 시작하는 사람은 노아와 같은 삶을 각오해야 한다.

홍수의 시작은 인간의 타락이었다. 인간이 심하게 타락하자, 하나님은 인간을 전멸시킬 생각을 했다. 그런데 하나님은 당대에 의롭고 흠이 없는 자였던 노아가 마음에 걸렸다. 그래서 노아에게 세상을 물로 심판할 계획을 알려주고는 방주를 만들어서 아내와 세 아들, 며느리들과 함께 홍수를 피하라고 일러주었다. 이와 함께 하나님은 노아에게 세상의 모든 동물들 암수 한 쌍씩을 방주에 태우라고 했다.

하나님의 말씀대로 노아는 방주를 만들기 시작했다. 성경에는 노아의 방주가 길이 150미터, 폭 25미터, 높이 15미터였다고 씌어 있다. 웬만한 학교 운동장만큼 커다란 배였다. 노아는 그 방주를 혼자 만들었다. 주변 사람들에게 40일 동안 비가 계속 내려 대홍수가 올 것이라고 아무리 말을 해도 귀담아듣는 사람이 없었기 때문이다. 결국 노아는 혼자서는 엄두도 못 낼 그 많은 양의 나무를 구해, 혼자서 대패질을 하고 못질을 했다. 노아가 방주를 만드는 동안 사람들은 노아가 노망이 났다고 했다. 하지만 결론적으로, 정말로 홍수는 일어났고 노아와 그 일행만 살아남았다.

건강하고 여유 있는 노후 생활을 대비한다는 것은 노아가 방주를 혼자서 만든 것처럼 외로운 작업일 수 있다. 노아의 방주처럼, 당신도 노년을 위한 방주를 만들어야 한다. 40일 동안 홍수가 내렸듯이, 미리 준비하지 않으면 당신의 노후는 틀림없이 비참해질 것이다. 방주를 만들던 노아가 손가락질을 받았듯이, 당신도 동료나 선후배들에게 비난을 받을지도 모른다. 그러나 20년 뒤, 30년 뒤를 생각하며 이겨내야 한다. 노아를 생각하면서, 직장 생활 중에도 매일 '퇴직 후 30년 준비'를 이어가야 한다.

노아는 혼자서 운동장 크기의 방주를 만들었다. 노아는 목수가 아니었고, 자신이 만들 방주를 구경해본 적도 없었지만 말이다. 그렇듯 당신의 방주는 당신 스스로 만들어야 한다. 당신이 계획표를 짜고, '퇴직 후 30년 준비'를 스스로 실천해나가야 한다. 구체적이고 체계적인 순서도를 만들고, 하루하루 목표량을 달성해 나아가야 하는 것이다. '퇴직 후 30년 준비'는 이처럼 치밀한 계획 및 구체적인 목표를 세워가면서, 천리길도 한 걸음부터 밟아나가는 고독한 여정이다.

그 긴 여정을 제대로 끝마쳐야, 건강하고 여유 있는 노후 생활을 맞이할 수 있는 것이다.

노아의 홍수와 당신의 미래가 다른 점은 딱 한 가지뿐이다. 노아의 홍수는 노아밖에 모르는 일이었지만, 당신이 맞이할 미래는 통계적으로 충분히 예측할 수 있다는 점이다. 늙고 약해져서 병이 들 것이며, 더 이상 일할 수 없는 날이 오고, 가진 돈이 바닥나서 궁핍해질 것이다. 이런 최악의 비참한 미래를 피하기 위해서는 노아처럼 방주를 만들어놓아야 할 것이다.

사람마다 적성이 다르고 인생 역정이 제각각인 까닭에, 정답은 없다. 그러나 당신보다 당신 자신을 더 잘 아는 사람은 없다. 당신이 체계적인 계획을 세우고 구체적인 도면을 그리면서, 홀로 꾸준히 만들어가는 길밖에 없다. 외롭고 고달프겠지만 20년 뒤, 30년 뒤를 염두에 두고 '퇴직 후 30년 준비'를 착실히 실행해나가야 하겠다.

| 새로움에 대한 두려움을 버려라 |

사람은 누구나 친숙한 환경을 좋아한다. 동물들도 그런 사정은 마찬가지다. 호랑이나 멧돼지 같은 야수들조차 다니는 길로만 다닌다고 한다. 똥개도 자기 동네에서는 50점 먹고 들어간다는 농담은 홈그라운드의 이점을 강조하는 말이다. 그렇다 해도 나이가 들면 그 위치에서 밀려나기 쉽다.

그래서 나이가 들수록 새로운 환경에 적응하는 연습을 해야 한다.

나이가 들면 내 삶의 주도권을 남에게 내주기 십상이기 때문이다. 내 삶은 내 것이라고 주장하며, 나 하고 싶은 대로 하고 살겠다고 버틴다면 결국 외로워질 수밖에 없다.

"나는 중국 음식이라면 딱 질색이야. 나는 한식으로 하겠어. 김치찌개."

"나는 당일 여행은 피곤해서 안 좋아해. 갈 사람들만 가."

"커피 마시는데, 무슨 돈을 써? 자판기에서 한 잔씩 뽑아 먹자고."

그렇게 자기주장만 폈다가는 단박에 외로워진다. 나이가 들수록 자신이 원치 않는 일이라도 감당해내야 한다. 싫은 소리도 들어야 하고, 먹고 싶지 않은 음식도 먹어야 하며, 가고 싶지 않은 장소에도 가야 한다. 한두 번 빠지다 보면 으레 안 어울릴 사람으로 낙인찍히고, 두 번 다시 권유도 받지 못하게 된다.

방송 관련 촬영 때문에 가정의학과 전문의 박용우 선생의 병원을 찾은 적이 있다. 비만전문가로 요즘 유명세를 타는 바로 그 박용우다. 스태프들과 함께 서둘러 찾아갔더니, 이른 시간이라 박용우 선생은 아직 출근 전이었다. 진료실에 촬영팀과 함께 앉아 독특한 진료실을 둘러보았다. 진료실 한복판에는 대문짝만한 사진이 걸려 있었는데, 박용우 선생 자신이 춤을 추고 있는 모습이었다. 영화 〈쉘 위 댄스〉에서 주인공 야쿠쇼 코지가 댄스 선생 쿠사카리 다미요와 춤추는 장면 이상으로 아름다웠다.

사진에 넋이 팔려 있는데, 청바지에 면 셔츠, 그리고 어깨 가방을 걸친 박용우 선생이 진료실로 들어왔다. 요즘 쓰는 인터넷 용어로 "이건 뭥미?"라는 소리가 나올 법한 상황이었다. 그런데 박용우 선생은 아무렇지도 않다는 듯, 진료 가운으로 갈아입고 촬영에 임했다.

촬영을 마치고 차를 나눌 때, 나는 그에게 "취향이 독특하시네요."라며 운을 뗐다. 그러자 박용우 선생은 재미있게 살기로 했다며, 그래서 종합병원 근무도 그만뒀다고 했다. 조직에 얽매이게 되면 나이와 계급 등을 의식해야 하는데, 곰곰이 생각해보니 자신만 피곤해졌다는 것이었다. 그래서 마음 편하게 살기 위해 하고 싶은 일, 가고 싶은 곳 등을 스스럼없이 선택하기로 했다는 것이다.

당신도 무언가에 얽매여 피곤하게 살지 말고 당신 스스로가 즐거울 수 있는 일을 해보길 권한다. 퇴직 후 30년의 시간은 말 그대로 인생 후반기이다. 부모님 봉양이나 자녀들 교육문제에 대한 부담도 없는 시간이 될 터이므로, 순전히 자기 자신을 행복하게 하기 위한 시간이 되어야 한다. 체면 때문에 엄두를 내지 못했던 일이나, 가족들을 부양하느라 바빠서 미처 행동으로 옮기지 못했던 일 등을 주저 없이 실행해보는 것이 좋을 것 같다.

어렵고 거창한 것을 떠올릴 필요도 없다. 주변의 시선을 의식하거나, 자기 나이를 따질 필요도 없다. 지금이라도 당장 새로운 일을 두려움 없이 시작해보는 것이다. 그러다 보면 새로운 일을 시작하는 부담이 사라질 수 있고, 진짜 승부를 걸어야 할 일에 대한 두려움도 갖지 않을 수 있다.

무엇이든 좋다. 낯설고 어색한 일을 곧바로 시작해보라. 글씨를 못 쓰는 사람이면 펜글씨 교본을 사서 글씨체를 교정해보기도 하고, 운동을 싫어했다면 줄넘기를 사서 하루에 20~30분씩 운동을 시작해보는 것도 좋다. 서예를 배우고 테니스나 골프를 쳐야 취미활동이고, 노후 준비가 아니다. 신문을 읽는 습관을 기른다거나, 동네 도서관에 이따금씩 들러서 자기 관심 분야의 책을 읽는 것도 노후 준비이다. 이렇듯 낯설고 새로운 일을 미리 몸에 익히는 것이 노후 준비이다.

다만 한 가지 욕심을 부리자면, 젊어서 시간이나 돈, 용기가 없어서 못 했던 일들을 우선 시작해보는 것이 좋을 듯싶다. 그동안 못 해본 일들을 하기 위해 낯선 곳으로 발걸음을 내딛다 보면, 점점 더 정신적으로 강해질 것이다. 그리고 당신은 그런 일들을 충분히 해낼수 있다.

노년에 잘 나가는 사람들

| 죽기 전까지 일하는 여자 |

나이가 들어서도 일을 하는 방법으로는 두 가지를 들 수 있겠다. 그동안 해오던 일을 계속할 수 있는 방도를 찾든지, 아니면 새로우면서도 잘 할 수 있는 일을 찾는 것이다. 나이가 들어서도 그동안 해오던 일을 계속할 수 있으려면, 젊은 사람들보다 훨씬 더 기량이 뛰어나야 한다. 젊은이들보다 열 배, 스무 배 이상 능률을 올릴 수 있어야만 고용이 될 것이기 때문이다.

일반적으로 60세로 퇴직할 무렵이면, 신입사원의 월급보다 서너 배, 많으면 대여섯 배도 받는다. 그런데 대여섯 배의 월급을 받는 사람이 대여섯 배의 생산성만 낸다면 절대로 고용되지 않을 것이다. 신입사원에게는 급여보다 두세 배 이상, 아니 더 높은 생산성을 내라고 교육을 시킨다. 그러니 퇴직 이후에도 일을 계속하고 싶다면 열 배, 스무 배 정도의 생산성을 올릴 수 있는 능력자라야 고용이 되지 않겠는가.

전성희라는 이름을 인터넷에서 검색하면 대성산업 이사, 회장 수석비서라는 직함이 나온다. 그리고 이와 함께 울긋불긋한 옷을 입고, 한껏 멋을 낸 전성희의 커트머리 사진을 볼 수 있다. 이 사진만으로 보면, 나이를 짐작할 수 없다.

하지만 1943년생인 전성희는 벌써 70세를 넘겼다. 정확하게는 72세이다. 전성희는 72세의 나이에도 현역으로 활동하고 있음은 물론, 명품 비서라고까지 자타의 공인을 받고 있다. 대성산업은 회장 비서 전성희에게 이사 직함을 주고, 여전히 고용하고 있다. 회장 친구의 부인이라서가 아니라, 전성희만큼 비서 역할을 깔끔하게 해낼 수 있는 사람이 드물기 때문이다.

현역은 언제나 실제 나이보다 젊게 보인다. 신체적으로도, 정신적으로도, 현역으로 활동하는 사람은 은퇴한 사람보다 젊어 보일 수밖에 없다. 대인관계를 해야 하는 까닭에, 언제나 긴장한 채로 자기관리를 해야 하기 때문이다. 72세 전성희가 인터넷상의 사진에서처럼 그렇게 젊은 모습을 유지하기 위해서, 얼마나 노력을 하고 있을지 가히 짐작이 가는 일이다.

사실 확인을 위해, 대성물산 인사부에 전화를 걸었다. 네이버라는 포털 사이트에 올라가 있더라도, 실제로는 이미 흘러간 왕년의 기록일 수도 있기 때문이었다.

그런데 인사부에 전성희의 재직 여부를 물었을 때, 인사부 직원의 대답은 단호한 한 마디였다. "오늘도 출근하셨습니다." 오늘도 출근했다는 말은 어제까지 그랬던 것처럼, 오늘도 출근을 했다는 말이었다. 이미 나 말고도 여러 사람들이 전성희의 재직 여부에 관해 문의를 했었던 것 같은 느낌이었다. 그래서 인사부 직원은 아예 더 이상 묻지도 못하도록 단호하게 그렇게 대답을 한 것 같았다.

더 이상 물어볼 말이 없었다. 오늘도 출근을 했다는데, 뭘 더 물어볼 필요가 있겠는가? 72세 회장 비서를 둔 대성산업의 자부심을 느낄 수 있는 대목이었다.

회장 비서의 주된 업무는 회장의 일거수일투족을 확인하고 점검하는 것이다. 전성희는 그런 비서 일을 30년 넘도록 능숙하게 수행해냈기 때문에 이사의 직위에까지 오를 수 있었던 것이다.

이사라면, 다른 사람의 보필을 받아야 하는 수준의 직함이다. 그런데 전성희는 이사급 비서이다. 비서면 비서이지, 이사급 비서는 또 뭔가? 이것은 대성산업이 전성희라는 개인에게 줄 수 있는 최대의 찬사이다. 또한 대성산업의 성장에 전성희라는 비서의 역할이 얼마나 컸는가를 나타내 주는 증표이기도 하다.

물론 대성산업은 전성희를 고용하는 것만으로도 엄청난 광고효과를 누리고 있다. 석탄, 석유, 가스, 에너지 등의 무거운 제품과 관련된 대성산업이 프로 스포츠 구단 하나 없이 이렇게 유명해진 이유 중의 하나는 바로 전성희 때문이다. 70대 비서는 외국에서나 볼 수 있는 사례라는 고정관념을 깨고, 우리나라 기업에서도 능력 있는 사람이라면 제아무리 노령이라 할지라도 현역을 유지할 수 있다는 사실을 여실히 증명해주었기 때문이다.

당신도 타인들에게 널리 인정받을 만한 특출한 능력을 보유하게 되면, 70대가 아니라 100세에도 현역일 수 있다.

| 스스로의 인생을 책임지는 승부사 |

4, 50대와 경쟁하는 70대가 있다. 야구계에서 산전수전 다 겪은 한화 이글스의 김성근 감독이다. 프로 야구 감독으로서, 김성근만큼 많이 해고되고 재취업된 사람도 드물 것이다. 2014년 하반기까지 독립구단 고양 원더스의 감독이었던 김성근은 2015년 올해 73세로 최고령 프로야구 감독으로 취임했다.

김성근은 감독으로서 열세 번 해고되었고, 열네 번째로 다시 고용되었다. 김성근 감독만큼 프로 스포츠맨의 세계를 뼈저리게 통감한 전문가는 없을 것이다. 한국 시리즈 우승을 하고도 해고를 당했던 김성근 감독은 냉혹한 프로의 세계에서 갈팡질팡하는 선수들의 공통점을 잘 알고 있다. 그래서 자신을 채찍질하는 심정으로 아들뻘 되는 선수들을 지도한다.

김성근 감독이 선수들에게 강조하는 것은 다름 아닌 실력이다. 야구 경력 60년이라는 빛나는 이력 못지않게 수많은 해고를 당해본지라, 실력만이 살길이라는 사실을 몸소 체험했기 때문이다. 그래서 사람들에게 멋지게 보이는 방법 대신, 실제 기록으로 실력을 입증하는 길을 지향하고 있다. 따라서 김성근 감독의 선택은 언제나 멋있는 패배보다, 멋없는 승리 쪽이다.

그렇다고 김성근 감독이 도리를 외면하는 후안무치한 사람이라는 것은 아니다. 2011년 시즌 중에 SK 와이번스에서 해고된 김 감독은 곧바로 한화 이글스의 감독 요청을 받았지만 자진 고사했다. 시즌 중 감독 해임이라는 불명예를 후배에게 안겨주지 않으려고, 일부러 독립구단 고양 원더스를 선택했다. 김성근 감독은 비열한 경기 운영으로 승리를 추구한 적이 없는 것처럼, 도리를 외면하면서까지 자리를 탐내지 않는 진정한 스포츠맨십을 실천해 보인 것이다.

김성근 감독의 60년 야구 인생은 무수한 해고와 이보다 한 번 더 많은 재취업 경험으로 점철되어 있다. 김성근 감독은 '구단은 실적이 안 좋은 감독을 일방적으로 자를 수는 있어도, 결국 이기고 싶어지면 다시 이기게 할 수 있는 감독을 부를 수밖에 없다'는 사실을 잘 알고 있다. 그래서 그는 사람들에게 잘 보일 생각보다, 경기에서 이길 생각만 하고 있는 것이다.

김성근 감독은 프로구단이 자신을 감독으로 부르지 않는다면, 그것은 승부사로서의 기량이 부족하다는 사실을 의미하는 것이라고 믿고 있다. 그래서 한 경기, 한 경기를 은퇴 경기처럼 최선을 다한다. 또한 오로지 야구 한 길만 외골수로 파고들 뿐, 다른 길에는 곁눈질도 주지 않는다. 암에 걸려 수술을 받았어도 약점이 될까봐 세상에 알리지도 않았고, 오히려 입원 치료 기간을 앞당겨 퇴원을 하면서도 집까지 걸어갈 정도로 목숨을 건 오기도 부렸다.

김 감독은 알고 있다. 살아남기 위해서는 목숨을 걸어야 하고, 목숨을 걸면 죽지 않는다는 사실을. 승부의 세계에는 오로지 기록만 남고, 변명이나 동정은 있을 수 없다는 사실을. 73세의 김성근 감독은 오늘도 목숨을 걸고 야구장에서 눈을 부릅뜨고 있다.

　어쩌면 김성근 감독은 영원히 은퇴를 하지 않을 수도 있다. 야구장에서 목숨 걸고 싸우다가 그 길로 고별 경기를 치를 수도 있는 까닭이다. 어쩌면 그것이 김 감독의 전략일지도 모르겠다. 감독직에서 물러나서 텔레비전으로 야구 경기를 시청하느니, 차라리 목숨을 걸고 싸우다 그 길로 세상을 하직하는 쪽을 선택할 가능성이 높다.

　하여튼 김성근 감독에게는 73년 동안 갈고 닦은 정신력이 있고, 그 정신력을 이길 수 있는 감독들이 아직까지는 그리 많지 않은 것 같다.

| 100세에 로키 산맥에서 스키를 타는 꿈 |

　몸과 마음이 서로 연결되어 있듯이, 체력과 정신력도 서로를 보완해주는 작용을 한다. 나이가 들면 하루가 다르게 체력이 떨어지면서 정신력도 약해지게 마련이다. 그럴수록 꾸준한 체력 관리와 함께 꿈을 잃지 않는 정신력이 필요하다. 체력과 정신력은 서로 융합하여 시너지 효과를 낼 수 있으므로, 체력과 정신력을 강하게 다진다면 노년의 삶이 더욱더 윤택해질 것이다.

　8,848m의 세계 최고봉 에베레스트는 아무나 오를 수 있는 산이 아니다. 정신력과 등반기술 외에 체력도 중요한 요소이기 때문이다. 그래서 모든 산악인의 희망인 에베레스트 등정에 성공한 사람은 그렇게 많지 않다.

그런데 80세의 나이에 에베레스트 등정에 성공한 사람이 있다. 일본인 미우라 유이치로이다. 사실 미우라 유이치로의 에베레스트 등정은 처음이 아니었다. 네 번째이다. 1970년 37세 때, 2003년 70세 때, 2008년 75세 때에도 한 차례씩 정상을 밟은 적이 있었다.

내로라 하는 3,40대 중년 산악인들도 정상 도전을 시도했다가 목숨을 잃기도 하는 에베레스트 등반. 이런 험난한 등반을 거침없이 해내는 미우라 유이치로는 실로 인간 한계에 도전하는 철인이라 할 수 있다. 일본 정부는 미우라 유이치로의 이름을 딴 '미우라 상'을 제정, '나이를 뛰어넘어 도전하는 노인'들에게 격려를 하기로 했다.

2013년 5월 13일, 만 80세의 나이로 에베레스트 등정에 성공한 미우라 유이치로에게는 훗날의 꿈이 있다. 100세가 될 때 로키 산맥에서 스키를 타고 내려오겠다는 것이다. 남들의 눈에는 그저 황당한 공상으로 보일지 모르겠지만, 미우라 유이치로에게는 충분히 자신 있는 꿈이다. 그는 원래 세계적인 스키어이기 때문이다.

물론 스키어라고 해서, 100세에 로키 산맥을 활강한다는 것이 어디 쉬운 일이겠는가. 하지만 미우라 유이치로에게는 충분히 가능한 꿈이다. 미우라 유이치로는 1970년부터 1985년까지 16년 동안 전세계 6대륙 최고봉에 올라 스키 활강을 하고 내려온 전력이 있다. 그뿐만이 아니다. 70세이던 2003년에도 프랑스의 몽블랑에서 스키 활강을 하고 내려와서 세상을 놀라게 했었다. 그러므로 사람들은 미우라 유이치로가 100세까지 산다면 틀림없이 자기가 장담한 말을 실현할 수 있을 것이라고 믿는다.

미우라 유이치로가 이렇게 정열적인 삶을 살 수 있기까지는 프로 스키어였던 아버지 미우라 게이조의 영향이 컸다. 미우라 게이조는 2005년 101세에 죽기 전까지, 스키와 관련된 신기록들을 세워나가면서 노익장을 과시했던 사람이었다.

미우라 게이조는 70세였던 1974년에는 히말라야에서, 77세였던 1981년에는 킬리만자로에서 활강을 했다. 그리고 88세였던 1992년에는 7일 동안 총 길이 866km를 쉬지 않고 달리는 오토 루트 알프스를 완주했다. 그러고도 모자라서, 99세였던 2003년에는 몽블랑 산맥에서 스키 활강을 했고, 100세였던 2004년에는 아들과 손자, 증손자까지 4대가 함께 미국에서 스키 활강을 해서 화제를 불러 모은 인물이었다.

그런 아버지를 둔 미우라 유이치로이니, 100세 때 로키 산맥에서 스키를 타고 내려오겠다는 그의 생각은 그다지 놀라운 것이 아니다. 아버지가 한 일을 그대로 되풀이하는 것일 뿐이기 때문이다.

산림청 직원 생활을 하다 51세에 퇴직하고, 50년간 프로 스키어로 산 아버지 미우라 게이조. 홋카이도 의과대학을 졸업하고 아오모리 대학 생물공학과 교수로 활동한 아들 미우라 유이치로. 대를 이은 100세 인생이 부럽기만 하다.

고산준봉에 올라, 스키를 타고 내려오는 신기록으로 세상을 놀라게 한 미우라 유이치로는 이미 상상할 수 없는 부를 축적했다. 인간 한계를 극복하는 내용을 담은 책과 강연, 텔레비전 출연, 광고 수입. 미우라 유이치로는 그야말로 일본의 스포츠 총리라 할 수 있겠다.

미우라 유이치로를 보면, 나이 든다고 해서 꼭 체력이 떨어지고 정신력도 약해지는 것이 아님을 알 수 있다. 노년에도 체력 관리를 제대로 하고 꿈을 잃지 않는다면, 젊은이들 못지않은 업적을 이룰 수 있다. 당신도 구체적인 건강관리 계획을 세워 꾸준하게 실행하고, 정신력과 꿈의 위력을 믿으며 끝까지 밀고 나가 보라. 그러면 미우라 유이치로처럼 열정적인 노년을 맞이할 수 있을 것이다.

원 없이 도전하는 인생 후반전

| 몸을 움직이면 마음도 움직인다 |

　나이가 들면, 몸과 마음 모두 약해지기 십상이다. 그리고 세상살이가 덧없이 느껴지고, 더 이상 살고 싶은 욕구조차 없어질 수도 있다. 이러한 때에는 무조건 몸을 움직여야 한다. 몸을 움직이면 마음도 움직인다. 일을 하면 생기가 넘쳐나고, 새로운 생활이 시작된다. 그리고 그와 더불어 몸과 마음이 바로 서게 되는 것이다.

　게다가 단순히 몸을 움직이는 것에도 새로운 의미를 불어넣게 되면, 그것이 직업이 되기도 한다. 엉뚱한 빈말이 아니다. 프랑스 사람 베르나르 올리비에의 사례에서 확인할 수 있는 사실이다. 베르나르 올리비에는 눈만 뜨면 하루 종일 걷는 사람이다.

　그런데도 베르나르 올리비에는 노년의 삶을 영위하는 데 경제적으로 쪼들리지 않는다. 아니, 오히려 명사 대접까지 받으며 잘 나가고 있다. 그가 쓴 책은 베스트셀러가 되었고, 사람들은 베르나르 올리비에를 만나기 위해서 강연장에 모인다. 심지어 어떤 나라에서는 베르나르 올리비에와 함께 걷기 위한 행사를 계획하기도 한다.

베르나르 올리비에는 프로페셔널 워커이다. 베르나르 올리비에가 직업적으로 걷는다고 뭐 대단한 기술을 쓰는 것도 아닐 텐데, 세계인들이 그의 걷기에 주목하는 이유는 무엇일까? 그것은 바로 목적이 있는 걷기이기 때문이다.

1938년생인 베르나르 올리비에는 60세까지 45년간 사회활동을 했다. 학교교육을 마친 것은 16세였다. 가난 때문에 더 이상 학업을 이어갈 수 없었다. 남보다 일찍 생업 현장에 뛰어들어 토목공, 항만 노동자, 상품 외판원 등 닥치는 대로 일했으며 독학으로 교사까지 했다. 그러다가 기자가 되어 파리 마치, 르마탱, 르피가로 등의 신문사에서 기자로 근무했다.

정규교육을 받지 못한 형편으로는 대단한 이력이었지만, 그런 이력도 60세에 끝이 났다. 동양이든 서양이든, 60세 정년은 정해진 규정이었다. 베르나르 올리비에는 그렇게 세상으로 다시 방출되었다.

언론인의 퇴직은 다른 직업인들의 퇴직과 다르다. 사회에 속해 있으면서도, 언제나 비판적 분석가의 태도를 취하는 것이 언론인이다. 정치인의 언행을 보도하고, 경제인의 활동을 분석하는 것이 바로 언론인이다. 사회 전반에 대해 평가를 하지만, 정작 생산적인 활동을 하지는 않는다.

그래서 언론인들은 퇴직 이후, 재취업이 쉽지 않다. 기껏 할 수 있는 일이 정치판을 들락거리거나, 여기저기 줄을 대고 브로커 역할을 자청하는 것이다. 60세의 프랑스 언론인 베르나르 올리비에의 처지도 마찬가지였다. 딱히 할 일도 없고, 할 수 있는 일도 없이 퇴출될 위기에 처해 있었다.

그럴 때, 아내가 죽었다. 아내만 죽은 것이 아니라, 성장한 아이들은 독립을 했다. 퇴직 이후 딱히 할 일이 없었고, 고독만이 이어졌다. 베르나르 올리비에는 정말로 집 안에 틀어박혀 있는 것 외에는 더 이상 할 수 있는 일이 없었다.

그때 베르나르 올리비에는 무작정 걸을 생각을 했다. 그것도 무려 4년 동안 1만 2천 km의 실크로드를 걸을 무모한 생각을 했던 것이다. 그리고 그 생각을 실천했다. 그것이 시작이었다. 베르나르 올리비에는 이전에 경험하지 못한 새로운 인생을 살아가게 되었다.

언론인답게 깊은 사색과 관찰로, 사물과 인생을 관조하게 되었다. 세상의 변화의 핵심을 짚어내던 시각과 필체로, 인생이라는 거대한 산맥을 조명하기 시작한 것이다. 『나는 걷는다』 시리즈를 비롯한 저서들은 이미 세계 각국에서 번역되어 출판되었고, 베르나르 올리비에는 강연자로서 세계 각국을 순회하고 있다. 그리고 새로운 연인과 만나 화려한 인생 2막을 시작하고 있다.

베르나르 올리비에는 대단하고 거창한 일을 하고 있지 않다. 누구나 할 수 있는 걷는 일을 그저 하고 있을 뿐이다. 그런데 혼자서 시작한 그 일을 이제 세계인이 주목하고 있다.

생활 속에서 소득을 낼 수 있는 일은 거창하게 사업을 하거나, 투자를 하는 것보다 지출을 줄이거나, 사소하게 느꼈던 일상생활에서 실마리를 찾아 수입을 올리는 것이다. 청소만 하다가 청소전문가가 된 일본인 마쓰다 미쓰히로도 있고, 혼자서 56년간 쓴 그림일기를 출판해서 베스트셀러를 만든 93세의 일본인 다케나미 마사조도 있다. 그 외에도 자신의 일상을 활용해서 노후에 직업을 만든 노인은 부지기수이다. 그런데 우리의 현실은 돈을 벌 수 있는 일이 없는 것이 아니라, 나이가 들었다고 일할 마음을 갖지 않는 경우가 더 많다.

그러므로 먼저 몸을 움직여라. 그러면 마음도 따라 움직이게 되면서 새로운 생활, 새로운 전망이 펼쳐지게 될 것이다.

| 도전도 습관이다 |

도전도 습관이다. 한 번 도전해서 성공한 사람은 또 다른 도전을 꿈꿀 수 있다. 도전은 강한 중독성이 있는 것 같다. 남들이 감히 할 수 없는 일에 도전해서 성공한 사람일수록, 도전의 강도도 세지기 때문이다.

그런데 대부분의 노인들은 나이가 들수록 새로운 일에 도전하기를 두려워한다. 새로운 도전을 하기에는 너무 나이가 많다고 그냥 제풀에 주저앉는 것이다. 하지만 우리 인생에서 도전을 포기하거나 주저할 만큼 많은 나이란 실제로 없다. 나이가 들수록 오히려 더 많은 도전을 해야 한다. 도전했다가 실패를 해도 밑질 일은 없다. 도전을 하든 안 하든, 결과는 모두 어차피 죽을 것이기 때문이다.

세상이 놀랄 만한 도전을 한 노인이 있다. 우주비행사 출신의 전

미국 상원의원 존 글렌이 주인공이다. 1998년, 77세의 존 글렌은 미국 디스커버리호에 탑승했다. 그리고 불면증, 골다공증, 균형감각 상실에 관한 실험에 참여했다. 인간 노화의 비밀에 관한 연구를 위한 실험이었다. 여섯 명의 동료와 함께 우주 비행에 참가한 존 글렌은 무사히 자신의 임무를 마쳤다.

77세는 세계여행을 떠나기도 그리 쉽지 않은 나이이다. 비행기나 기차와 같은 교통수단을 이용하는 것은 체력적으로 엄청난 부담을 안겨주기 때문이다. 그래서 7,80세가 되면, 무리한 여행은 자제하는 것이 상례이다.

그런데 존 글렌은 77세의 나이에 우주비행을 자청했고, 자신에게 맡겨진 임무를 완벽하게 수행해냈다. 물론 존 글렌이 고령에도 불구하고 우주비행을 할 수 있었던 것은 젊어서 우주비행을 했던 우주인이었기 때문이었다.

하지만 젊어서 우주비행을 했다고, 모두 다 나이 들어서 우주비행에 재도전할 수 있는 것은 아니다. 정신과 육체에 관련된 수십, 수백 가지의 정밀검사를 통해, 우주선 탑승이 가능한 상태인지 확인이 되어야 한다. 그리고 우주비행 직전까지 끊임없이 훈련을 거듭해야 한다. 존 글렌은 77세의 나이에, 이 모든 과정을 완벽하게 수행해냈다.

지구로 귀환한 존 글렌은 최연로 우주인이 되었다. 함께 우주 비행에 나섰던 여섯 명의 동료들이 전부 세상을 떠났지만, 존 글렌은 2015년 현재까지 건재하다. 아니, 건재할 뿐만 아니라 각종 사회활동을 왕성하게 하며 노익장까지 과시하고 있다. 95세의 존 글렌은 불굴의 도전 정신을 자랑하는 미국 현대사의 산증인이다.

77세에 우주비행을 성공하기 전까지도, 존 글렌은 계속 도전하는 인생을 살았다. 존 글렌의 인생역정은 격동기 미국 현대사에 빠지지 않고 나타난다. 존 글렌은 미국 해군 파일럿으로, 세계 평화를 수호하기 위해 제2차 세계대전과 6·25 한국전쟁에 참전했다. 제2차 세계대전 중에는 남태평양과 중국에서 전투비행을 했고, 6·25 한국전쟁 중에는 63차례나 전투 출격을 했다.

전쟁 뒤 비행교관으로 활약하던 존 글렌은 미국 역사상 최고의 도전에 나서, 25세에서 40세 사이의 미군 파일럿 508명 가운데 일곱 명 중의 한 명으로 선발되었다. 그리고 4년간의 훈련을 충실히 수행한 뒤, 1962년 2월 20일 프렌드십 7호를 타고 지구 궤도를 4시간 55분 23초 동안 세 차례 비행하고 지구로 귀환했다. 임무를 완수한 존 글렌은 미국의 세 번째, 세계에서 다섯 번째 우주인이 되었다.

우주비행사로 현역에서 은퇴한 존 글렌은 정계에 입문해서, 재수 끝에 1974년 오하이오 주 상원의원에 당선된 후 1998년 말까지 24년간 정치인으로 살았다. 의원 재임 중에는 정부위원회 의장으로 활약하기도 했다.

존 글렌은 77세에 우주비행을 완수했고, 78세에 정계에서 은퇴했다. 그렇지만 그것이 끝이 아니었다. 그는 1998년에 오하이오 주립대학에 설립된 존 글렌 스쿨에서 95세가 된 현재까지 공공복지와 공공정책을 강의하고 있다.

세월은 쏜살같이 흐른다. 그에 따라 누구나 똑같이 나이를 먹어가지만, 그렇다고 나이를 먹는 과정까지 똑같은 것은 아니다. 마음먹기에 따라서, 누군가에게는 새로운 도전을 하는 계기가 된다.

| '버킷리스트'의 실천 조건 |

2007년 미국에서 개봉된 영화 가운데 〈버킷리스트〉가 있다. 우리 나라에서도 2008년에 개봉되어, 많은 관객을 불러 모은 작품이다. 제목 자체가 주는 매력으로 인해, 개봉 후에 '버킷리스트'라는 낱말 이 들어간 다양한 책들이 출간되기도 했다. 버킷리스트란 죽기 전에 꼭 해보고 싶은 일의 목록을 의미한다.

이 영화는 잭 니콜슨과 모건 프리먼이라는 걸출한 두 배우를 중심 으로, 인생을 마감하는 노인들의 이야기를 다루고 있다. 병원 이사 장인 백인 잭 니콜슨은 원하는 것은 무엇이든 할 수 있는 사람이고, 자동차 정비공인 흑인 모건 프리먼은 원하는 것을 제대로 하지 못하 고 살아온 사람이다. 이 두 사람이 죽음을 앞두고, 병실에서 만났다.

죽음을 예감한 모건 프리먼은 해보고 싶었지만 하지 못했던 일들 의 목록을 적기 시작한다. 그러자 잭 니콜슨은 돈 걱정은 말고, 둘이 함께 해보자고 제안한다. 그래서 그들은 병원 침실을 박차고 나가 서, 그동안 꿈만 꿔왔던 세상과 만나기 시작한다. 전용기를 타고 아 프리카로 날아가서 사냥을 하기도 하고, 젊은이들처럼 문신을 새기 기도 하고, 카 레이싱과 스카이다이빙도 한다. 그리고 그 외에도 여 러 가지 해보고 싶었던 일들을 하면서, 기나긴 인생 속에서 느끼지 못했던 즐거움과 재미를 만끽한 후 죽음을 맞이한다.

영화 〈버킷리스트〉는 인간이 맞이하는 두 가지 형태의 노년을 표 현한다. 돈 걱정 없이 원하는 것을 마음껏 하고 사는 노인과 돈 걱 정 하느라 아무것도 못하고 일만 하는 노인. 아마도 이 두 가지 극

단적인 형태가 우리 앞날의 가능성을 집약적으로 표현해주는 것은 아닐까.

영화 〈버킷리스트〉가 상영된 이후, 한동안 우리 사회에서도 '죽기 전에 해야 할' 것과 같은 식의 제목이 든 자기계발서가 유행했었다. 그러자 히말라야의 고산 등정, 장기간의 해외 배낭여행, 재즈 댄스 교습과 같은 특별한 목표들이 노년 생활을 풍요롭게 하는 새로운 인생 목표로 제시되기도 했다. 이러한 목표들은 그저 생각하는 것만으로도 노년 생활의 촉매가 되기도 했다.

하지만 한 가지 중요한 사실을 기억해야 한다. 이 모든 '버킷리스트'를 실현하기 위해서는 가장 먼저 해야 할 일이 있다. 바로 건강하고 여유 있는 노년 생활을 만드는 것이다.

정신적, 육체적으로는 건강하면서, 경제적 여유까지 모두 갖추기는 그리 쉽지 않다. 나이가 들어갈수록, 정신과 육체는 약해지게 마련이다. 그리고 사회활동을 지속하기도 어려워지므로, 경제적 여유를 갖기가 쉽지 않다. '버킷리스트'에 무수한 목록을 적어놓아도, 건강과 돈이 없으면 어느 것 하나 제대로 실천할 수 없다.

죽기 전에 하고 싶은 일들을 100가지 꼽으라면, 당신은 무엇을 적겠는가? 태평양의 작은 섬에서 낚시를 하며 책을 읽는 일, 백두대간의 여러 산을 전부 종주하는 것, 서당에 들어가서 사서삼경을 익히는 것. 관심을 갖던 일과 취미 등 무엇이든 적을 수는 있다.

그렇지만 가장 중요한 것은 건강하고 풍요로운 노후를 만드는 일이다. 그것보다 더 우선되는 버킷리스트 목록은 이 세상에 있을 수 없다. 관심이건, 취미건 따질 것 없이, 건강하고 풍요로운 노후를 만들기 위한 일을 중심으로 이루어져야 할 것이다.

　퇴직 준비를 위한 버킷리스트는 간단하고 구체적이어야 한다. 예를 들어, '운동 한 가지를 익혀서 매일 30분 이상씩 한다'라든지, '자신 있게 할 수 있는 요리를 열 가지 배운다', '자격증을 세 개 이상 취득한다'와 같은 실현 가능한 것이어야 한다. 기본적으로 버킷리스트는 크게 세 가지 범주를 중심으로 작성되어야 할 것 같다. 첫째, 퇴직 후 경제 문제를 해결하기 위한 목표, 둘째, 퇴직 후 건강관리를 위한 목표, 셋째, 퇴직 후 원만한 가정생활을 위한 목표 안에서 이루어져야 한다. 세계 일주 여행이라든지, 히말라야 등반과 같은 목표는 거창해 보이지만, 목표 실현 후에 건강, 경제, 가정 관계에 문제가 생길 수 있는 내용들이다. 나이가 들수록, 목표는 현실적이고 실현 가능한 것이어야 한다.

3

퇴직 후 준비는 어떻게?
단순하게 시작하라

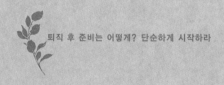

퇴직 후 준비는 어떻게? 단순하게 시작하라

두려움의 실체를 확인하라

| 막연한 두려움에서 벗어나기 |

퇴직 준비를 시작할 때에 맨 먼저 떨쳐버려야 할 것은 두려움이다. 때로 두려움은 필요 이상으로 과장되곤 하는데, 그럴라치면 현실을 제대로 볼 수 없게 만들기 일쑤이다. 이것이 바로 두려움이 낳는 문제점이다.

1929년 10월 시작된 대공황으로 인해 실업률이 20%에 육박하던 1933년의 미국. 이때 프랭클린 루즈벨트는 제32대 대통령으로 당선되었다. 대공황의 여파는 미국뿐만 아니라 자본주의 국가 전체로 확산되고 있었다. 기회의 나라, 자유의 나라인 미국에서조차 더 이상 꿈과 희망을 이야기할 수 없는 비참한 상황이었다.

바로 그때, 프랭클린 루즈벨트는 인류가 영원히 기억할 위대한 취임사를 했다. 미국인은 물론, 전 세계인을 감동시킨 프랭클린 루즈벨트의 취임사는 그 핵심이 간단명료했다. 과장된 두려움에 속지 말자는 것이었다. "우리가 진정 두려워해야 할 것은 두려움 그 자체입니다." 다른 말로 표현하면, '두려움 자체를 빼놓고 두려워할 것은 없다'는 뜻이었다.

프랭클린 루즈벨트의 지적은 더할 나위 없이 시의적절했다. 미국 국민들은 프랭클린 루즈벨트의 취임사를 통해, 대공황의 본질을 꿰뚫어 볼 수 있었다. 미국 국민들이 두려워했던 것은 경제적 위기감에서 오는 두려움이 아니라, 두려움 그 자체였던 것이다. 프랭클린 루즈벨트는 미국 국민들이 느끼는 문제의 본질을 제대로 파악하고 있었고, 그것을 끄집어낸 것이었다.

만사가 그렇다. 문제를 알면 해답을 찾기가 쉬워진다. 미국 국민들은 서서히 대공황이 주는 두려움의 본질을 인식하고, 하나하나씩 위기를 해결해나가기 시작했다.

100세 시대를 살아가야 한다는 인식을 하면, 설명하기 힘든 두려움이 엄습할 수 있다. 그렇지만 절대 그런 두려움에 속으면 안 된다. 그것은 사실과 다르게 과장된 두려움일 뿐이다. 실제로 100세 시대를 맞이하기 위해 지녀야 할 자세는 100세 시대를 슬기롭게 살아야 한다는 마음가짐이다.

막연하게 느껴지는 100세 시대를 체감할 수 있는 좋은 방법이 한 가지 있다. 각종 기관에서 발표하는 노후 대책에 관한 수치를 현실감 있게 전환하는 것이다. 예컨대 2015년 7월 10일, 국민연금연구원에서 발표한「중·고령자의 경제생활 및 노후 준비 실태」보고서를 통해서 20년 뒤, 30년 뒤의 노후 자금을 예상해볼 수 있다.

국민연금연구원은 한국의 중·노년층의 최소한의 노후생활비를 발표했다. 1인 기준으로는 월 98만 8,700원, 부부 기준으로는 월 159만 9,100원이었다. 그렇다면 표준적인 생활을 유지하는 데 드는 적정생활비는 얼마로 산정되었을까? 1인 기준으로는 월 142만 1,900원, 부부 기준으로는 월 224만 9,600원이었다. 그렇다면 이 액수는 어떤 의미를 지니고 있을까?

퇴직 후 30년을 준비하는 마당이니만큼, 최소한의 노후생활비보다는 적정생활비를 기준으로 생각해볼 필요가 있다. 부부가 월 225만 원 정도가 필요하다면, 이것은 1년으로 따지면 약 2,700만 원 정도에 해당한다. 이 액수는 1인당 연간 국민소득 전후라는 사실을 단박에 알 수 있다.

그렇다면 2015년 현재 45세인 남성이 60세에 은퇴를 해서 100세까지 배우자와 생활을 한다면, 얼마 정도의 노후생활비가 필요할까?

2030년에 60세로 정년퇴직을 하고, 2070년에 100세까지 40년간 부부가 최저생활을 한다고 가정해보자. 2030년에는 한국의 국민소득이 5만 달러 정도가 될 것이라고 예상하고 있으므로, 단순계산으로 부부 최저생계비로 연간 5천만 원 정도가 소요될 것이다. 그리고 2070년에는 국민소득이 11만 달러 정도가 될 것이므로 1억 천만 원이 필요할 것이다. 지금의 관점에서 보면 1억 천만 원이 대단해 보이지만, 55년 뒤의 1억 천만 원은 지금의 1인당 국민소득 수준 3천만 원 정도밖에 되지 않는 액수이다.

국민소득 10만 달러 시대가 현실감 없게 느껴진다면, 현재 국민소득 10만 달러인 노르웨이의 사례를 떠올려 보면 된다. 노르웨이에서는 햄버거 세트 메뉴의 값이 2만 원 정도라고 한다. 그런 식으로 계산해보면, 55년 뒤의 1억 천만 원은 그리 큰 액수가 아니라는 것을 알 수 있다. 그러므로 지금 45세인 남편과 아내가 2030년 60세에 은퇴를 해서, 그 40년 뒤인 2070년 100세까지 함께 산다고 가정하면, 32억 원이 필요하다. 물론 32억 원은 2015년 기준으로 월 160만 원 정도만 사용하는 최저생계비 수준으로 40년을 살아가는 액수이다.

이런 계산이 나오는 것은 세계적인 수학자 칼 프리드리히 가우스가 초등학교 시절에 1부터 100까지 더할 때 사용했다는 (1+100)×100÷2의 공식을 통해서 추산한 액수이다. 60세 부부의 연간 최저생계비 5천만 원과 100세 부부의 연간 최저생계비 1억 천만 원을 합하면 (5천만 원 + 1억 천만 원)×40년÷2를 해서 나온 액수이다. (1억 6천만 원)×(20년)이므로, 32억 원이 되는 것이다.

역산도 가능하다. 지금 100세를 맞은 노인 부부가 있다고 가정하면, 외벌이 남편이 60세 은퇴를 한 때는 1975년이었을 것이다. 1975년부터 2015년까지, 이 부부가 최저생계비로 소비한 액수는 1975년 2천 달러, 즉 2백만 원이었고, 2015년 3만 달러, 즉 3천만 원이다. 다시 가우스의 법칙을 적용하면, (3천 2백만 원)×(20년)이므로, 6억 4천만 원이 소요되었다고 추산할 수 있다. 1975년부터 2015년까지 40년간의 6억 4천만 원이나, 2030년부터 2070년까지 40년간의 32억 원이나 같은 액수이다.

물론 2030년부터 2070년까지 32억 원이 필요한 60세 은퇴부부가 노후생활비 32억 원 전액을 스스로 마련할 필요는 없다. 2060년 쯤에는 국민연금이 고갈될 것이라는 주장도 있지만, 한국 정부가 그런 상황을 방치하지는 않을 것이다. 따라서 국민연금이 정상적으로 지급된다는 전제 아래 생각해보면, 32억 원 정도의 노후생활비 가운데 절반은 국민연금, 나머지 절반은 개인이 마련하는 수준이 될 것이다.

그렇게 생각해보면, 국민연금을 제외한 나머지 절반에 해당하는 부분인 16억 원을 준비하는 일이 지금부터 해야 할 과제이다. 그것을 준비하는 과정은 물론 각자의 몫이다. 처한 상황이나 여건, 현재의 재산상태가 각각 다르기 때문이다. 개인연금이나 적금을 들어서 매월 얼마씩 받는 것도 좋고, 살던 집을 월세로 내놓고 작은 집으로 옮겨 사는 것도 생활비를 마련하는 좋은 방법이다. 그리고 지금부터 시간을 가지고 퇴직 후에 할 일을 조금씩 준비해나간다면, 막연하게 불안해 할 이유가 하나도 없다. 두려워하지 않는 한, 두려움에 갇히지 않는다.

| 노령화 현실 인식하기 |

요즘 경로당에는 70세 정도는 얼씬도 못한다고 한다. 70세 청년들이 경로당에서 '좀 놀아볼 생각을 했다'가는 80세 형님들이 붙들고 한 마디씩 한다는 것이다. "90세 형님들도 계신데, 어디서 어린 애들이 경로당을 들락거리느냐?"면서 말이다. 정말로 경천동지할 세

상이다. 이제 한국 사회에서 70세 정도는 노인 취급을 받기 힘들다.

2014년 2월, 영화배우 황정순 선생이 작고했다. 향년 89세의 황정순은 한국영화 전성시대인 1960년대에 한국의 어머니상을 각인시켜준 인물이었다. 황정순을 국민 할머니로 만들었던 작품은 1967년 제작된 영화 〈팔도강산〉이었다. 그런데 당시 황정순은 42세였다. 영화에서 부부로 콤비를 이루었던 김희갑 선생도 겨우 44세였으니, 당시의 사회적 연령은 확실히 지금과 비교할 수 없을 정도로 조로화되어 있었다.

1960년대에는 40대가 할아버지, 할머니 세대였지만, 1970년대에는 50대가 손자, 손녀를 보는 나이였다. 5년에서 10년 정도 노령화가 이루어진 것이다. 1980년대부터 1990년대까지는 60대가 노인으로 불렸고, 2000년대에 들어와서는 65세 이후부터가 본격적인 노인 세대가 되었다.

그렇다면 2015년 현재, 한국의 50대는 무엇을 할까? 놀랍게도 2015년의 50대는 늦둥이를 낳거나, 첫아이를 낳기도 한다. 국민건강보험공단에 따르면, 2014년에 아이를 출산한 40대는 9,900명, 50대는 4명이었다. 물론 40대와 50대 출산자는 30대 출산자 239,282명에 비하면 현저하게 적은 숫자이다. 그렇지만 20대 출산자가 81,224명이라는 사실을 생각하면, 중심 출산연령대가 30대로 늦어졌다는 사실을 알 수 있다.

그러니 1970년대의 노인 개념과 2015년의 노인 개념이 확실히 달라질 수밖에 없다. 1970년대에는 50세만 넘어도 노인 취급을 받았는데, 요즘 50대 중에는 3, 40대로 봐줄 만한 미중년들이 허다하다. 살다가 뒤늦게 늦둥이를 낳은 부부가 있을 수 있고, 결혼 자체가 늦어져서 첫아이를 낳은 부부도 있을 수 있는 것이다.

그러다 보니, 노인의 기준 연령이 높아지는 것은 당연한 현실이 되었다. 2015년 현재, 우리나라 복지법에서 노인의 기준은 65세이다. 경로연금 지급, 경로우대 등의 혜택이 주어지는 연령이 바로 65세인 것이다. 이제 한국에서는 최소한 65세쯤 되어야 노인 대접을 기대할 수 있게 되었다.

그런데 재미있는 것이 65세 노인들의 반응이다. 앞서 언급한 경로당의 사례에서 확인했듯이, 65세 노인들은 자신들을 노인으로 인정할 수 없다는 분위기이다. 그래서 그런지 사회적 활동을 하는 65세 이상자들은 굳이 지하철 무임승차 혜택을 받으려 하지도 않는다. 괜히 돈 몇 푼 때문에 노인 소리를 듣고 싶지 않다는 것이다.

요즘 노인들 중에는 흰 머리카락을 휘날리고 다니는 분들보다, 염색으로 나이를 숨기는 분들이 더 많다. 염색도 그냥 염색이 아니라, 갈색이나 황금색 같은 패션 염색이다. 그것뿐만이 아니다. 보톡스 시술에 미용 성형까지 해서, 스스로 밝히지 않는 한 외관으로는 나이를 가늠할 수 없게 만드는 분들이 늘어나고 있다. 젊음이 경쟁력으로 우대받는 세상이 되었기 때문이다.

세상이 이렇게 바뀔 줄 꿈에라도 생각했겠는가. 예전에는 한 살이라도 더 먹은 것이 자랑이었고 계급이었다. 그렇지만 이제는 나이를 들먹이는 것은 오히려 나잇값 못하는 팔푼이 정도로 여겨지기까지 하는 추세이다. 나이가 들어도 어른답지 못하면 나이에 맞는 대접을 못 받는 것은 물론이요, 오히려 일을 하고 있어야 능력 있고 멋있다는 소리를 듣는 시대가 된 것이다.

물론 텔레비전의 주말 프로그램 가운데에는 노인들의 흰머리를 상징하는 실버 관련 제목이 심심찮게 눈에 띈다. 그렇지만 그런 프로그램을 실제 시청하는 분들은 80세 이상이 된 '어르신'들이고, 60대나 70대 중년 어른들은 소일거리를 찾아다니거나, 운동으로 여가 시간을 보내는 경우가 대부분이다. 요즘 60대나 70대, 아니 심지어 80대 노인들 중에도 건강한 분들은 일자리만 있다면 당장이라도 출근을 하겠다는 분들이 허다하다. 경제적인 이유 때문만이 아니다. 건강한데 시간은 넘쳐나니, 집에서 끊임없이 빈둥댈 수가 없기 때문이다.

이런 상황이 되었으니, 이제 인생에 대한 새로운 도표를 짜야 한다. 20~30년 늘어난 여생의 가치를 수중의 재산으로 표현하면 어떨까 싶다. 지갑 속에 넣어둔 돈이 65만 원인 줄 알았는데, 꺼내 놓고 보니 85만 원, 95만 원쯤이라는 사실을 뒤늦게 알게 된 느낌이라면 이해가 쉬울까? 어찌 되었건, 20년에서 30년 정도 더 주어진 여생에 대해 심각하게 고민해봐야 한다. 무조건 오래 산다고 좋은 것만은 아니기 때문이다.

만인 장수의 사태가 결코 축복만은 될 수 없다. 그래서 필요한 것이 자기 생애에 대한 철저한 관리와 경영이다. 살아보지 않은 인생을 쉽게 예단할 수는 없다. 그렇지만 예측 가능한 미래를 철저하게 준비하지 않으면, 나이 들어 피눈물 흘리는 상황을 피할 수 없을 것임은 자명한 이치다. 어쩌면 피눈물 흘리기도 전에 굶어 죽을 수도 있다.

퇴직을 하면 무조건 낙향을 하겠다는 사람이 많다. 꼭 고향은 아니더라도 서울 근교나, 아니면 적당히 마음에 둔 지방에서 여생을 보내겠다는 것이다. 준비를 잘한 사람들 가운데에는 미리 땅을 구입해서 원하는 곳에 집도 짓고, 텃밭도 만들어 전원생활을 시작한 사람들도 있다.

사실 은퇴를 하고 자녀들을 출가시키고 나면, 굳이 대도시에서 살 필요는 없다. 전원생활이 늘 즐겁지만은 않겠지만, 그래도 시간에 쫓기며 아등바등할 필요가 없기에 자유롭고 여유도 있을 것이기 때문이다. 비용도 대도시에서 생활하는 것과 비교할 수 없을 정도로 적게 들 것이다.

요즘 지방생활은 정말로 할 만하다는 생각이 든다. 지자체마다 앞다투어 노인 복지를 서두르고 있기 때문이다. 몇몇 지자체에서는 경로연금 외에도 특별 용돈까지 지불하고 있으며, 사회복지회관에서는 지역 노인들을 위한 문화 강좌, 체육 교실도 열어준다고 한다. 그리고 식사 제공은 물론이고, 노인들을 위한 특별 취로사업까지 알선해준다고도 한다.

그런데 이렇게 자발적으로 거주지를 옮길 수 있는 사람들은 그래도 노후 준비가 잘되어 있는 경우이다. 그렇지만 65세 이상의 노인 가운데 대부분은 노후 준비를 제대로 하지 못한 경우가 많다. 자녀를 교육시키고 출가시키는 과정에 지나치게 많은 자금을 쏟아 부었기 때문이다. 냉정하게 말하자면, 노후 준비를 제대로 할 겨를도 없이 노년을 맞는 노인들이 부지기수이다. 그래서 낙향은 꿈도 꾸지 못하고, 60세는 물론이고 70세에도 근로 의지만 북돋우는 경우가 더 많다.

물론 일을 하려는 것은 좋은 태도이다. 일은 경제적인 여유뿐만 아니라, 인생 자체에 활력도 주기 때문이다. 일을 하면 동료가 생기고, 사회 활동도 형성된다. 나이가 들어갈수록 살기가 힘들어지는 이유 중의 하나가 바로 사회적 고립이다. 사회적 고립은 육체적, 정신적 질환을 야기한다. 전문가들은 노년기 질환 가운데에는 우울증이 원인이 되어 여러 가지 이상 증상을 일으킨다는 주장을 하기도 한다. 그래서 나이가 들어도 일을 하면서 사회활동을 계속할 필요가 있는 것이다.

그런데 노후를 제대로 준비하지 못한 탓에 경제활동을 해야 하는 경우라면, 상황은 달라진다. 죽기 살기로 일을 해야 입에 풀칠이라도 하는 형편이라면, 정말 죽을 맛이 따로 없다. 간혹 회사에서도 퇴직을 앞둔 선배들 가운데, 노후에 대한 준비가 전혀 안 되어 있는 경우를 보곤 한다. 불안이 도를 넘어 입에 "죽든지 살든지"를 달고 사는 선배들도 있는데, 보기가 안타까울 지경이다.

퇴직 준비가 되어 있지 않다고, 입산수도를 택해 세상에서 벗어날 수는 없다. 불안해지면 오히려 현실에 대한 냉철한 분석과 함께 철저한 준비를 하면 된다. 진부한 이야기이겠지만, 늦었다고 생각할 때가 가장 빠른 때이기 때문이다. 학창 시절의 경험을 되새겨 보라. 시험을 코앞에 두고 고민만 하고 있을 바에야, 차라리 한두 문제라도 빨리 풀어 익히는 것이 더 현실적이다.

그렇듯 퇴직 준비는 하루빨리 시작할수록 당신의 건강하고 여유 있는 노후가 보장될 것이다.

퇴직 후에 종사할 제2의 직업을 찾아라

| 언제나 직업이 있어야 한다 |

고대 그리스의 시인 소포클레스는 "세상에서 돈보다 더 사람의 사기를 꺾는 것은 없다"고 했다. 젊어서 고관대작을 지냈든, 대학자로 명망이 높았든 간에 상관없다. 세상에 돈 문제 앞에서 자유로울 수 있는 사람은 아무도 없다. 아무리 고결하고 우아한 일생을 살아왔어도, 나이가 들어서 빈한해지면 초라해진다. 심지어 젊은 시절에 잘나갔을수록 돈 없이 늙어가면, 준비 없이 늙었다는 이유 하나만으로 사람들에게 손가락질 받기도 십상이다.

세상을 살아가는 데 가장 필요한 것은 돈이다. 그런 사실을 인정하지 않으려는 사람도 있겠지만, 돈보다 우선하는 가치는 그다지 많지 않다. 돈이 있어야 밥도 먹을 수 있고, 옷도 사 입을 수 있으며,

잠도 잘 수 있다. 의식주 문제를 해결하기 위해서 필요한 것은 오직 돈이다. 돈 없이는 밥을 먹을 수 없고, 옷을 살 수도 없으며, 잠을 잘 수 있는 거처를 마련할 수도 없다. 부모덕에 돈 문제를 걱정하지 않는 사람도, 결국 자신의 돈 문제를 부모나 조상이 해결해줬기 때문에 가능한 일이다. 결국 세상을 살아가는 데 가장 중요한 요소는 돈이라고 말할 수밖에 없는 것이다.

'돈은 나무에서 자라지 않는다'는 서양 속담이 있다. 이 말은 돈이 어떻게 마련되는지를 간명하게 알려준다. 돈은 일을 해야 얻을 수 있는 상품 교환가치이다. 농사를 짓든, 물건을 만들든, 장사를 하든, 일을 해야 돈을 벌 수 있다. 일하지 않고 돈을 벌 수 있는 방법은 없다.

돈을 벌기 위해서 사람들은 직업을 구한다. 고정적인 수입을 올릴 최적의 방법이 바로 직업이다. 직업 없이 돈을 벌기는 쉽지 않다. 증권 투자나 부동산 투자, 건물 임대업, 경매 등 여러 가지 일을 할 수도 있지만, 그것으로 생활을 하는 수준이라면 결국 직업인 셈이다. 직업은 돈을 벌기 위한 수단인 동시에 돈을 버는 사람의 사회적 신분을 나타내는 수단이 되기도 한다.

외국에서 박사 학위를 취득하고 돌아와서 증권사 펀드 매니저를 하는 사람과 시장에서 장사를 하는 사람은 모두 똑같은 사람이다. 그럼에도 불구하고 뭇 사람들은 증권사 펀드 매니저를 시장의 장사꾼보다 대단한 사람이라고 생각한다. 유교적 인식론에 바탕을 둔 직업 관념의 편향성 때문이다. 종주국 중국에서조차 도교에 밀려 설자리를 잃은 유교의 전통으로 인해, 우리나라 사람들의 머릿속에는 사농공상(士農工商)이라는 뿌리 깊은 고정관념이 자리 잡고 있다. 그래서 머리를 쓰는 일이 몸을 움직여서 노동력이나 물건을 사고파는 일보다 높은 수준의 일이라는 편견을 갖고 있는 것이다.

그렇지만 냉정하게 생각해보면, 돈은 그냥 돈일 뿐이다. 머리를 써서 돈을 버는 사람이나 장사를 해서 돈을 버는 사람이 모두 같은 사람인 것처럼, 두 사람이 각각 번 돈도 같은 돈일 따름이다. 증권사 펀드 매니저의 1만 원이나 시장에서 장사하는 사람의 1만 원이나 가치가 같다는 말은, 돈을 버는 일에 귀천을 따져서는 안 된다는 뜻으로 해석될 수 있다.

젊어서는 돈을 버는 일에 귀천이 있어 보일 수 있다. 학력이나 경력으로 인해서 마음속으로 우열 관계를 따질 수가 있다. 그렇지만 나이가 들어가면, 그러한 것들이 전부 소용없다는 것을 알게 된다. 7,80세를 넘어가면 직업이 문제가 아니라, 돈을 벌 수 있다는 사실만으로 감격하게 된다. 7,80세에 돈을 버는 사람은 흔치 않다. 그렇지만 7,80세에도 돈을 벌어야 하는 세상이 되었다. 스스로 돈을 벌지 못하면, 소포클레스의 "세상에서 돈보다 더 사람의 사기를 꺾는 것은 없다"는 말처럼 기가 꺾여 풀 죽은 인생을 살 수밖에 없다.

그래서 직장 생활을 하는 동안, 나이가 30세든 40세든 상관없이, 언젠가 맞이할 은퇴 후를 준비해야 한다. 구체적으로 말하면, 은퇴 후에 할 수 있는 또 하나의 직업을 마련하기 위해 그에 필요한 준비를 미리부터 착실하게 해나가야 한다는 것이다.

요즘 직장 구하기는 정말로 하늘의 별 따기다. 100 대 1은 기본이고, 심하면 5백 대 1, 1천 대 1의 구직 경쟁도 허다하다. 그런 경쟁률을 뚫고 직장에 입사하면, 충성심이 생기는 것은 당연한 이치다. 그리고 동료들에 대한 경외심마저 생겨난다. 이런 어려운 시험을 뚫고 살아남은 사람들이라는 생각에, 대할 때마다 마음속에서 뭉클한 감회가 솟구쳐 오른다.

그리고 직장 생활에 재미를 붙이다 보면, 생활이 그렇게 재미있을 수가 없다. 주말에 직원들과 등산이라도 함께 갈라치면 한 가족 같은 친밀한 느낌이 들고, 어쩌다 1박 2일 MT라도 다녀오면 그때부턴 정말 한 배를 같이 탄 것 같은 느낌마저 든다. 직장 생활이 즐거워지면 일을 더 열심히 하고 싶어지고, 회사와 내가 공동운명체라는 생각까지 하게 된다.

그렇지만 이런 생각은 착각이다. 착각도 대단한 착각이다. 회사도 그렇게 생각할까? 회사의 오너가 당신을 가족같이 생각하고, 목숨을 건 공동운명체로 맞아들일까? 꿈을 깨라! 회사는 어떤 경우에도 직원을 직원 이상으로 보지 않는다. 직원을 가족으로 맞는 오너는 이 세상에 없다. 그런 마음을 갖는 척할 뿐이다. 동료끼리도 마찬가지이다. 자신의 승진 기회를 후배에게 양보하는 선배가 있을까? 서로 자기가 승진을 못해서 안달이다.

회사가 직원을 가족으로 맞이하지 않는 사례가 있다. 어느 날 우연히 장례식장에서 만난 한 기업인은 예전에 자신이 이사로 승진했을 때의 일화를 들려주었다. 만년 부장 딱지를 떼고 이사로 진급하던 날, 다른 회사의 오너인 초등학교 선배가 축하주를 한잔 샀다고 한다. 그리고 술이 몇 순배 돌자 하는 말이 "퇴직 준비를 하라!"였단다.

승진을 해서 기분이 들떠 있는 그 사람 입장에서는 몹시 불쾌한 말이 아닐 수 없었다. 그래서 "왜 그렇게 기분 나쁘게 말씀하시느냐?"고 물었더니, "이제 노조의 보호도 못 받고, 오너가 마음에 안 들면 언제라도 자를 수 있게 되었으니, 퇴직 준비를 서두르는 것이 옳다"라고 했다는 것이다.

처음에는 선배의 말이 목에 가시처럼 걸렸었는데, 곰곰 생각해보니 일리가 있어서 수긍을 했다고 한다. 아니나 다를까 그 선배의 말대로 2년도 채 지나기 전에 해직을 당했고, 결국 조그마한 회사를 차렸단다. 그 기업인은 그제야 '선배의 말이 옳았구나!' 하고 절실히 깨달았다고 했다.

회사가 좋아지고, 회사일이 즐거워져도 회사는 회사일 뿐이다. 직장 상사와 동료, 후배가 아무리 정겨워도 경쟁자일 뿐이다. 회사에서 얻을 수 있는 것은 노동에 합당한 급여이다. 그 이상도, 그 이하도 아니다. 이런 이야기를 하면 상식을 뛰어넘는 궤변을 늘어놓는다고 여길지 모르겠지만, 엄연한 현실이다.

직장 생활은 더도 덜도 아니고, 직장 생활이다. 퇴직 직전의 선배들에게 물어보면, 직장 생활의 실체를 알려줄 것이다. 퇴직 직전의 선배들을 보면, 마치 엄동설한에 바들바들 떨고 있는 강아지의 모습이 연상된다. 청춘의 패기와 열정은 회사에 죄다 바치고, 남은 것이라곤 조직의 보호를 받지 못할 앞날에 대한 불안과 초조, 긴장으로 가득 찬 회한뿐이다.

　퇴직은 사실 별것 아닐 것 같지만, 따지고 보면 대단한 별것이다. 직장인들 거의 대부분은 회사에서 받는 급여로 호의호식할 수도 없지만 20년, 30년 쓸 노후자금을 충분히 저축할 수도 없다. 회사는 언제나 생활에 적정한 수준 이상의 급여를 제공하지 않기 때문이다. 대기업 직원은 대기업 직원대로, 중소기업 직원은 중소기업 직원대로, 급여에 맞게 생활을 하다 보니 언제나 빠듯하다. 알뜰살뜰하게 아껴 쓰고 남겨서 저축을 해봐야 소용이 없다. 기다렸다는 듯이 돈 쓸 구멍이 도처에서 뚫린다. 형제자매의 결혼, 부모님의 병환, 자녀들의 진학, 그리고 한숨 돌리나 싶었더니 바로 자녀들의 결혼이 닥치고, 퇴직을 목전에 두게 된다. 그게 직장 생활이다. 폼 나는 직장 다닌다고 목에 힘을 주고 다녀도 퇴직하게 되면, 모든 것이 일장춘몽이다.

　국민연금 100만여 원에 퇴직금을 연금처럼 나눠 받는다 해도, 직장 생활을 할 때와 비교하면 열악한 생활을 하게 되는 것이 퇴직 후의 현실이다. 퇴직할 무렵에는 직장 생활 중에서 가장 높은 급여를 받았기 때문에, 퇴직 상황을 실제 현실로 맞이했을 때의 충격은 상상 이상이다. 그래서 필요한 것이 퇴직 후 제2의 직업이다.

　은퇴 후의 제2의 직업은 단순한 소일거리가 아니다. 생존과 관련된 최소한의 생존방식이다. 직장까지는 못 되어도, 일이라도 있어야 백수 신세를 면할 수 있는 게 아닌가. 일이 있는데 쉬는 것과 일이 없어서 쉬는 것은 천양지차다.

　이러쿵저러쿵 잡다한 설명을 할 필요도 없이, 직장 생활을 하는 동안 퇴직 이후의 제2의 업을 준비해야 하는 것 이상으로 중요한 것은 없다. 그것이 인생을 위한 가장 현명한 투자이고 올바른 준비이다. 그러한 준비는 빠르면 빠를수록 좋다. 과장해서 말하자면, 입사와 동시에 퇴직 이후를 준비해야 한다.

| 준비하는 사람만이 맞이하는 안락한 노후 |

대기업 방송실에서 카메라맨을 하다가 프리랜서 카메라맨이 된 대학 동창이 있다. 직장 생활 4~5년 만에 금융위기를 만나서, 구조조정을 당한 친구였다. 처음에는 퇴직금으로 카메라 한 대를 구입해서 일당제로 일을 하다가, 형편이 풀리자 지미집이라는 무인 카메라 크레인을 더 구해서 사업을 조금 키워나갔다. 생각지 못한 회사의 구조조정으로 나이 서른을 갓 넘기고 첫 번째 직장에서 퇴출된 경우였다.

이 친구가 한 이야기가 아직도 귀에 쟁쟁하다. 대기업 방송실에 근무하는 줄 알았던 그 친구를 우연히 우리 회사 복도에서 만났다. 우리 회사의 녹화 프로그램에 보조 카메라맨으로 촬영을 온 길이었다. 머쓱해 하는 친구를 이끌고, 커피숍으로 가서 차를 한 잔 마셨다.

친구와 커피를 마시는 동안, 그 간의 이야기를 듣게 되었다. 회사를 그만두고 프리랜서 생활을 한 지가 꽤 여러 해 되었다고 했다. 직장에서 난데없이 퇴출된 충격과 자괴감으로 동창회에도 나오지 않았고, 친구들도 피하게 되었다고 솔직하게 이야기를 털어놓았다. 그

말을 듣고 있던 내가 오히려 미안할 지경이었다.

"서른 겨우 넘긴 나이에 갑작스럽게 퇴직을 당했더니, 눈앞이 캄캄한 거야. 혼자였다면 외국으로 훌쩍 떠나 접시라도 닦으면서 살겠는데, 결혼을 해서 아이까지 있으니 진퇴양난으로 정말 죽고만 싶더라고. 그래서 하던 일을 계속해보겠다고, 카메라 한 대를 둘러메고 거리로 나왔지."

친구는 옛 생각이 나는지 눈시울을 붉히며 말을 이었다.

"나이가 들어서 깨달은 게 하나 있어. 세상엔 공짜가 없다는 거야. 그냥 천재나 그냥 선수는 절대로 없더라고. 나는 학창 시절에 공부 잘하는 친구들을 보면, 원래부터 머리가 좋아서 공부를 잘하는 줄로만 알았어. 내가 모르는 문제도 척척 풀고, 어떤 문제를 들이대도 막힘없는 녀석들을 보고, 지레짐작으로 부모덕이겠거니 생각을 했었어. 그런데 그게 아니야. 이 녀석들이 전부 다 집에서 풀어보고, 익혀봤던 거야. 내가 놀 때 공부하고, 내가 쉴 때 공부하고, 내가 잘 때 공부했던 거야. 생전 처음 본 문제를 단번에 풀 수 있는 녀석이 어디 있겠어?"

친구의 설명을 듣고 보니, 일리가 있는 말이었다. 친구는 직장을 잃은 다음 겪었던 일들을 울분에 차서 이야기했다.

"사업을 해보니 알겠더라고. 이 일을 하면서, 직장 다닐 땐 몰랐던 것을 많이 배우게 되었지. 카메라 들고 나와 경쟁하는 녀석들 중에서도 일을 척척 잘 따내는 녀석들이 있어. 그래서 나는 그 녀석들도 '공부 잘하던 우등생 친구들처럼 부모덕을 잘 타고났거나 인맥이 좋아서 일을 잘 따내는구나' 생각했었는데, 아니더라고. 공부와 마찬가지야. 내가 직장에 다니면서 놀고 다닐 때, 녀석들은 이런 일이 벌어질지를 미리 예상하고 거래처 사람들을 사귀어 놓았던 거야. 자신들이 갑의 입장에 있을 때, 을의 위치에 있던 사람들을 만나서, 밥도 사주고 술도 사먹였던 거지. 그래서 내가 죽기 살기로 로비할 때, 그 친구는 쉬엄쉬엄 사람들을 만나도 이미 경쟁이 되지 않았던 거야. 처음 보는 문제를 척척 풀어대는 천재가 없는 것처럼, 만나자마자 프로젝트를 따내는 영업의 달인이 어디 있겠어? 전부 다 예습이지, 예습. 인생은 모두 예습인 거야."

이 친구는 마흔도 안 된 나이에 퇴직한 후 인생의 진리 하나를 깨달았다. 해보지 않고 잘 할 수는 없다는 것이었다. 세상만사는 철저하게 준비하고, 미리 연습을 한 사람만이 잘 할 수 있다는 것이었다. 친구는 그 나이 되도록 이러한 이치를 깨닫지 못했던 자기 자신을 돌아보게 되었고, 그 이치를 깨닫고는 수년을 분발한 덕에 그나마 지금의 자신이 될 수 있었다고 했다.

준비가 있는 사람은 준비가 있는 대로, 준비가 없는 사람은 준비가 없는 대로, 60대를 맞을 수밖에 없다. 미리 문제를 풀어본 우등생처럼, 미리 60대를 준비하는 노년 준비생은 당당할 수 있고, 흔들리지 않을 수 있다. 풀어보지 않은 문제를 거침없이 풀 수 있는 학생이 없듯이, 살아보지 않은 미래를 거침없이 살아갈 수 있는 인생도 없다. 준비가 있고 대비가 되어 있어야 흔들리지 않고, 당당하게 살 수 있는 것이다.

퇴직 직전에 은퇴 준비를 시작하는 사람은 우왕좌왕하기 십상이다. 몇 푼 안 되는 퇴직금을 가지고 남들 이야기에 쫑긋 귀를 세우고 식당이나 카페를 차렸다가 말아먹고, 초라하게 사는 사람들이 어디 하나 둘이던가. 정보도 없이 증권에 투자하거나 부동산을 구입해서 말 그대로 빼지도 박지도 못하는 사람도 허다하다.

그래서 필요한 것이 준비이다. 직장 생활을 하면서도 틈틈이, 그리고 주도면밀하게 퇴직 후를 준비해야 한다. 그렇게 퇴직 후를 준비하는 사람은 '쌩쌩한 내가 웬 퇴직 후 노후 준비?' 하며 낙천적으로 유유자적하는 사람보다 안락한 노후를 살 것임은 두말할 나위도 없다.

시간의 재발견

| 인생을 가꾸는 최대 자원, 시간 |

우리 인생에서 가장 중요한 자산을 꼽으라면, 단언컨대 시간이다. 누구에게나 하루 24시간이 주어진 것은 마찬가지이지만, 시간 관리에 치밀한 사람과 소홀한 사람 간에는 메울 수 없는 인생의 간극이 벌어지기 시작한다. 이런 상황이 30년간, 60년간 쌓이다 보면, 두 사람 간에는 천양지차가 생기게 마련이다. 그렇기에 시간 관리야말로 인생의 성패를 좌지우지할 관건이 되는 것이다.

앞에서 말한 바, 혼자서 세상의 모든 동물들 암수 한 쌍씩을 넣을 정도로 큰 방주를 만든 노아의 이야기로 돌아가 보자. 노아가 만든 방주에는 용인 에버랜드나 서울대공원에 있는 동물들 정도로는 비교도 안 될 엄청난 숫자의 동물들이 전부 들어갔다. 노아가 만든 방주의 길이는 약 150미터, 폭 약 25미터, 높이 약 15미터 정도라고 했다. 이렇듯 웬만한 학교 운동장만한 큰 방주를 노아가 혼자 만들었다.

노아가 혼자서 방주를 만들 수 있었던 것은 시간이 충분히 제공되었기 때문이다. 시간이 허락만 되면, 못할 일이라고 여겨졌던 일도 가능해진다. 모든 것이 시간의 문제이다. 그러므로 시간은 인생에서 가장 중요한 자산이다.

퇴직을 앞둔 사람들은 퇴직 이후의 생활에 대해 막연한 공포를 느낀다. 볼 수도 없고 경험해보지도 않은 무적(無籍)의 생활은 생각만 해도 공포가 밀려온다. 초등학교 입학 이후, 사람들은 소속감이 없는 생활은 상상하지 못한다. 언제나 어딘가에 자신의 자리가 있었고, 그 자리 속에서 자신의 존재감을 찾는 일상에 적응해왔다. 그러므로 지구상에서 자신의 사회적 자리가 사라지는 것은 상상할 수도 없는 일이다.

퇴직 전까지만 해도 건강하고 생생하던 사람들이 퇴직 후에 갑자기 정신력이 약해지고 사방이 아프기 시작하는 까닭은 사회적 자리가 없어졌기 때문이다. 그래서 퇴직 후 5년만 지나면 중늙은이가 되고, 10년쯤 지나면 마치 사망 직전의 노인처럼 초췌한 몰골이 되기도 한다. 특별히 사회적으로 높은 지위를 지녔던 사람일수록, 자리를 잃고 나면 거의 인사불성의 지경에 이른 사람처럼 무기력해진다. 조직과 사회에 대한 배신감, 인생에 대한 절망감, 삶의 의욕 상실 등으로 심한 경우에는 우울증이나 중병에 걸리기도 한다.

그러므로 '퇴직 후 준비'는 미리부터 충분한 시간을 갖고 철저하게 해야 한다. 퇴직에 임박해서야 조급한 마음으로 서두를 때에는 이미 늦는다. 최소한 퇴직 5년 전부터, 바람직하기로는 10~20년 전부터 차근차근히 준비를 해야만 훨씬 더 좋은 효과를 얻게 될 것임은 두말할 필요도 없겠다.

한류 드라마의 출발로 삼는 KBS 드라마 〈겨울연가〉의 배경 가운데 하나였던 외도라는 섬이 있다. 거제도에서 배를 타고 30분 정도 가면 닿는 자그마한 섬이다. 이 섬은 최호식 대표가 고인이 된 남편과 함께 40여 년 전에 구입해서, 해상농원으로 일군 곳이다. 30대 부부가 섬을 사서 개간을 하고, 관광지를 만든다고 했을 때 사람들은 코웃음을 쳤다. 일손을 살 경제적 여유가 없었던지라 부부가 직접 매달려서 처음부터 끝까지 개간을 했다. 오일 쇼크에 경제 위기, 심지어는 태풍까지 몰려와서 훼방을 놓기도 했다. 그렇지만 30년이라는 시간을 통해서 부부는 외도를 자신들이 꿈꾸는 낙원으로 만들었다. 〈겨울연가〉에 소개되기 전부터 입소문이 난 외도는 공개된 지 20년이 지난 지금엔 세계적인 관광지가 되었다.

시간을 이기는 장사는 없다. 반대로 비록 허약할지라도 시간을 가지고 노력하다 보면, 천하장사도 무너뜨릴 수 있는 힘을 기를 수 있다. 20대, 30대에 실패를 했다고 눈물을 삼켰는가? 현재 자신의 일에 만족하지 못해 좌절하고 절망하는가? 그렇다면 60대의 부활을 꿈꾸며, 퇴직 후를 위해 현재라는 농지를 개간하라. 그리고 준비한 씨앗을 뿌려놓아라. 좋은 씨앗을 파종하면, 분명히 감동할 만한 열매를 얻게 될 것이다.

| 우리는 모두 미래를 위해 씨앗을 뿌리는 사람이다 |

시간을 소중하게 여기는 사람은 그리 많지 않다. 모든 사람들이 시간을 소중하게 생각은 한다지만, 정작 사는 모습을 보면 시간을 허투루 흘려보내기 일쑤다. 시간의 소중함을 아는 사람은 사는 모습과 방법이 정말로 남다르다.

시간을 알차게 사용한 한 사람의 사례를 살펴보자. 명문 고교와 명문 대학을 졸업하고 치과의사가 된 그 사람은 50대 후반에 치과협회 간부가 되었다. 돈도 벌고 명예도 얻었던 그는 자신이 평생 해온 일에서 보람을 찾을 생각으로 협회 일을 중점적으로 했다고 했다. 그래서 개인병원 일도 접고, 협회로 출근해서 하루 종일 사람들을 만나고, 저녁에는 술자리, 주말에는 운동과 등산을 하면서 분주하게 보냈다.

그렇게 한두 해를 보내던 중 갑자기 몸에 이상이 왔다. 정기 건강검진을 빼먹었던 일이 뒤늦게 생각난 그는 서둘러 병원을 찾아 검진을 받았다. 결과는 췌장암 말기였다. 의사의 소견으로는 이미 전이도 끝났고, 더 이상 손써 볼 상황도 못 된다고 했다. 남은 기간은 3개월.

남들이라면 눈 깜짝할 새에 흘려보낼 그 3개월은 그에게는 인생의 막바지에 남은 불꽃이자, 이 세상 그 무엇보다도 귀중한 보배였다. 그는 그 3개월을 금쪽 쪼개듯 쪼개며 주변 정리에 들어갔다. 부모님의 산소를 정리하고, 자신의 장지를 구해놓고 수의도 직접 마련했다. 그리고 외국으로 유학 간 딸을 불러들여 사귀는 사람이 있는

지를 묻고는 다행히 교제 중인 남자가 있다기에 부랴부랴 결혼을 시켰다. 외동딸이니 결혼식장에는 자신이 데리고 들어가야 하지 않겠느냐는 생각을 했던 모양이다.

재산 정리도 전부 하고, 평소 만나지 못했던 친구들과 지인들에게 인사도 하고, 친척들도 일일이 찾아 작별인사도 했다. 그리고 틈틈이 자신의 일생을 적은 비망록을 정리해 아내와 자식에게 넘겨주었다. 그는 3개월 시한부 여생에서 꼭 1주일을 더 살았다. 그런데 임종 직전, 가족들에게 한 말이 퍽 인상적이었다. 평생을 마지막 석 달처럼 살았으면 여한이 없을 텐데, 아쉬움이 많이 남는 인생이었다는 것이었다.

시간은 물처럼 언제나 차고 넘치는 것 같다. 그렇지만 막상 필요할 때에는 넉넉하지가 않다. 왜냐하면 시간도 물처럼 흘러가는 것이기에 붙잡아 둘 수가 없기 때문이다. 그래서 사람들은 그 멈출 수 없는 시간을 안타까워하며, 그나마 남아 있는 귀중한 시간이라도 애지중지하는 것이다. 사경을 헤매던 어느 대기업 총수가 주치의에게, 자기가 가진 전 재산의 반을 줄 터이니 삶의 시간을 조금만이라도 연장해달라고 애타게 부탁했다는 말도 있지 않은가.

현재 다니는 직장에서 은퇴해야 한다는 생각을 하면, 미래에 대한 걱정으로 앞이 캄캄해질 것이다. 실제로 정년퇴직을 하는 선배들만 봐도 직장에서 운 좋게 정년을 마치는 처지임에도 불구하고, 퇴직 6개월 전쯤부터는 이미 제정신이 아니다. 30년 넘게 매일 출근해오던 직장에서 퇴출된다는 절망감, 그리고 더 이상 어딘가에 앉아 있을 자리가 없다는 불안감이 혼재되면서, 극도로 예민해지고 초조해지는 것이다.

그렇지만 이런 예민함과 초조함은 퇴직 1년만 지나면 자연스럽게 사라진다. 퇴직한 선배들을 만나보면, 한결같이 자신들의 처지에 순응하고 있었다. 더 이상 출퇴근할 직장이 없다는 사실을 안 받아들일 수도 없기 때문이다. 처음 몇 달간이 힘들어서 그렇지, 노는 날이 줄곧 이어지게 되면 자신들의 실직 상황에 새로이 적응하게 되는 것이다.

지방 방송국에 근무할 때 선배 프로듀서가 해준 말이 있다. 시장 선거에서 낙선된 전 시장을 우연히 부동산 사무실에서 만났다는 것이다. 경제 여건이나 나이를 고려할 때, 더 이상 출마가 어려운 상황이었다. 한때는 시정을 관리하던 시장이었는데, 부동산 사무실에서 소일거리로 화투나 치면서 시간을 보내는 현실을 받아들이고 있었다는 것이었다. 시장이 아니라 장관, 국무총리라도 마찬가지이다. 더 이상 할 일이 없다고 느껴지면 자신감을 잃게 되고, 의욕도 사라진다. 그래서 무수한 시간을 마냥 허비하며 보내게 된다.

그처럼 절망스런 상황에 처했을지언정 모름지기 사람은 항상 꿈을 꾸어야 하고, 씨앗을 뿌려야 한다. 네덜란드의 철학자 스피노자가 "내일 지구가 멸망한다고 해도 사과나무를 심겠다."고 한 말은 오기를 담은 고집이나 허무맹랑한 몽상이 아니다. 지구가 멸망할 위기에도 불구하고, 꿈과 희망을 품고 살겠다는 지극히 현실적인 생각이다.

논에 볍씨를 뿌리는 농부가 밀 값이 오른다고 논에 뿌린 볍씨가 밀이 될 것을 바라지는 않는다. 어부도 마찬가지이다. 오징어 철에 배를 끌고 나가서, 명태 잡히기를 바라지는 않는다. 쌀을 수확할 것을 꿈꾸며 볍씨를 파종하고, 오징어를 잡을 것을 기대하고 그물을 던진다.

사람은 꿈꾸는 것을 이루고, 씨 뿌린 것을 거둔다. 시간의 소중함을 아는 것은 노력의 중요성을 깨닫는 것이기도 하다. 제아무리 재능이 부족한 사람이라도 시간을 열 배, 백 배 투자하면, 천재도 이길 수 있다. 노후 준비에 소홀한 사람이 30년 뒤의 노후 생활을 위해 30대부터 준비해온 사람을 이길 방도는 없다. 30년이란 시간은 재능과 소질을 뛰어넘는 오랜 시간이다.

그러므로 100세 시대를 살아가야 할 당신은 '퇴직 후 노후 준비'를 함에 있어 퇴직에 임박해서야 갈팡질팡하는 어리석음을 범하지 말고, 미리부터 충분한 시간을 갖고 구체적인 계획을 짜서 꾸준히 실행해나가야 한다. 당신이 이렇게 씨를 뿌리며 꿈을 잊지 않는다면, 풍요로운 노후가 보장될 것이다.

| 마음의 감옥에서 탈출하라 |

나이가 들어 정신력마저 약해지면, 사람들은 저마다 마음의 감옥에 사로잡히게 된다. 나이가 들어서 안 돼, 명문 대학을 졸업하지 못해서 안 돼, 내성적이라서 안 돼, 대인관계가 원만하지 못해서 안 돼, 경험이 없어서 안 돼, 몸이 약해서 안 돼. 모아놓은 돈이 없어서 안 돼, 시간이 없어 안 돼, 적성이 안 맞아서 안 돼, 한 번도 제대로 성공해보지 않아서 안 돼. 이런 식으로 '안 돼' 타령만 하다가 늙어가

는 것이다. 해보지도 않고, 할 생각도 갖지 않고, 안 될 것이라고 지레 단정하는 것이다.

그것이 바로 마음의 감옥이다. 감옥이란 죄수를 가두는 곳이지만, 다른 한편으로는 세상에 나가서 꿈을 펼칠 수 없도록 가두는 곳이기도 하다. 마음의 감옥도 마찬가지이다. 노력하면 충분히 해낼 수 있는 사람이 '안 된다'는 스스로의 예단에 사로잡힌 나머지, 스스로 될 일도 안 되게 만드는 것이 바로 마음의 감옥인 것이다.

프랑스의 국민작가 알렉상드르 뒤마의 소설『몬테크리스토 백작』은 희망이 보이지 않는 암흑 속에 갇혀서도 절대 굴하지 않고 위기를 극복해나가는 한 인간의 투지를 적나라하게 보여준다. 머지않아 선장이 될 선원 에드몽 단테스는 약혼녀 메르세데스와의 결혼을 앞두고, 악당들의 음모에 빠진다. 그리고 억울하게 붙들려 마르세유 앞바다 이프 섬의 감옥에 투옥된다. 종신형을 선고받은 에드몽 단테스는 독방에 갇혀 하루하루를 연명한다. 그러던 중 탈출을 시도하던 늙은 죄수 파리아가 터널을 잘못 파들어 온 바람에, 그에게서 세상에 나가 써먹을 기술들을 익히게 된다. 그 후 병이 들어 죽음을 앞둔 파리아에게 이탈리아 앞바다의 몬테크리스토 섬에 숨겨진 보물에 관한 이야기를 듣는다. 마침내 파리아의 주검과 자신을 바꿔치기하여 기적적으로 섬을 탈출할 수 있었고, 몬테크리스토 섬의 보물을 찾아낸다. 이후 14년 동안 억울한 누명을 씌운 원수들을 하나하나씩 처단하며, 복수를 실행한다.

『몬테크리스토 백작』에서 에드몽 단테스에게 배울 가장 중요한 점은 자신을 포기하지 않았다는 점이다. 에드몽 단테스는 도저히 살아서는 나올 수 없는 섬에서도 밖으로 나갈 꿈을 포기하지 않았다. 법정은 에드몽 단테스를 감옥에 가뒀지만, 에드몽 단테스의 영혼까지 가두지는 못했다. 에드몽 단테스는 결국 극적인 탈출에 성공했던 것이다.

당신도 이제 자신의 마음의 감옥을 깨뜨려야 한다. 너무 오랜 시간 방치해서 그 무엇으로도 깰 수 없는 철옹성이 되어, 세상을 향한 꿈을 꿀 여유조차 가질 수 없을 정도가 되었는가? 그렇다면 이프 섬에서 에드몽 단테스가 만난 파리아가 오직 숟가락 하나만으로 땅을 파헤쳐 굴을 뚫은 것처럼, 그러한 열정으로 마음의 감옥을 뚫기 시작해야 할 것이다. 이렇게 투지를 불태우지 않으면 마음의 감옥에 끝없이 갇혀버리고 말 것이기 때문이다. 그리고 결백한 에드몽 단테스가 자신이 저지르지도 않은 죄를 자신의 죄로 인정해야 하는 억울한 상황을 맞았듯이, 마음만 먹으면 해낼 수 있는 일들을 절대로 할 수 없다고 예단하는 무능한 사람이 되어버릴 수도 있는 것이다.

당신은 "할 수 있다. 될 수 있다. 그래서 한다."는 비장한 각오를 다지고, 퇴직 후를 준비해야 한다. 퇴직 후를 준비하는 데 장애물이란 있을 수 없다. 나이가 들어서도 할 수 있다. 명문 대학을 졸업하지 못했어도 할 수 있다. 내성적이라도 할 수 있다. 대인관계가 원만하지 못해도 할 수 있다. 경험이 없어도 할 수 있다. 몸이 약해도 할 수 있다. 모아놓은 돈이 없어도 할 수 있다. 시간이 없어도 할 수 있다. 적성이 안 맞아도 할 수 있다. 한 번도 제대로 성공해보지 못했지만 그래도 할 수 있다. 늘 이렇게 자신감을 갖고 해야만 한다.

나이가 들어도 할 수 있다고? 그 이유를 대보라고 자기 자신이 되묻는다면, 나이가 들어서 할 수 없는 이유는 또 무엇인가 한 번 따져보라. 특별히 나이가 들어서 할 수 있고, 나이가 들어서 할 수 없는 이유는 없다. 그저 자기 자신이 하지 않아서, 적당히 가져다 붙인 핑계일 뿐이다. 명문 대학도, 내성적인 성격도, 대인관계도, 경험도, 몸이 약함도, 돈이 없는 것도, 시간이 없는 것도, 적성이 안 맞는 것도, 한 번도 제대로 성공해보지 못한 것도 아무런 이유가 되지 않는다.

이를테면 국가대표 축구 선수라면, 재테크에 성공해야 하는가? 대인관계가 좋은 사람은 박사 학위를 받아야 하는가? 열 시간을 쉬지 않고 달릴 수 있는 사람이라고 입사시험에서 100점을 맞게 되는가? 이와 같은 것들은 조건과 결과 사이에 전혀 인과관계가 성립하지 않는다. 못 한 것은 하지 않을 생각을 했기 때문이고, 자신을 둘러싼 모든 상황은 스스로가 불러들인 것일 따름이다.

무조건 해보겠다고 마음먹어 봐라. 그러면 모든 상황이 해야 할 조건이 된다. 그리고 그런 결의로 매달리다 보면, 하게 된다. 그리고 그런 생각을 실현하는 것이 바로 당신이 꿈꾸던 당신의 모습이다. 퇴직 후를 준비하는 시간은 바로 당신의 미래를 위해 씨앗을 뿌리는 시간이다. 다른 사람이 해줄 수 있는 일도 아니고, 할 수 있는 일도 아니다.

그래서 당신이 주인이 되어, 당신이 스스로를 경영해야 한다. 생각하면 생각한 대로 되고, 생각하지 않으면 생각하지 않은 대로 된다는 것을 명심하자.

퇴직 후 준비는 빠를수록 좋다

| 퇴직 후를 준비하는 출발점 |

100세 시대를 대비하는 퇴직 후 준비 프로젝트. 온전히 자기 자신의 시간을 확보해서 현재와 미래를 준비하는 것이 이 프로젝트의 목표이다. 이 거창한 프로젝트에는 출발점이 있다. 그것은 바로 나도 100세까지 살 수 있을 것이라는 생각의 전환이다.

100세를 살 수 있다고 생각하고 100세를 살게 되는 것과 70세쯤 죽을지도 모르겠다고 생각하다가 100세를 살게 되는 것은 천양지차다. 인간의 모든 불행은 자기에게 일어날 일을 모르는 데에서 기인한다. 사람은 누구나 죽는 날이 언제일지 모르기 때문에, 죽기 전에 벌어질 수 있는 모든 가능성을 반드시 생각해봐야 한다.

만약 100세까지 살게 된다면, 나머지 30년은 말 그대로 잉여인생을 살게 되는 셈이다. 준비와 대책이 없으니 주어진 대로 살 수밖에 없다. 오늘 죽을지, 내일 죽을지 모르는 마당에 직업을 가질 수도 없다. 건강 문제나 자기 관리도 뒤죽박죽되기 십상이다. 이뿐만 아니라 취미생활이나 여가 활동도 즐길 수 없다. 모든 것이 돈이 있어야 가능한 일이다. 기본적인 의식주 문제도 막막하다. 70세를 기준으로 준비했기 때문에, 이후의 30년 동안 기댈 수 있는 경제적 보루가 없는 것이다.

이러한 상황에 대해 방송이나 신문에서 연일 100세 장수 시대가 찾아왔다고 떠들어대지만, 그것을 자신의 문제로 받아들이는 사람은 그리 많지 않은 것 같다. 100세 장수의 현실감이 없고, 나만 혼자 100세를 살 것은 아닐 테니 그냥 어떻게 되겠지 하는 식이다. 대부분의 사람들이 이런 안이한 생각으로 노후 문제를 소홀히 하고 있다. 그런데 이것은 평균수명 80대 시대에 부합하지 않는 잘못된 사고방식이다. 될 대로 되라는 생각을 하면, 정말 일이 될 대로 된다. 평균수명 80대를 그저 막연하게 우리들의 문제라고 일반화하지 말고, 자신에게 곧 닥칠 절실한 문제라고 인식하고 진지하게 고민해야 한다. 그리고 가능하다면 한 발짝 더 나아가, 평균수명 80대를 넘어서 100세까지 살 수도 있다는 개연성을 염두에 두어야 한다. 100세를 사는 일이 마냥 즐겁기만 하겠는가? 가장 먼저 먹고사는 경제적인 문제를 해결해야 하며, 이에 따른 정신적·육체적인 고통도 뒤따른다.

따라서 퇴직 후 준비의 출발점은 바로 이러한 100세 수명의 가능성을 현실로 받아들이는 것이다. 100세 준비를 했다가 80세 혹은

90세에 죽으면 아쉬움이 남겠지만, 70세를 살 생각이었다가 100세를 살게 되면 인생 후반기에 남는 것은 초라한 일상과 경제적 곤궁뿐이다.

앞에서도 설명했듯이, 우리나라의 100세 노인은 2012년에는 1천 명을 돌파했다. 2012년 기준으로 한국의 100세 노인은 1천2백 명이 넘었으며, 현재 남자가 200명, 여자가 1,064명이다. 이런 추세가 이어진다면 2040년이나 2050년에는 인구의 0.1~0.2%가 100세 노인이 될 수도 있는 것이다. 국민의 5천 명, 1만 명이 100세 노인이 되는 시대에는 70세, 80세 노인은 노인 축에도 낄 수 없을 것이다. 그런데 이들 100세 노인 가운데, 자신이 100세를 살 것이라고 미리 내다보고 있었던 사람은 얼마나 될까? 그 사람들 가운데 대부분은 50세 무렵에 자신이 100세 장수를 할 것이라고는 꿈에도 생각지 못했을 것이다. 말 그대로 예상하지 못한 100세 인생인 것이다. 그런 상황은 우리들도 마찬가지이다. 우리 중 누가 자신이 죽을 날을 미리 알고 힘 조절을 하면서 살아갈 수 있겠는가?

따라서 평균수명 80대 시대, 100세 수명의 대중화 시대에는 그런 현실을 자신의 문제로 인식하는 태도가 무엇보다 중요하다. 또한 현재 관찰되는 100세 노인의 삶을 통해, 100세 수명의 현실을 실감하는 것이 필요하다. 퇴직 후의 준비는 이제 선택사항이 아니다. 100세 시대를 살게 되는 현대인들의 피할 수 없는 숙명인 것이다.

노후를 준비하겠다는 생각은 누구나 할 수 있겠지만, 사실 실행에 옮기기는 쉽지 않다. 그 이유는 노후란 것이 너무나 막연하게, 먼 일처럼 느껴지기 때문이다. 그래서 필요한 것이 일상생활 속에서 구체적인 실감을 느낄 수 있는 방안인데, 이를테면 퇴근 시간 이후를 가급적 노후 준비로 활용하는 방안을 들 수 있겠다.

대부분의 사람들은 퇴근 이후의 시간을 여가 활동이나 친교 시간으로 소비한다. 그것이 잘못된 생활태도라는 것은 아니지만 80세, 90세를 살아가는 인생을 고려해보면 현명한 선택은 분명 아니다. 왜냐하면 특별한 준비 없이 정년퇴직을 하게 되면, 대부분은 생활에 필요한 최소한의 경제 문제도 해결하지 못하는 난관에 부딪히기 십상이기 때문이다.

이제는 퇴직 이후에도 일을 하지 않으면 안 되는 시대가 되었다. 당신이 80세, 90세이면 자식도 50세, 60세가 된다. 자기 노후 문제 해결에 급급한 자녀들에게 손을 내밀 수도 없고, 무수한 고령자 문제로 정신을 못 차리는 정부를 향해서 노후 대책을 제대로 세워달라고 항변을 할 수도 없다. 스스로 노후 문제를 해결해야만 아사나 고독사로부터 벗어날 수 있는 시대다. 그러므로 퇴근 후의 남는 시간을 은퇴 이후에 대한 준비 시간으로 활용하는 습관이 바람직할 것이다. 나아가 그런 준비는 빠르면 빠를수록 좋다.

그냥 열심히 살 수도 있다. 그렇지만 퇴직 후를 준비한다는 분명한 목표를 가지고 살면, 삶의 모습이 달라진다. 퇴직 후를 잘 준비하면, 60세 이후에도 정력적으로 일도 할 수 있고, 취미생활도 즐길 수 있으며, 다각적인 인간관계도 유지할 수 있다. 퇴직 후 노후 준비는 본질적으로 나이가 들어가는 현실을 인식하는 것에서 출발한다.

퇴직 이후에도 활발하게 활동하면서 인생을 즐겁고 풍요롭게 사는 사람들이 반드시 있다. 그런 사람들은 부모의 음덕이 있거나, 좋은 운을 타고난 것이 결코 아니다. 2,30대에는 부모의 음덕이나 배경이 영향을 끼칠 수도 있겠지만, 60세에는 부모의 영향을 받는 처지가 아니다. 자신이 살아온 이력과 처신으로, 60세 이후의 운명이 결정되는 것이다. 60세 이후의 여생은 말 그대로 순전히 자기가 살아온 인생의 결과물일 뿐이다. 60세까지 대충 살았으면 60세 이후 역시 대충 살게 되는 것이고, 60세까지 치열하게 살았으면 60세 이후에는 남보다 더 풍요롭게 살 수 있는 것이다. 저축, 보험, 연금을 미리 준비하고, 원래 다니던 직장만큼은 안 되어도 고정 급여가 나올 수 있는 일거리를 마련해놓은 사람과 흥청망청 술이나 퍼마시고, 저축도 없이 퇴직금만 달랑 들고 은퇴를 하는 사람은 천양지차의 노후 생활을 하게 된다.

그래서 30여 년이라는 장구한 직장 생활 기간 동안 틈틈이 시간을 마련하여 퇴직 후 준비를 하는 것이 중요하다는 것이다. 체계적인 시작이 어렵다면 조금씩 준비해보자. 1주일에 몇 시간, 한 달에 몇십 시간, 이런 식으로 시간을 할애할 수도 있다. 하지만 이런 정도는 실제로 따져보면, 안 하는 것보다 조금 나은 수준에 머물 수밖에 없다. 지속성이나 규칙성이 없이 간헐적으로 이뤄지는 노후 준비는 약간의 도움만 될 뿐 근본적인 대책이 될 수 없기 때문이다.

그래서 아예 작심하고 직장 생활 이외의 모든 시간을 퇴직 후 준비로 소비하는 것을 권유한다. 직장 생활과 퇴직 준비 사이에 짬짬이 쉬거나 여가 활동을 하더라도, 기본적으로는 직장 생활과 퇴직 준비만 하고 산다는 생각을 하는 것이 중요하다. 퇴직 후를 준비하는 시간이 많으면 많을수록 자신의 노후가 보장될 것임은 틀림없다.

| 숨어 있는 1인치를 찾아라 |

왕년의 텔레비전 광고 중에 '숨어 있는 1인치를 찾아라'가 있었다. 일반 텔레비전 화면이 보여줄 수 없는 주변의 1인치까지 선명하게 보여준다는 텔레비전의 선전이었다. 사실 카메라 포커스 주변부의 1인치를 찾아봐야 별것이 있을 리는 만무하다. 주변부에 대단한 무엇이 있었다면, 앵글을 주변부로 들이댔을 테니 말이다.

그렇지만 '숨어 있는 1인치를 찾아라'라는 메시지가 주는 효과는 대단했다. 마치 숨어 있는 1인치 속에 뭔가 대단한 것이 감춰져 있을 것만 같은 신비한 느낌이 들게 만들었기 때문이다. 그런 느낌이 소비자들의 구매의욕을 북돋는 광고 효과로 이어졌을 것임에 틀림없다.

퇴직 후를 준비하는 데 가장 중요한 요소는 바로 숨어 있는 1인치를 찾으려는 의지라고 생각한다. 우리 일상에 포커스를 맞춘 앵글에서 벗어난 세계, 사실 우리 안에는 무수한 1인치가 있다. 자기 자신도 알지 못했던 능력이나 관심의 1인치가 있을 수 있다. 시간이나 여유도 마찬가지이다. 허투루 보내는 자투리 시간들 속에도 숨어 있는 1인치가 있을 수 있다. 인간관계도 마찬가지이다. 직장 생활 중심으로 움직이던 대인관계로 인해 관심을 두지 못했던 숨어 있는 1인치가 있을 수 있다. 그런데 텔레비전 판매 광고와 달리, 일상생활 속에 숨어 있는 1인치 속에 퇴직 후 준비의 해답이 있을 수 있다. 물론 그 해답을 찾으려면, 일상생활 속에 숨어 있는 1인치에 포커스를 맞추어야 하겠지만 말이다.

하기 힘든 결단일 수도 있지만, 간단하게 정리하면 이렇다. 그동안 관심을 가지고 집중해왔던 직장 생활에서 눈을 돌려, 취미생활이나 여가활동, 인간관계 등을 생활의 목표로 삼는 것이다. 사실 말하기는 쉽지만, 행동으로 옮기기는 정말 어려운 일이 바로 생활의 관심을 바꾸는 것이다. 승진이 보장되는 업무를 내던지고 일반직으로 물러나거나, 기를 쓰고 매달리던 진급 야망을 툴툴 털어내고 한가하고 여유 있는 쪽을 선택해보는 것이다.

야근이나 휴일 근무를 다반사로 하는 대신, 낚시를 다니거나 서예나 그림에 몰두할 수도 있다. 직장인 독서클럽에 가입해서 주말마다 토론회에 참석하거나, 퇴직 후 노후 준비에 필요한 다양한 기술을 습득하기 위해 기술학원에 등록하는 것도 가능하다. 문화 센터나 대학의 야간 특별 강좌 등에 출석하면, 새로운 인간관계가 형성될 수도 있다. 직장 생활이나 열심히 하자는 동료들과는 반대로, 자발적으로 경쟁에서 한 발짝 뒤로 물러나 보는 것이다. 말하자면 목표 의식의 전환이다. 이것이 바로 진정한 의미의 '숨어 있는 일상의 1인치'를 찾는 것이다. 텔레비전의 숨어 있는 1인치는 포커스 주변부의 1

인치를 찾아내는 것이지만, 일상생활의 1인치는 직장 생활에 맞춰 놓은 포커스를 직장 생활 이외의 시간으로 포커스를 옮기는 것이다.

　퇴직 후 준비가 매우 거창하고 막연한 것으로 오해될 수도 있다. 그렇지만 실제로는 간단하고도 분명하다. 퇴직 후의 제2의 인생은 나이에 맞는 새로운 직장을 구해서, 또다시 아침 아홉 시에 출근했다가 저녁 여섯 시에 퇴근하는 일상으로 복귀하는 것을 의미하지는 않는다. 그렇게 할 수 있는 일도 많지 않거니와, 체력이나 집중력 등이 떨어져 있기 때문이다. 그래서 퇴직 후 제2의 인생의 일터는 경제적으로 궁핍함을 느끼지 않으면서, 주변 사람들에게 '아직도 일을 한다'는 사인을 던질 수 있는 수준이면 족하다. 그런 준비는 직장 생활을 하는 동안 시작해야, 퇴직 이후에 자연스럽게 연착륙을 할 수 있겠다.

　현대자동차 남양연구소 기아디자인기획지원팀에 근무하는 신종훈 기술주임은 34년 경력의 직장인으로, 퇴직 연령을 넘기고도 1년 연장 근무를 하고 있는 사람이다. 그렇지만 내년을 두려워하기보다는, 1년 연장된 현재를 즐기고 있는 사람이다. 그는 직장 생활을 하는 동안 63개의 자격증을 취득했고 대학에서 신학, 금형학, 금형설계학, 다도학, 경영학, 농학, 국어국문학, 가정관리학 등 8개 학과를 전공했다.

　신종훈 주임의 첫 번째 숨어 있는 1인치는 빠른 기상시간이다. 오전 네 시에 일어나 기도와 요가를 하고 나서 등산을 한 뒤, 에어로빅과 평행봉을 한다. 그리고 출근 전에는 좋은 글들을 찾아 읽고 쓰며, 하루를 살아갈 긍정의 에너지를 축적한다.

신종훈 주임의 두 번째 숨어 있는 1인치는 점심시간이다. 간단히 점심식사를 마친 뒤, 스포츠 센터에서 헬스와 냉온욕을 20년째 하고 있다. 점심식사 후에 차나 마시면서 시간을 보내기보다는 운동과 휴식을 통해서 오후 근무를 위한 활력을 축적하는 것이 낫다는 생각 때문이다.

신종훈 주임의 세 번째 숨어 있는 1인치는 주말시간이다. 평소 관심이 많았던 풍수지리와 문학 관련 모임에 꾸준하게 참석하고 있고, 산악회에도 가입해서 전국의 명산을 오르고 있다. 취미생활과 여가 활동의 의미도 있지만, 다른 분야에 종사하는 다양한 사람들과의 만남은 각종 정보, 활력과 재미를 더해 주고 있다.

신종훈 주임의 네 번째 숨어 있는 1인치는 규칙적인 시간 관리이다. 1998년부터 플래너를 써온 신종훈 주임은 연간·월간·주간·일간 계획을 세워서, 목표 관리를 해왔다. 해마다 연말이 되면 이듬해에 할 목표를 세워서 63개의 자격증과 8개 대학 졸업장을 취득했다.

신종훈 주임의 다섯 번째 숨어 있는 1인치는 규칙적인 독서활동이다. 매주 목요일, 금요일 이틀 동안 독서모임 두 군데를 다니면서, 의무적으로 1백 권 이상의 책을 읽고 있다. 독서모임에 나가 저자 강연을 들으면서 최신 경향을 익히는 것이 여러 매체의 신문을 읽는 것보다 중요하다는 것을 깨달았기 때문이다.

신종훈 주임의 여섯 번째 숨어 있는 1인치는 자원봉사 시간이다. 다양한 자격증을 소지한 만큼 그는 병원과 보건소, 요양소에서 틈틈이 봉사와 나눔 활동을 펼친다.

그렇다고 신종훈 주임이 직장 생활을 태만하게 했던 것은 결코 아니다. 직장 생활에서도 뛰어난 집중력으로 여러 차례 사내에서 주목을 받고, 포상도 받았다. 신종훈 주임은 대단한 능력가라기보다, 일상 속에 숨어 있는 1인치를 발견하는 데 재미를 붙인 사람이었다. 신종훈 주임이 퇴직 이후를 두려워하지 않는 것은 당연한 일이다.

퇴직 후의 목표

| 건강이 최우선 목표다 |

퇴직 이후를 준비하는 과정에서 더없이 중요한 것은 바로 운동이다. 운동은 육체적인 건강 관리를 위해서도 필요하지만, 그에 못지않게 의지력이나 인내심, 너그러움 등의 정신적인 덕목을 기르기 위해서도 필요하다. 하루에 한 번 규칙적으로 운동하는 습관을 들이는 것만으로도 육체 건강은 물론이고, 정신 건강도 지킬 수 있다.

텔레비전 오락 프로그램에서 전라북도 어딘가에 사는 100세 할아버지를 본 적이 있다. 지팡이를 짚지 않으면 제대로 걸을 수도 없을 것 같은 이 할아버지에게는 이해하지 못할 습관이 하나 있었다. 매일 아침 일찍 일어나서, 어딘가를 부리나케 걸어갔다가 되돌아오는 것이었다. 도대체 왜 아침에 눈뜨자마자 어디를 걸어갔다 오는 것일까? 당장이라도 쓰러질 것처럼 비틀거리면서도, 하루도 걷기를 거르지 않는 이 할아버지의 뒤를 프로그램 제작진이 몰래 밟았다. 그랬더니 별반 대단한 곳도 아닌 평범한 버스 정류장이었다. 할아버지는 정류장에 도착해서는 사방을 두리번거리다가, 그냥 맥없이 다시 돌아오곤 했다.

제작진이 며칠 동안 할아버지의 뒤를 밟다가, 하도 궁금해서 질문을 했다. 왜 그렇게 부지런히 거리를 걸어 다니시는 것이냐, 혹시라도 낙상이라도 하시면 큰일 아니냐고 물었다. 그랬더니 치아가 제대로 없는 할아버지는 쑥스러운 듯 한 손으로 입을 가리면서 그저 웃기만 했다. 뭔가 비밀이 있기는 있는 모양이었다. 며칠 더 할아버지를 쫓아다니던 제작진이 또다시 물었다. 그러자 할아버지는 속내를 내비쳤다. 걸음을 멈추는 날이면 금세 쓰러질 것 같기에, 죽기 전날까지 매일 걷겠다는 것이었다. 하루라도 건강하게 살다가 죽고 싶다는 것이었다.

할아버지는 두 시간을 걷는 것뿐만 아니라, 걷기가 끝나면 비를 들고 거리 청소를 했다. 청소가 끝나면 집에서 마늘을 까거나, 새끼를 꼬는 등 일을 찾아서 수시로 몸을 움직이고 있었다. 몸의 움직임은 비록 느릴지라도, 하고 싶은 일을 불편함 없이 하고 있었다. 움직이지 않으면, 활력을 잃는다. 한 세기를 산 이 100세 할아버지는 그 원리를 깨닫고 있었다. 그래서 할아버지는 누구보다 더 열심히 치열하게 몸을 움직이고 있었던 것이다.

이 사례에서 알 수 있듯이, 퇴직 이후를 준비하는 과정에서도 운동이 그 무엇보다 중요한 요소이므로 재삼, 재사 강조하는 것이다.

헬스클럽을 찾아 갖가지 기구를 이용하여 운동을 하는 것도 좋겠지만, 100세 할아버지처럼 매일 걷기, 청소하기, 집안 일 거들기를 하는 것도 한 방법일 것이다.

이렇듯 건강하고 활기찬 노년생활의 출발은 건강이라고 해도 과언이 아닐 것이다. 건강이 무너지면 그 무슨 일도 실행할 수 없다. 올림픽의 아버지 쿠베르탱 남작의 기원대로, 건강한 육체에 건전한 정신이 깃드는 것이다. 육체가 건강하지 못하면 정신력도 자연스럽게 약해지고, 따라서 일에 대한 의욕마저 상실되기 때문에 피폐한 노후 생활을 보낼 수밖에 없게 된다. 그러므로 건강은 젊었을 때부터 지켜야 하고, 운동 습관도 젊었을 때부터 들여야 한다.

입사 초년 시절, 전무후무한 음주량을 가진 상사가 있었다. 프로듀서 출신이었는데, 직원 수십 명을 상대해서 술잔을 주고받기도 했고, 신고 있던 구두를 벗어서 폭탄주를 말아 돌리기도 하는 등 술과 관련된 일화가 어마어마한 사람이었다. 하루 종일 술을 마셔도 취하지 않는다고도 했고, 주종을 바꿔가며 열 병 이상을 마셔도 손도 안 떨고 사인을 할 수 있다고도 했다. 이 상사의 특징은 새벽 다섯 시까지 술을 마시고도 정시에 당당하게 출근을 해서 후배들의 기를 쏙 빼놓는 일이었다.

그 상사는 술을 마음껏 마시고 어느 날 갑자기 죽어버릴 것이라고 객기를 부리며, 회사에서 정기적으로 받게 하는 건강검진마저 자기와는 무관하다며 외면했다. 하여튼 불가사의한 체력의 소유자였는데, 그렇게 술을 마셔대면서도 피부는 어린아이처럼 뽀송뽀송해서 주변 사람들의 혀를 내두르게 했었다. 업무적으로도 탁월한 그 상사는 다른 회사의 최고 책임자로 자리를 옮겨서도 승승장구했다.

그러나 최근에 사건이 터졌다. 근무 도중 갑자기 고목나무 쓰러지 듯 쓰러진 것이었다. 그리고 그 날 이후 제대로 걷지도 못하게 되었 으며, 결국 파킨슨병 진단을 받았다고 한다.

본인의 원대로 마음껏 술 마시다가 어느 날 갑자기 죽어버렸으면 아무런 문제가 없었을 것이다. 그런데 그 상사는 본인의 의지와는 달리, 평생 마신 폭주로 인해 결국 휠체어에 앉아 몸을 주체하지도 못하고 부들부들 떨며 여생을 살게 된 것이다. 아마도 그 상사는 건 강은 건강할 때 지켜야 한다는 격언을 뼈에 사무치게 되뇌고 있을지 도 모르겠다.

따라서 건강하게 오래 살기 위해서는 타고난 건강보다 꾸준한 운동 과 자기 관리가 더욱 중요한 것이다. 건강할 때 과신하지 말고, 꾸준 한 운동과 식사 관리를 적절히 잘하면, 나이가 들어도 젊을 때의 운동 능력과 체력을 웬만큼 유지할 수 있다. 그래서 건강에 대한 노력은 나 이가 들면 들수록 더 많이 해야 한다. 체력 약화 속도는 생각보다 빠르 고, 한 번 놓친 건강을 회복하는 데에는 오랜 시간이 걸리기 때문이다.

미국에 이어 세계에서 두 번째로 인터넷을 개발한 한국 인터넷의 아버지, 전 카이스트 교수 전길남 박사. 그는 연구소 입소 조건으로 건강을 최우선으로 꼽았다. 그리고 연구소에 들어온 제자들에게 끊 임없이 운동을 시켰다. 이유는 단 한 가지, 체력이 뒷받침되지 않으 면 괄목할 만한 연구 성과를 낼 수 없다고 믿었기 때문이었다. 그런 전길남 박사 밑에서 넥슨의 김정주, 리니지의 송재경, 엔씨소프트의 김택진이 나온 것은 당연한 일일지도 모른다.

건강을 강조해서 얻은 체력 덕분일까? 2008년 카이스트에서 정년퇴직한 전길남 박사도 곧바로 일본 게이오 대학 전산과 명예교수로 초빙을 받았고, 현재는 부총장이다. 아직도 50대 체력이라는 전길남 박사는 건강하고 여유 있는 노후 생활을 보내고 있다.

이제 100세 시대가 찾아온 것은 틀림없는 사실이다. 중병이나 사고사만 안 당한다면 대부분 100세 시대를 살 것이다. 문제는 건강하게 사느냐, 아니면 폐인처럼 살다가 죽을 것이냐이다.

| 풍요로운 노후를 계획하자 |

동서고금을 막론하고, 세상 사람들의 소원은 한결같다. 건강하게 오래 사는 것이다. 사람들이 굼벵이를 잡아먹거나 지렁이를 우려 마시는 이유도 간단하다. 건강하게 오래 살기 위함이다. 건강하게 오래 살아보겠다고 못 먹을 것도 먹고, 못 할 일도 하는 것이다.

병약하게 살다가 요절을 하고 싶은 사람이 어디에 있을까? 평생 건강 문제로 시달리며 자리에 드러눕거나, 자신의 건강 문제로 주변 사람들에게 폐를 끼치는 것을 바라는 사람은 없을 것이다. 하루를 살아도 튼튼하고 활기차게 살고 싶어 하고, 이왕이면 하루라도 더 살면서 좋은 세상을 만끽하고 싶은 것이 인지상정이다.

건강하면 오래 사는 것은 물론이고, 할 수 있는 일도 많다. 나이가 90세라도 건강이 허락되면 무엇이든 할 수 있다. 미국의 부자(父子) 대통령으로 알려진 아버지 부시 전 대통령은 최근 90세의 생일을 맞아 비행기에서 뛰어내리는 스카이 점프를 했다. 자신의 생일을 자축하는 특별 이벤트였다고 한다. 부시 전 대통령은 75세, 80세, 85세 생일에도 스카이 점프를 해서 노익장을 과시했다. 이처럼 건강하게 오래 살면 젊은이들 못지않은 도전을 할 수 있고, 세계여행뿐 아니라 우주여행까지 할 수도 있다.

건강하게 오래 사는 것 외에 한 가지 덧붙이자면, '풍족하게'이다. '풍족하게'라는 말은 '여유 있게'라는 말로 대체할 수도 있다. 살면서 돈에 시달려본 사람은 '풍족하게'라는 말의 위력을 잘 알고 있을 것이다. 물질적인 부족함이 없이, 그리고 〈버킷리스트〉의 두 노인처럼 하고 싶은 것을 마음껏 하며 사는 삶이 여유 있는 삶일 것이다.

여유가 있으려면 돈이 있어야 한다. 돈이 없는데 여유가 있을 수 없다. 나이가 들수록 사람은 여유가 있어야 한다. 지갑이 비면 기가 죽게 되고, 또 모든 면에서 자신감도 없어진다. 돈을 저축해놓지 못했다면, 최소한 고정 급여를 받을 수 있는 직업이라도 있어야 한다. 퇴직 이후를 대비하여 할 수 있는 방안은 돈을 저축하거나, 퇴직 후에 할 수 있는 일거리를 준비하기 위해 기술이나 업무능력을 배양하는 것이다.

| 늙지 않아야 한다 |

건강하고 풍요로운 노후는 저절로 이루어지지 않는다. 철저한 준비와 노력이 수반되어야 실현 가능하다. 10년, 혹은 20년 이상의 준

비 기간이 필요할 수도 있다. 또한 이 같은 노후 준비는 생물학적 노화를 인식하는 것에서부터 출발한다.

'우리 것은 좋은 것이여'를 외쳤던 명창 박동진 선생. 중요무형문화재 5호로 지정되어, 평생 우리 소리를 익히고 다듬었던 장인이었다. 1916년생이었던 박동진 선생은 열여섯 살이던 1932년에 소리에 빠져 학업을 중퇴하고, 판소리에 입문했다. 그리고 2003년 향년 87세로 타계할 때까지 소리 공부를 게을리 하지 않았다. 박동진 선생은 건강하고 풍요로운 노후를 인생의 목표로 삼고, 전심전력을 기울인 인물이다. 천하의 명창 소리를 들었던 박동진 선생이었지만, 노화까지 막을 수는 없었다. 나이가 들면서 소리가 예전과 같지 않았다. 자연스러운 노화현상이었다.

그런데 박동진 선생은 소리꾼인 자신이 소리를 할 수 없게 되면 결국엔 밥을 굶을 수도 있다는 냉혹한 현실을 직시하고 있었다. 명창은 허울이었고, 자신은 퇴직금이나 연금도 없는 프리랜서 예술가라는 사실을 잘 알고 있었다. 박동진 선생은 노화에 순응하는 대신, 연습으로 노화를 극복하기로 마음먹었다. 60대로 접어들면서, 연습량을 두 배로 늘렸다. 그래서 공연이 없는 날은 아침 여덟 시부터 오후 다섯 시까지 목구멍에서 피가 날 정도로 연습을 했다. 소리는 결국 성대를 통해서 나오는 것이므로, 훈련을 통해서 성대의 노화를 막자는 것이었다. 20대 득음을 할 때보다 더 큰 노력과 훈련으로, 박동진 명창은 전성기의 소리를 유지할 수 있었다. 소리꾼이 나이가 들었다고 해서 소리를 할 수 없다면 더 이상 소리꾼이라고 인정받을 수 없는 현실이 아니던가. 그래서 박동진 선생은 전성기의 소리를 낼 수 있는 상태를 만들기 위해서 죽기 살기로 고군분투했던 것이다.

당신의 인생 목표는 무엇인가? 60대에 은퇴한 후, 경치 좋은 하와이나 필리핀으로 이민 가서 골프나 치면서 여생을 보낼 생각을 하는가? 아니면 젊어서 못 해본 바이올린을 익혀 아마추어 오케스트라 단원이 되어 카네기홀에서 공연을 해보는 것인가? 그것도 아니면, 아내와 함께 세계 일주를 하고, 태평양을 요트로 횡단하는 것인가? 당신은 이러한 생각을 하기 전에 냉정하게 살펴보아야 할 것이 있다. 60세에 은퇴를 한 후, 그렇게 할 수 있을 만큼 재정적인 여유가 있는가? 아니, 최소한 재정적인 여유가 있다 하더라도 생활을 지속할 만큼 건강한 상태인가? 위와 같은 무수한 일을 할 수 있으려면 건강도 있어야 하고, 돈도 있어야 한다. 돈 없고 건강도 없으면, 정말로 이런 소망들은 백일몽에 불과하다.

이와 같은 목표를 60대에 실행해내기 위해서는 최소한 50대에는 재정적 독립이 이루어져 있어야 한다. 그리고 60대에도 40대 못지않은 건강 상태를 유지해야 하는 것은 두말할 필요도 없다. 당신이 현재 몇 살이든 간에 중요한 것은, 미래를 준비해야 하는 당신 자신의 상황을 인식하는 일이다. 당신은 틀림없이 어제보다, 작년보다, 10년 전보다 건강하지 못할 것이다. 경제 형편은 어제보다, 작년보다, 10년 전보다 나아졌을지 모르지만, 그렇다고 내일, 내년, 10년 뒤에 안심할 만큼 여유 있는 형편은 아닐 것이다. 그렇다면 당신은 이런 당신의 현실을 똑바로 직시해야 한다. 그리고 그런 현실을 그저 수긍하며 살 것인지, 아니면 이겨낼 것인지를 고민해야 한다. 20

년, 30년 뒤에 돈도 있고 건강도 허락되면, 하와이나 필리핀에 가서 골프를 칠 수 있고, 오케스트라 단원도 될 수 있다. 뿐만 아니라 세계여행도 할 수 있다.

이처럼 노후에 필요한 돈이 부족하다면, 저축을 하거나 수입원을 늘릴 생각을 해야 한다. 건강이 나빠졌으면, 운동을 하거나 약을 먹어서라도 건강을 유지해야 한다. 결국 직업과 건강에 대한 이야기가 모두 연결된 셈인데, 최소한 나이가 들어서 일을 그만두게 되더라도, 건강이 나빠져서 일을 그만두는 불행은 없어야 한다.

중요한 점은, 나이를 먹으면 노화가 시작되는 것을 자연스러운 현상이라며 그대로 받아들여서는 안 된다는 점이다. 박동진 선생처럼 당신도 나이를 이겨내는 노력으로 건강하고 풍요로운 노후를 누릴 수 있기 때문이다.

건강하고 풍요로운 노후는 절대로 노력 없이 이룰 수 없다. 치밀한 계획을 세워서 매일매일 꾸준히 노력해야 달성할 수 있는, 인생 궁극의 목표인 것이다. 노년에도 가족과 주변에 폐를 끼치지 않고 육체적 건강과 경제적 여유, 그리고 정신적인 풍요로움을 누리며 살아갈 수 있는 것보다 더 훌륭한 인생 목표는 있을 수 없다. 매일매일 꾸준하게 퇴직 후를 준비하는 과정을 통해서, 생물학적 노화를 늦춤과 더불어 업무능력은 최고의 수준이 되도록 노력해야 할 것이다.

4

퇴직 후 준비의 출발점?
생각부터 바꿔라

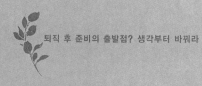
퇴직 후 준비의 출발점? 생각부터 바꿔라

운명을 바꾸는 생각의 변화

| 시간의 개념을 바꿔라 |

하루는 24시간이고, 1주일은 168시간이다. 한 달 30일은 720시간이고, 1년 365일은 8,760시간이다. 정말로 어마어마한 시간인데, 우리는 그 시간이 얼마나 소중한지, 또 얼마나 많은 양인지 헤아리지도 못하고 허송하는 경우가 많다.

이런 안타까운 상황이 빚어지는 까닭은 시간의 주도권을 자신이 틀어쥐지 못하기 때문이다. 직장인들이 무심코 하는 실수 중의 하나는 일상의 중심을 직장 생활에 맞춰놓는 것이다. 쉽게 말해서, 직장이 자신의 인생을 장악하도록 내버려 둔다. 그런데 더 큰 문제는, 그런 자세가 잘못된 것임을 인식하지 못하고 오히려 당연한 것처럼 여긴다는 점이다.

사람마다 차이는 있겠지만, 일반적으로 직장 생활은 하루에 열 시간 정도이다. 주 5일 근무를 한다고 가정하면, 기껏해야 50시간이다. 그렇다고 하면, 1주일 168시간 중에 3분의 1에도 못 미치는 것이다. 또한 생존에 꼭 필요한 수면 시간 50시간 정도를 더 빼더라도, 나머지 68시간은 오롯이 자신의 것이다. 일주일 중 무려 40%에 해당하는 긴 시간이다. 물론 그 사이에 밥도 먹고, 가족과 어울리고, 여가 시간도 갖고, 출퇴근도 한다. 그렇다고 쳐도, 3분의 1도 못 되는 직장 생활이 1주일의 전부가 아닌 것은 틀림없는 사실이다.

그런데도 사람들은 50시간 남짓한 직장 생활이 자기 인생의 전부인 양 착각하며 살아간다. 생존에 필요한 돈을 지급해주는 직장이 중요한 것은 사실이지만, 직장 생활은 직장에서 제공하는 급여만큼만 중요하게 여기면 된다. 직장 생활은 급여 수준 이상도 아니고, 이하도 아니다. 10만 원짜리 운동화를 100만 원짜리처럼 귀중하게 여길 필요도 없고, 1만 원짜리처럼 함부로 대할 필요도 없는 것과 마찬가지이다. 월급 주는 만큼 노동하고, 월급 주는 만큼 가치를 느끼면 족할 것이다.

예전에 아주 재미있는 사람을 만난 적이 있다. 대기업 연구원으로 재직하고 있는 사람이었는데, 주말에 입시학원에서 수학을 가르치고 있었다. 이름만 대면 알 만한 대기업에 근무하는 이 사람은 입사 후에도, 재학 중에 용돈벌이로 시작한 학원 강의를 계속하고 있었다. 피곤하지 않느냐고 물었더니, 토·일요일 이틀만 강의를 해주고 회사 월급의 서너 배를 받는다고 했다. 그만두려면 학원이 아니라, 회사를 그만둬야 할 상황이었다.

또 다른 경우도 있다. 그는 다른 방송국의 기술직 직원이다. 교대 근무를 하는 터라, 보통 사람들과 달리 리듬을 찾기 힘든 생활을 하고 있었다. 밤에 근무하고 퇴근했다가 그 다음날에는 일근을 하고, 다시 그 다음날에는 새벽 근무를 한 뒤 하루를 쉬는 사이클이다. 오래 하다 보니 나름대로 적응을 했는지, 회사 근무 시간 이외에는 아내가 운영하는 간판가게에서 조수 노릇을 하고 있었다. 따지고 보면 아내 이름 걸어놓고 자신이 가게를 경영하는 것이나 마찬가지였다.

이런 식으로 분주하게 살아가는 사람들이 주변에 의외로 많다. 그런 사람들의 특징은 시간 개념이 일반 직장인들과는 사뭇 다르다는 점이다. 직장 생활 중심으로 시간을 관리하는 것이 아니라, 자기중심적으로 시간을 활용하는 것이다. 이런 사람들은 직장에서 도를 넘어서는 성과를 올리는 데 집착하거나, 남보다 무리하게 빨리 승진하겠다는 생각을 하지 않는다. 직장 생활은 그냥 월급 받는 수준에서 적절하게 열심히 하는 것이다. 그리고 퇴근 후에, 혹은 주말에 다른 일터에서도 자신의 능력을 펼친다.

물론 모든 직장인이 회사 몰래 부업을 하면서 사직 준비를 해야 한다는 뜻은 아니다. 그래서도 안 되고, 그럴 수도 없는 일이다. 다만 자기중심적으로 시간을 관리하는 자세로 은퇴 이후의 삶을 꼭 준비해야 한다는 점만 기억하자.

| 자기계발 시간을 확보하라 |

아무리 직장에서 잘 나가고 초고속 승진을 한다 해도, 언젠가는 회사를 떠날 날이 온다. 그 날을 대비해서 새로운 능력을 계발하는 것은 매우 중요하다. 또한 이러한 능력 계발 시간을 하루의 중심에 놓고, 심지어 직장 생활을 포함한 나머지 일과를 일상생활로 간주해보라. 그렇게 되면, 지금까지 직장 생활 중심으로 움직이던 일상생활의 개념이 바뀌게 된다. 즉 하루의 중심이 퇴근 후가 되고, 다음날 출근 전까지가 온전한 자기 능력 계발 시간이 된다. 이런 생각의 변화는 하루, 일주일, 한 달, 일 년의 시간 개념을 완전히 바꿔놓게 될 것이다.

그렇다면 건강하고 풍요로운 노후를 위한 준비는 하루에 얼마나 하는 것이 좋을까? 퇴직 후 준비라고 했으니, 대학 진학이나 입사를 준비하듯 매일 쉬지 않고 하는 것이 좋을까? 물론 매일 하는 것이 좋을 수도 있지만, 꼭 그렇게까지 할 필요는 없다. 왜냐하면 체력적으로도 그렇게 할 수 없겠지만, 일생을 살아온 연륜을 통해서 최소의 시간으로, 최대의 효과를 내는 방법을 대부분 알고 있기 때문이다. 중요한 것은 정확한 방향과 순간적인 집중력이다.

축구 경기를 보게 되면, 정확한 방향과 순간적인 집중력이 얼마나 중요한지를 알 수 있을 것이다. 축구 선수들은 언제나 자신이 공을 차 넣어야 하는 골대와 이리저리 오가는 공의 움직임을 눈 바쁘게 확인한다. 2002년 한일 월드컵 16강전에서, 차두리 선수가 오버헤드킥을 한 것이 실례이다. 공을 잡았지만, 자신이 공을 차 넣어야 할 골대와 등지고 있던 차두리는 오버헤드킥을 시도했다. 비록 골망을 가르지는 못했지만, 차두리는 자신이 골대의 방향을 잊지 않고 있다는 사실을 여실히 보여주었다.

세계적인 축구 천재 FC 바르셀로나의 리오넬 메시가 센터 서클 부근에서 공을 잡아, 세 명의 수비수를 잇달아 젖히고 슈팅하는 장면을 본 적이 있다. 리오넬 메시는 수비수가 없는 곳에서는 볼을 빠른 속도로 끌고 나가다가, 수비수 앞에서는 엄청난 집중력으로 거의 발에서 공을 떨어뜨리지 않는 것 같은 기술을 선보였다. 그리고 골키퍼와 1대1 상황에서도 침착하게, 골키퍼가 막으려는 반대 방향으로 볼을 가볍게 차 넣었다. 천하의 리오넬 메시라고 하지만, 전후반 90분 내내 골대 앞에서 득점을 하듯 집중하지는 않는다. 리오넬 메시가 집중하는 시간은 공을 잡고, 수비수를 따돌리는 시간과 골키퍼 앞에서 슈팅을 하는 순간뿐이다.

4, 50대쯤에 퇴직 후 노후 준비를 생각할 무렵이면, 이미 직장 생활에 많이 익숙해져서 일상 업무에 큰 부담을 느끼지 않을 것이다. 신입사원이라면 업무 시간 내내 긴장한 채 집중을 해야 하겠지만, 직장 생활을 20년 넘게 한 사람이 업무 시간에 신입사원처럼 긴장하고 집중을 한다면 오히려 무능한 사람이라고 지적받을 수도 있겠다. 숙련이란 업무를 자기 방식으로 재해석하여 숙달시킨 것을 뜻하므로, 숙련된 사람은 업무 시간 내내 계속 집중할 필요가 없는 것이다. 따라서 일상 업무에 큰 부담을 갖지 않는 4, 50대는 퇴직 후 노후 준비에 임할 때에 신입사원의 마음가짐처럼 집중력을 발휘해야 한다. 퇴직 후 노후 준비는 색다른 일이 될 것이므로 낯설 수도 있고, 여가에 짬을 내서 하는 일이기에 최소 시간으로 최대 효과를 올려야 하

기 때문이다. 요컨대 퇴직 후 노후 준비를 할 때야말로 정확한 방향과 순간적인 집중력이 꼭 필요한 때이다.

그래서 퇴직 후 노후 준비를 할 때는 하루에 몇 시간, 한 주일에 몇 시간 투자했느냐보다는 올바른 방향을 정하고 체계적인 계획을 세워서 꾸준하게, 그리고 집중력을 발휘하여 해나가는 것이 더 효과적이다. 또한 퇴직 후 노후 준비는 자신의 미래를 설계하는 과정이므로, 일상 업무를 소홀히 하지 않는다면 크게 부담을 느낄 필요도 없다. 어차피 회사는 당신의 노후를 책임져 주지 않을 것이니까. 그러므로 하루라도 빨리 노후 준비를 서두르는 것은 당신 자신을 위해서 너무나도 중요한 숙제이다.

| 눈높이를 낮춰라 |

예전의 자기계발서는 직장에서 성공하기 위해서 외국어 학원이나, 업무와 관련된 대학원에 다니라는 조언이 많았다. 그렇지만 지금은 이미 그런 일반적인 자기계발이 별로 큰 효과가 없다는 것을 누구나 알고 있다.

요즘 신입사원들 중에는 외국에서 중고등학교, 대학까지 졸업한 경우도 많고, 심지어 석사와 박사 학위를 취득한 경우도 적지 않다. 국내에서 대학을 졸업한 사람들도 외국어를 현지인처럼 능숙하게 구사하는 경우가 부지기수이다. 실제로 대기업의 토익 입사 커트라인은 900 정도이고, 만점자도 적지 않기 때문이다. 이런 사람들에게 외국어 공부를 하라고 하는 것은 의미 없는 일이다. 요즘은 영어 잘한다고 일류 기업에 취업하거나 쉽게 전직할 수 있는 세상이 아니기 때문이다.

대학원도 마찬가지이다. 요즘은 대학원을 졸업하고, 박사학위를 취득한 신입사원도 많다. 또 외국에서 대학원과 박사 과정을 마친 사람들은 외국어 저널을 우리말처럼 읽으며, 토론도 가능하다. 그런 사람들이 대학 교수가 못 되고 취업을 할 정도로 구직이 어려운 형편이다. 이미 석사·박사 학위를 취득하고 입사를 한 사람들에게 더 공부하라고 이야기하는 것은 큰 의미가 없다.

오늘날 직장인들의 자기계발은 직장 생활을 더 잘하기 위한 목표보다 노후 준비에 초점이 맞춰져야 한다. 업무를 위해 새로운 학문과 신기술을 터득하게 하는 교육과정은 의미 없는 일이다. 그렇게 배워서 변화를 따라갈 수 있는 시대가 아니기 때문이다. 과학기술의 발전은 눈부신 정도를 넘어, 새로운 기술을 미처 다 습득하기도 전에 또 다른 첨단 기술이 등장하는 수준이다.

그래서 전문직과 같은 특별한 경우가 아니라면, 일반적인 정년퇴직자의 60세 이후 재취업은 으레 육체노동이 될 가능성이 많다. 정신노동이나 지식산업 종사자는 새로운 정보와 학문 체계가 도입되어, 변화하는 산업 환경에 재빨리 적응할 수가 없기 때문이다. 이러한 변화 속도는 시간이 가면 갈수록 더욱더 빨라질 것이다.

컴퓨터 업무에 능하다고 해서 퇴직 이후에도 컴퓨터 관련 업무를 계속할 수 있다는 보장은 없다. 당신이 60대가 되면, 새롭게 컴퓨터 기술을 익힌 20대들이 쏟아져 나오기 때문이다. 당신의 임금의 3분의 1, 4분의 1 정도의 싼 급료를 받는 그들을 앞설 수 있는 것은 전문성이지만, 20대의 창의성까지 이겨낼 수는 없다.

정년퇴직을 앞두고 박사학위를 취득하겠다고 수선을 피우는 사람들이 많지만, 설령 박사학위를 취득했다 해도 시간강사 자리라도 얻으면 그나마 다행이다. 그리고 그런 강의 자리도 65세가 되면 물러나야 한다. 어설프게 교수 소리를 듣다 보면, 구청 취로사업에도 못 나가고 늙어가는 것이 현실이다. 나이가 들수록 높은 자리보다 낮은 자리, 마른 자리보다 젖은 자리로 갈 생각을 해야 한다.

따라서 퇴직 후 준비를 제대로 시작하려면, 처음부터 눈높이를 낮춰야 한다. 특별한 준비를 하지 못했다면, 퇴직하고 나서는 아예 육체노동자가 될 생각도 해봐야 한다. 요리사, 제빵사 등의 적당한 자격증과 실기 능력을 갖춰 재취업을 준비하는 것이다. 구청이나 기술교육 기관에서 제공하는 도배사 교육이나, 입주 청소 교육 등을 받아보는 것도 좋다. 어쩌면 이 방법이 현실적인 노후 준비가 될 수도 있다. 나이가 들수록 적당히 육체를 사용하는 편이 사무실에 앉아서 일을 하는 것보다 건강에도 좋을 것이기 때문이다.

명문 대학 졸업생이고 대기업 간부 출신이라는 우월감을 버리지 못하면, 늘그막의 고생길은 불을 보듯 뻔하다. 한국 젊은이들의 80~90%가 가는 대학에서 우열이 있어봐야 얼마나 있겠으며, 기업의 서열이 있다고 쳐도 얼마나 대단할 것인가. 어설프게 왕년 생각을 하겠다면, 퇴직 후에 일자리를 얻을 생각일랑 숫제 하지 말아야 한다. 퇴직 후를 알차게 준비하겠다는 결심을 했다면, '직업은 뭐든지 좋다, 월급만 받게 해다오'라는 다짐을 해야만 한다.

좋은 습관의 생활화

| 좋은 습관에 대한 고정관념이 필요하다 |

하루에 최소한의 시간이라도 자기계발의 시간을 마련해두면, 얼마나 풍성한 인생을 살게 될지는 부연설명하지 않아도 좋을 것 같다. 매일이 어려우면, 1주일에 몇 시간과 같은 식으로 자기계발 시간을 마련해도 좋다. 평일이 어렵다면, 주말과 휴일에 몰아서 해도 괜찮기 때문이다.

그렇지만 주말과 휴일에 몰아서 하는 것보다는, 매일 한두 시간 정도씩 시간을 마련하는 편이 바람직하겠다. 출근 전의 새벽 시간을 활용할 생각이라면, 저술가 구본형처럼 세 시간까지도 확보가 가능하다. 물론 중요한 것은 시간의 양이 아니라, 올바른 방향성과 순간적인 집중력이다.

자기계발에 공을 들이고 충분한 시간을 할애하는 사람이라면 얼마나 기름진 노후를 살게 될지는 더 이상 설명할 필요도 없다. 바빠서 신문 한 장 마음 놓고 읽을 시간이 없다고 말하는 사람, '퇴직 후에 어떻게 되겠지' 하고 막연하게 낙관하는 사람도 결국은 절박성이 느껴질 때가 올 것이다. 자기계발 시간을 마련하는 것은 시간이 남아돌아서가 아니라, 절박성의 문제이기 때문이다. 퇴직 후가 걱정되는 사람은 새벽 시간을 쪼개서라도 자기계발을 할 것이다.

건강하고 풍요로운 노후 생활은 노력 없이 맞이할 수 없다. 세상에 노력하지도 않고 이룩할 수 있는 것은 아무것도 없지 않은가. 퇴직 후에 건강하기 위한 노력과 풍요롭기 위한 준비도 끊임없이 해야 성과를 낼 수 있는 것이다. 집에다 완력기와 아령, 러닝머신만 사다 놓으면 이두박근과 삼두박근이 곧바로 생기는가? 절대로 그렇지 않다. 1천만 원 들고 주식시장으로 달려간다고 당장 1천만 원이 1억 원으로 둔갑하지 않는 것과 같은 이치이다.

그렇다면 원하는 것을 얻기 위해서, 즉 건강하고 풍요로운 노후를 맞이하기 위해서는 어떤 습관이 필요할까? 첫째는 끊임없는 운동이다. 건강하지 못하면 노후 준비를 할 수도 없고, 설령 노후 준비를 잘했다 하더라도 제대로 누리지도 못할 뿐더러, 병석에 누워서 보낼 수밖에 없다. 몸이 튼튼해야 마음도 튼튼해지고, 일할 의지도 생긴다. 운동을 게을리 하는데 건강할 수는 없다.

운동하라는 말은 아무리 강조해도 지나치지 않다. 나이 듦에 있어 운동은 노화, 즉 퇴화를 막는 방법이기도 하기 때문이다. 먼저 몸의 상태에 따라 운동량을 늘리며 근육과 골격의 활력을 강화하는 것부터 시작해야 한다. 하루 한 시간이 힘들다면 단 30분씩이라도 꾸준히 하는 습관을 들이는 것이 좋다. 지속적으로 운동하는 시간을 유지하면서 조금씩 운동량을 늘려나가면 된다. 유연성이 떨어지면 훈련으로 유연성을 높이고, 운동신경이 무뎌지면 운동신경을 자극해서라도 예민하게 만들어, 몸이 자연스럽게 운동에 순응할 수 있도록 해야 한다. 이러한 운동 습관을 들이게 되면, 자신도 모르게 몸은 건강해진다. 나이가 들어간다는 느낌이 드는 순간부터 곧바로 약해지는 신체부위를 강화해야 한다는 사실을 꼭 기억하자.

육체적으로 건강해지는 습관을 들였다면, 다음으로는 정신적으로도 건강해지는 습관을 들여야 한다. 육체를 단련해야 건강해지듯, 정신도 단련해야 건강해진다. 정신 단련에 가장 중요한 영향을 끼치는 요인은 경제적 건강이다. 어떠한 상황에 놓여 있어도 풍요로운 노후를 맞이하기 위해서는 항상 경제 문제에 촉각을 곤두세워야 한다. 젊어서는 돈을 벌어야 하고, 나이가 들어서는 돈을 불려야 한다. 재산에 한계를 둘 필요는 없다. 많이 벌면 벌수록 안정감이 높아지기 때문이다. 나이가 들어서 돈 없는 것만큼 딱한 처지도 없다. 젊어서의 경제적 준비가 미흡했다면, 이미 강조한 것처럼 나이 들어서 일을 해도 풍요롭게 살 수가 없다. 경제적인 안정이 정신적인 부분에 얼마나 큰 영향을 미치는지는 누구나 잘 알고 있을 것이다.

이제부터라도 경제적 건강을 위해서는, 즉 정신적으로 건강해지기 위해서는 일상사에 쓰이는 지출 방법부터 고쳐나가야 할 것이다. 교통수단 이용이나 쇼핑 등 주머니에서 돈이 나갈 때마다 한 번 더 생각해보는 습관을 들여야만 한다. 또한 시간이 나는 틈틈이, 나이가 들어서도 활용할 수 있는 기술이나 전문 지식을 습득하는 등의 노력도 매우 중요하다. 이런 생활이 습관화되고 나면, 당신의 노후는 이미 웬만큼 보장되었다고 해도 과언이 아니다.

건강하고 풍요로운 노후 생활을 위한 준비 과정에 정답은 없다. 학창 시절에는 참고서라도 있었지만, 노후 생활을 도와주는 참고서는 없다. 스스로 교사가 되어 스스로를 가르쳐야 한다. 준비 시간의 양은 중요하지 않다. 절박성이 깊어지거나 재미가 붙으면 집중도가 높아지고, 자연스럽게 준비 시간은 늘어나게 되어 있다. 정말 중요한 것은, 어떠한 처지에 놓여 있더라도 자기계발 시간을 꼭 마련해야겠다는 인식이다. 그러한 인식이 각인되면, 자기계발 훈련이 당신에게 좋은 습관이 된다.

| 습관이 생기면, 집중도를 높여야 한다 |

퇴직 후 노후 준비를 위해서는 많은 시간과 노력이 필요할 것처럼 생각하기 일쑤다. 그러나 막상 구체적인 목표를 설정하고 행동에 옮기기 시작하면, 생각만큼 많은 시간이나 노력을 필요로 하지 않는다는 것을 알 수 있다. 중요한 것은 구체적인 목표 설정과 실천이다.

구체적인 목표 설정과 실천의 중요성을 깨닫게 해주는 좋은 사례가 있다. 두 달 만에 의사소통이 가능할 정도로 영어를 익힌 사람의 이야기이다. 이야기의 주인공은 불세출의 가수 셀린 디온이다. 셀린 디온은 1997년 제작된 영화 〈타이타닉〉의 주제가인 「My Heart

Will Go On(내 마음은 한결같이 그대를 향할 겁니다)」으로 세계적인 명성을 얻은 캐나다 출신의 가수로, 전 세계에 2억 장 이상의 앨범을 판매한 것으로 알려져 있다.

그런데 캐나다 출신이라는 선입견 때문에, 셀린 디온이 원래 영어에 능통했을 것이라고 오해할 수도 있겠다. 그렇지만 실제로 셀린 디온은 캐나다에서 프랑스어를 공용어로 사용하는 퀘벡 출신이다. 퀘벡 주는 캐나다 내의 프랑스라고 불릴 정도로, 독자적인 문화 생활권을 형성하고 있다. 그래서 셀린 디온은 미국에서 활동하기 전에 영어 문제로 엄청난 고통을 겪어야만 했다.

1968년생인 셀린 디온은 14세 때인 1982년에 야마하 월드 송 페스티벌에서 금상을 수상하며, 가수로서 첫발을 내디뎠다. 그리고 1988년, 유로비전 송 콘테스트에서 그랑프리를 차지하면서, 본격적으로 가수 활동을 펼쳤다. 그렇지만 이때까지 셀린 디온의 주무대는 유럽이었다. 프랑스어를 사용하는 셀린 디온은 영어권 시장에서 활동하기가 어려웠으므로, 프랑스를 중심으로 유럽에서 가수 활동을 해야 했다.

그러다가 1990년, 셀린 디온은 영어권으로 활동 무대를 넓힐 생각을 했다. 영어권이라는 말은 미국 시장으로 진출할 결심을 했다는 것이다. 바로 이때 셀린 디온에게 가장 큰 걸림돌은 언어였다. 프랑스어 독자 생활권역인 퀘벡에서 성장해온 셀린 디온에게 영어는 외국어나 다름없었던 것이다.

미국 진출을 앞두고 셀린 디온은 영어를 숙달하기로 작정했다. 두 달 안에 의사소통이 가능한 수준으로 영어 실력을 끌어올리기로 작심한 것이다. 가수 활동을 하느라 제대로 학교를 다니지 않았던 터라, 셀린 디온의 영어 실력은 거의 밑바닥 수준이나 다름이 없었다. 셀린 디온은 불철주야 하루 열다섯 시간씩 영어 공부를 했다. 그리고 두 달 후에, 미국 무대에서 본격적인 가수활동을 시작하게 된다.

'두 달간의 영어 공부로 어떻게 회화가 가능할까?' 도저히 이해가 안 될 수도 있겠지만, 사실은 그렇지 않다. 하루에 열다섯 시간씩 60일을 영어만 공부하면, 도합 900시간이다. 900시간 동안 의욕을 가지고 적극적으로 매달리면, 정말로 기본적인 회화 실력을 갖출 수 있다. 900시간 정도의 학습량은 생각보다 엄청나다. 900시간은 영어 소설 한 권을 외울 수도 있는 시간이기 때문이다. 비근한 예로 언론사 준비를 하는 수험생들을 들 수 있는데, 시험을 앞둔 3,4학년 학부생들이 방학 두 달 동안 한문 문제 몇 개를 맞추기 위해서 700페이지짜리 옥편을 외우는 경우가 있기 때문이다.

물론 직장에 다니면서, 하루에 열다섯 시간씩 퇴직 후 준비를 할 수는 없다. 하루 열다섯 시간이나 두 달과 같은 단위는 상징적인 숫자이고, 정작 중요한 것은 셀린 디온이 가졌던 절박함이다. 프랑스어 가수에서 영어권 가수로 전환하려던 셀린 디온의 절박함, 바로 그것이 퇴직 후 준비를 결심한 사람들이 가져야 할 자세이다. 그래서 어떤 소재이든, 퇴직 후를 준비하는 시간에는 목숨을 거는 절박함으로 매달려야 하고, 그것을 습관으로 몸에 익혀야 한다. 그러다 보면, 시간 기준이나 상식적인 예측을 뛰어넘는 성과까지 거둘 수 있게 된다.

지금 당신이 만족하고, 당신의 활력이 되는 회사가 언제 어느 때 당신을 매몰차게 대할지 모른다. 경쟁자의 손을 들어주고 당신을 비참하게 만들 수도 있고, 당신을 구조조정의 희생양으로 삼을 수도 있다. 아니, 그런 모든 일이 발생하지 않고 직장 천수를 누려 정년퇴직을 하게 되더라도, 당신 마음속에는 아쉬움이 남을 수 있다. 회사에서 버림을 받게 되면 버림받은 상처는 자기 불신으로 이어져, 새로운 일에 숫제 용기를 낼 수 없을 정도로 자신을 무기력하게 만들 수도 있다. 그래서 그런 상황을 맞기 전에 서둘러서 자기계발을 해야 한다고 강조하는 것이다.

이제는 고인이 된 자기계발 전문가 구본형의 사례를 살펴볼 필요가 있다. 그를 세상에 알린 책은 『익숙한 것들과의 결별』이다. 1954년생인 구본형은 1999년 실직을 했다. 그때 구본형이 경험한 것이 바로 익숙한 것들과의 결별이었다. 책 제목 "익숙한 것들과의 결별"은 단순한 책 제목이 아니라, 45세 전후에 실직을 한 구본형의 심정 그 자체였다.

구본형을 내가 진행하던 방송 프로그램에서 처음 만났다. 방송 중에 구본형은 자신의 일상을 소개해주었다. 매일 새벽 네 시에 일어나서 세 시간씩 글을 쓰고 있다고 했다. 나는 구본형에게 "가끔씩 안 쓰시는 날도 있겠지요?"라고 물었다. 그러자 그는 "절대 하루도 빼놓지 않는다."고 했다. 실직 뒤에 길들인 습관이었다. 해고의 충격을 극복하기 위해 구본형은 그렇게 습관을 다진 것이었다.

10년 넘게 매일 새벽에 글을 쓴다는 사실에 나는 깜짝 놀랐다. 하지만 좀 더 깊이 생각해보니, 퇴직 당시 구본형의 심정을 이해할 수 있을 것 같았다. 미래에 대한 불안으로, 밤을 지새운 날이 하루 이틀이 아니었을 것이다. 직장을 다니다 갑자기 퇴직 통고를 받았는데도, 두 다리를 뻗고 제대로 잠을 잘 수 있는 사람이 몇이나 될까? 앞길이 막막했던 구본형은 새벽부터 일어나 글을 써야 할 정도로 절박했을 것 같았다.

구본형은 매일 새벽 세 시간의 집필을 통해서 약 40권의 책을 써냈다. 나중에는 구본형 변화경영 연구소를 열고, 자기계발 전문가로 나서서 14년간 강연활동까지 했다. 새벽 세 시간 동안 써낸 책들을 바탕으로 수천, 수만 번의 강연을 했을 것이다. 어쩌면 구본형은 20년 가까이 했던 직장 생활보다, 14년 동안 1인 기업을 경영했던 생활에 더 치열하고 열정적이었을 것이다. 하루라도 게으름을 피우면, 그 날의 양식을 벌 수가 없었을 테니까.

구본형의 새벽 글쓰기를 이야기하는 이유는 단 한 가지이다. 무엇인가 할 시간이 부족한 것이 아니라, 절박한 마음이 들지 않는 우리의 현실을 말하고자 함이다. 시간 개념으로 다시 돌아가 보자. 우리는 직장 생활이 주는 스트레스를 이야기하고 있지만, 앞서 말했듯이 실제로 직장 생활은 하루 24시간 가운데, 출퇴근 시간을 포함해서 열두 시간에도 못 미친다. 1주일 168시간으로 따져보면, 36%쯤 되는 60시간 정도이다. 거기에 일주일의 수면 시간 50시간 정도를 더 빼더라도 1주일에 58시간 동안, 즉 3분의 1에 해당되는 긴 시간 동안 우리는 미래와 관계된 일에는 관심을 쏟지도 않은 채 허송세월을 보내고 있다.

　퇴직 후 준비를 시작한다면, 퇴직 후에는 무엇을 한 것인가를 분명히 정해야 한다. 현재 업무를 퇴직 후에도 계속 이어나갈 것인지, 혹은 새로운 업무를 익힐 것인지, 아니면 창업이나 개업을 할 것인지를 결정해야 한다. 그리고 나면 자기계발 목표와 소요 시간이 명확해진다.

타율적으로 적응하라

| 주변 환경에 변화를 줘라 |

다른 사람들이 생각조차 하지 않는 퇴직 준비에 나서겠다고 하면, 아마 비웃음을 살지도 모르겠다. '퇴직하려면 아직도 멀었는데 무슨 퇴직 준비냐?' '걱정도 팔자다, 사서 걱정할 필요가 없다.'와 같은 이야기를 들으면, 아무리 굳은 결심을 했더라도 마음이 흔들릴 수 있다. 바로 이 상황에 어울리는 고사성어가 하나 있다. 맹모삼천지교(孟母三遷之敎)이다. 맹자의 어머니가 자식 교육을 위해서 세 번 이사를 했다는 그 고사 말이다.

세상의 어머니들은 자식들이 다른 무엇보다도 공부를 잘하는 것을 바라게 마련이다. 맹자의 어머니도 다르지 않았다. 편모슬하에서 자라는 아들 맹자가 공부를 많이 한 현자가 되기를 바라고 있었다.

자식에 대한 뚜렷한 목표가 있는 어머니 밑에서 자라는 자식은 어머니의 목표에 걸맞게 성장할 가능성이 높다.

맹자는 총명하고 슬기로웠다. 하지만 맹자가 처음 살던 곳은 공동묘지 근처였다. 공동묘지 근처라서 매일 장례식이 벌어졌고, 그것을 자주 본 어린 맹자는 곡을 하면서 장례식 흉내를 내곤 했다. 그래서 맹자의 어머니는 서둘러서 이사를 했다. 새로 이사한 곳은 시장 근처였다. 맹자는 이번에는 장사꾼 흉내를 내면서 장사놀이를 했다. 결국 맹자 어머니는 서당 근처로 또다시 이사를 했다. 그러자 맹자는 글쓰기와 예법을 흉내 냈다. 맹자 어머니는 이곳이야말로 아들과 함께 살 곳이라 생각하고, 그곳에 정착하기로 결심했다. 그리고 맹자는 어머니의 바람대로 공자를 잇는 대학자가 되었다.

맹모삼천지교는 건강하고 풍요로운 노후를 준비해나가는 사람들이 꼭 잊지 말아야 할 고사성어다. 직장 생활을 하다 보면, 업무와 관계없는 퇴직 준비 같은 것을 어리석은 행위로 보는 동료들도 적지 않을 것이다. 이런 동료들은 당신의 목표에 대해 이유 없이 비난을 하거나, '걱정을 사서 한다'며 질시할 수도 있다. 이런 공격에 자주 부딪히다 보면, 아무리 대단한 결심을 했다고 해도 몇 날 못 가서 무너지기 십상이다. 바로 그때 기억할 고사성어가 맹모삼천지교인 것이다.

당신은 자식을 가르치기 위해 이사를 주저하지 않았던 맹자 어머니의 마음을 곱씹어 봐야 한다. 10년 뒤, 혹은 20년 뒤에 당신은 정말로 건강하고, 돈 걱정 없는 미래를 맞이하고 싶은가? 그렇다면 그런 생각을 가진 사람들과 자주 어울리고, 정보를 교환해야 한다. 자신이 관심을 두는 분야의 사람들과 자주 교제를 하다 보면, 목표도 구체적이 되고 실현 가능성도 높아진다. 연애할 때를 기억해보라. 아무리 바빠도 사랑하는 사람과는 반드시 만난다. 애인을 만나는데 시간이 문제가 될 수 없다.

맹자의 어머니가 이사를 다녔듯, 당신도 비슷한 목표를 가진 사람들 쪽으로 마음을 옮겨라. 거창하게 표현하자면, 마음의 이사라고나 할까? 어쨌든 당신의 마음이 향하는 곳으로 마음을 옮겨라. 당신과 같은 목표를 가진 사람들과 자주 어울리고 정보를 교환하다 보면, 점점 구체적인 목표가 세워지고, 현실적인 실천 방안들이 나오게 된다. 만약 노후를 스스로 준비할 엄두가 나지 않는다면, 맹자의 어머니처럼 환경을 바꾸기까지 해서라도 목표에 접근해보는 것도 좋다. 이것이 바로 타율적으로 자신의 목표에 적응하는 가장 손쉬운 방법이다.

| 만나는 사람을 바꿔라 |

퇴직 후를 준비하기 위해 직장 바깥의 사람들을 자주 만난다는 것은 현실적으로 쉬운 일이 아니다. 타율적으로 적응하기로 결심을 했어도 현실적인 여건은 녹록치 않다. 마련할 수 있는 시간을 최대한 짜낸 상황에, 목표가 같은 사람들을 만나겠다고 시간을 따로 떼어낸다는 것 자체가 무리일 수 있다. 그러나 당신은 무리가 되더라도 그 시간을 떼어내는 결단을 내릴 수 있어야만 퇴직 후 노후 준비를 제

대로 할 수 있게 된다. 이를테면 직장 생활이라는 외바퀴 자전거에서 직장 생활과 인생이라는 두 바퀴 자전거로 옮겨 타는 것이다.

30년의 직장 생활에 집중되어 있던 인생을 60년 인생이라는 더 큰 목표로 전환하기 위해서는, 만나는 사람을 바꿔서라도 퇴직 후 준비를 해나가겠다는 결단이 필요하다. 이렇듯 목표가 같은 사람들과 자주 만나 의견과 정보를 교환하는 것은 당신의 인생에 큰 변화를 가져다줄 것이다. 그렇다고 사람을 만나는 것이 반드시 정해진 시간에 약속된 장소로 나가서 얼굴을 맞대야만 하는 것만은 아니다. 요즘처럼 인터넷이나 SNS가 발달한 시대에는 굳이 사람을 직접 만나지 않더라도 충분히 대화할 수 있다. 얼굴을 보고 싶으면 화상통화를 하면 될 것이고, 의견만 교환하고 싶으면 밴드라든지 카카오톡, 라인과 같은 모바일 앱을 이용할 수도 있기 때문이다.

이런 기술적인 문제는 어려움도 아니다. 진짜 문제는 행동에 옮기는 용기를 내지 못하는 것이다. 마음은 이미 퇴직 후의 새로운 직장이나 직업을 구해서 근무하고 있지만, 현실은 직장 생활에 허덕이며 갈등만 반복하고 있다. 이러한 상황이 발생하는 이유는 입사의 어려움 때문이다. 요즘 웬만한 직장은 경쟁률이 100 대 1 이상이라고 하는데, 실정이 그러하다 보니 입사하게 되면 직장 생활 이외의 다른 것에는 도저히 엄두도 못 내게 된다.

그래서인지 대부분의 직장인들은 입사와 동시에 직장형 인간이 될 수밖에 없다. 직장형 인간이란, 직장 생활을 자신의 인생 전부로 규정짓는 사람을 말한다. 생각보다 많은 사람들이 자신도 모르는 사이에 직장인이 아니라, 직장형 인간이 되어가고 있다. 직장인과 직장형 인간은 엄연히 다르다. 물론 직장인이 회사생활에 충실해야 하는 것은 두말할 나위가 없다. 직장인은 회사의 발전을 위해서 끊임없이 노력해야 하고, 동료들과 원만한 관계를 유지하며 동료들이 역량을 충분히 발휘할 수 있도록 돕기도 해야 한다. 그것이 직장인의 올바른 자세이기 때문이다.

그러나 입사 과정이 워낙 어렵다 보니 직장에 도를 넘는 종속의식을 갖는 사람들이 너무 많다. 입만 열면 업무 이야기, 인간관계 역시 직장 생활로 한정된다. 취미생활도 없고, 업무 외에는 관심도 없는 무미건조한 인생이 되는 것이다. 직장 생활이 삶의 전부가 되어버리는 사람이 바로 직장형 인간이다. 이러한 직장형 인간은 급속하게 변화하는 현대사회에 어울리지 않는다.

세상은 하루가 다르게 변하고 있고, 산업도 역시 마찬가지다. 아무리 최첨단 사업이라고 할지라도 몇 년 뒤의 미래를 예단할 수는 없다. 삼성전자의 이건희 회장조차도 수시로 세계 최고라고 불리는 삼성전자의 위기론을 거론하기도 했다. 따라서 직장인들은 직장 생활을 해나가는 중에도 세상의 변화에 민감하게 반응해야 하고, 촉각을 곤두세워 감지해나가야 한다.

직장 생활에만 모든 관심과 정성을 기울이는 것은 마치 외바퀴 자전거를 타는 것처럼 위험한 일이다. 외바퀴 자전거는 중심을 잡기도 어렵고, 속도도 나지 않는다. 직장 생활이라는 외바퀴에만 의존하는 태도는 개인 자신뿐만 아니라 회사 발전에도 도움이 되지 않는다. 따라서 성숙한 직장인은 직장 생활이라는 바퀴와 인생이라는 또 다른 바퀴를 돌릴 수 있어야 한다. 평균수명이 늘어난 지금, 직장 생활은

8,90년 인생 중의 3분의 1 정도밖에 되지 않는다는 것을 잊지 말자.

직장 생활에만 의존하는 태도에서 벗어나, 자신의 미래를 고민하고 노후를 계획할 수 있도록 다양한 사람들을 만나는 방법으로는 무엇이 있을까? 먼저 직장과 업무에 관련된 사람들보다는 건강, 재취업, 재무, 취미, 관심 분야 등 인생 전체를 함께 논의할 사람들과 만남을 자주 갖는 것이다. 사내외 동호회 활동이나 문화센터 등을 이용하는 것도 좋고, 관심 분야의 학원에 등록해 배우는 것도 좋다. 이때 명심해야 할 것은 모임의 규칙에 자신을 맞춰야 한다는 것이다. 모임을 통해 새로운 사람을 만나는 일에 강제성을 부여해야 한다. 강제성이 배제된다면 그 모임을 오랫동안 지속할 수 없고, 흥미마저 잃기 십상이기 때문이다. 물론 자신의 생활에 무리가 되지 않는 수준에서의 강제성이다. 특히 비용이 지출되는 경우라면, 모임을 통해 얻는 것이 무엇인지 확실히 따져봐야 한다.

자율적인 분위기에서 새로운 누군가를 만날 일정을 세웠다면, 어떻게든 그 일정을 소화하겠다는 강력한 의지가 꼭 필요하다. 만남에 의무감을 부여한 일정표를 만들거나, 장소와 시간을 미리 예약해두는 것 등은 좋은 방법이다. 이런 방법을 통해서라도 규칙을 몸에 익히는 연습이 필요하다.

이렇게 해서 만나는 사람이 바뀌면 생각이 바뀌게 되고, 자신의 인생을 돌아보는 기회도 될 것이며, 남은 인생을 새롭게 출발하는 계기도 될 수 있다. 그때부터 당신의 인생은 발전적으로 바뀌게 될 것임은 두말할 나위도 없다.

| 주말은 최고의 선물이다 |

직장인에게 주말은 일주일 만에 한 번씩 찾아오는 귀한 선물이다. 주말에도 근무를 하는 직장이라면 모를까, 그렇지 않다면 평일에 못 다 한 자기계발을 주말에 몰아서 할 수 있기 때문이다.

일반적으로 주말은 토요일과 일요일로 생각하기 쉽지만, 실제로는 금요일 저녁부터가 이미 주말 모드이다. 주5일 근무제가 정착된 이후, 요즘은 금요일에 회식이나 술자리를 잡지 않는 분위기이다. 그래서 주중에 자기계발 시간을 마련하지 못한 직장인이라면, 금요일 저녁부터 일요일 저녁까지 이틀 동안 충분히 자기 시간을 활용할 수 있게 되었다.

사실 직장인들에게 주말은 휴식 시간이라는 개념이 뿌리 깊게 자리 잡고 있다. 그래서 무엇인가 특별한 일을 하는 것에 대한 부담감을 가지고 있다. 주5일 내내 학원을 다니든, 기술을 익히든 분주하게 보낸 사람들도 주말만은 가족과 함께 편히 쉬면서 보낼 생각을 한다. 그러나 계획만 잘 짜면, 자기계발 시간도 가지면서 가족들과 함께 충분한 휴식시간을 보낼 수 있다. 그러기 위해서는 주말에 대한 개념을 명확하게 가다듬을 필요가 있다. '주말을 어떻게 보낼 것인가?' 하는 기본적인 입장을 정립하지 않으면, 생각지 않던 일이 발생할 때 이리저리 끌려 다니다가 지친 몸과 마음으로 새로운 한 주를 맞게 될 수도 있기 때문이다.

다시 한 번 강조하지만 퇴직 후 준비를 제대로 하기로 결심했다면, 주말 시간을 최대한으로 활용해야 한다. 가급적 주말은 퇴직 후 준비 및 가족생활에만 한정시키는 것이 바람직하다. 그렇게까지 빡빡하게 살 필요가 있느냐고 반문할 사람도 있겠지만, 퇴직 후에 경제적인 고통을 겪는 선배들을 만나보면 생각이 달라질 것이다. 경제적 여유가 없는 사람들은 여러모로 멸시를 당하기 일쑤다. 그런 수모를 겪으면서 살 바에야 미리부터 노후 준비를 하는 것은 절대 잘못된 선택이 아니다.

결혼식의 경우, 가족과 친지, 친구, 직장 동료들 정도는 직접 참석해야 하겠지만, 업무적으로 만난 사람이라면 축의금만 전달해도 결례가 아니다. 말 그대로 업무적으로 만나는 사람이기 때문이다. 즉, 직장에서 퇴직하고 나면 만날 일이 없기 때문이다.

반드시 참석해야 할 경우라면 어쩔 수 없겠지만, 망설여지는 자리라면 참석하는 대신 축의금을 두 배로 하는 편이 좋다. 결혼식은 결국 참석 여부보다는, 축의금 액수로 기억되는 것이 요즘 세태이기 때문이다. 그럴 바에야 시간도 절약하고, 이동에 소요되는 비용까지 포함해서 두 배로 축의금을 내는 편이 훨씬 더 유익하다. 물론 그렇게 확보한 시간은 자기계발에 쏟아 부어야 함은 물론이다.

장례식의 경우에는 될 수 있는 한 참석을 해야 한다. 하지만 자기계발 일과를 충분히 마치고 난 뒤에 문상을 가서 타인들보다 좀 더 많은 시간을 할애하는 것이 좋다. 상주의 입장에서도 얼굴만 보이고 사라지는 쪽보다는 적어도 한두 시간이라도 빈소를 지켜주는 사람에게 고마움을 느낄 것이기 때문이다. 그리고 저녁 시간의 이동은 시간도 적게 걸리고, 낮 시간 동안 예정했던 자기계발 시간을 충분히 확보할 수 있다는 장점이 있다.

주말 약속은 되도록 피하고, 굳이 만나야 할 사람은 전화로 대신하는 편이 좋다. 그 대신, 토요일과 일요일, 휴일 등에는 평일에 제대로 하지 못했던 자기계발 계획에 집중적으로 매진해야 한다. 주말만 제대로 보내도, 퇴직 후를 준비하는 데 충분한 시간을 확보할 수 있다.

이와 함께, 주말에는 가급적 가족들과 함께 식사와 여가 활동을 하는 것 또한 중요하다. 퇴직 후를 준비하는 시간에서 반드시 염두에 두어야 할 것이 가족이다. 가족은 모든 일의 출발점이자 종점이기 때문이다. 세상의 모든 것을 다 이루고 가졌다 해도, 가족이 없으면 허사이다. 그래서 퇴직 후의 노후 생활을 대비하는 자기계발 못지않게, 가족과의 관계 유지에도 신경 써야 한다.

퇴직 후를 준비하는 과정 중에서, 주말에 대한 개념 정립은 정말로 중요하다. 쉬며 놀겠다는 쪽, 목표를 가진 쪽 모두 각각 원하는 방향으로 보내게 된다. 주말은 노후를 위해 자기계발을 하는 직장인들에게는 최적의 시간이다. 주말은 1년에 104일이고, 추가 휴일까지 포함하면 거의 120일, 1년의 3분의 1에 해당되는 상당한 시간이다. 이 긴 시간을 어떻게 활용하느냐에 따라 노후 생활에 대한 희비가 결정된다는 것을 잊지 말자.

출퇴근 시간의 활용법

| 경제적으로 출퇴근 시간 살리기 |

업무가 산적하여 자기계발 시간을 좀처럼 만들기 어렵다면, 출퇴근 시간을 활용하는 것도 좋은 방법이다. 이용하는 교통수단에 따라서 시간의 활용도는 물론이고, 경제적인 상태도 달라질 수 있기 때문이다. 예를 들어 출퇴근을 할 때 자가용을 이용한다면, 자가용 없이 출퇴근을 해보도록 권한다. 물론 많은 이들은 자가용의 편리함 때문에 포기하기가 결코 쉽지 않을 것이다.

엄청난 비용 지출을 감수하면서도, 한국인들이 자가용에 집착하는 이유는 무엇일까? 자가용이 한국 사회에서는 신분의 상징이기도 하기 때문이다. 말 자체가 벌써 범상치 않다. 승용차라는 좋은 말을 놔두고, 자가용이라니? 거기에는 이유가 있다. 자가용이라는 개념은 1960년대부터 사용되었는데, 업무용 자동차만 있던 시절, 개인이 자가용으로 구입했다는 사실을 자랑하기 위해서 사용했던 용어다. 이러한 자가용이라는 단어는 국민 네 명당 자동차 한 대가 보급된 현재까지도 사용되고 있다. 이것은 세계적으로 유래를 찾아보기 힘든 독특한 신분 과시적 개념이다.

자동차에 대한 개념은 나라마다 다른데, 자동차의 나라 미국은 면적이 넓어 먼 거리를 이동해야 하는 환경적 특수성으로 인해, 자동차는 말 그대로 이동수단이다. 반면 개인생활이 강조되는 일본은 대중교통을 주로 이용하면서도, 자기만의 공간을 확보하기 위해서 자동차를 구입하는 경향이 높다는 연구보고가 있다. 이에 반해 한국은 자동차가 부의 상징으로 자리 잡고 있기 때문에, 실제 용도와 관계없이 비싼 차가 좋은 차라는 인식이 확산되어 있다. 바로 이러한 인식 때문에 자동차를 쉬이 버리지 못하는지도 모른다. 여기에 자동차가 주는 안락함과 편리함에 익숙해져 있기 때문에 더욱 벗어나지 못한다. 물론 마땅히 쓰고도 남을 만큼의 여유로운 경제 상태라면 자동차를 없앨 까닭도 없고, 노후 문제를 대비할 필요도 없다. 하지만 대부분의 사람들에게는 출퇴근용으로만 사용되는 자동차를 없애는 편이 오히려 경제적으로 유익한 형편이다.

경제적으로 풍족하지 못한데도, 자동차를 이용해서 계속 출퇴근을 한다면 어떻게 될까? 오늘의 안락을 위해 지불한 대가로 인해, 그들이 맞이할 미래는 불안정해질 가능성이 높다. 계산을 해보면 간단하게 답이 나온다. 자동차를 운용하기 위해서 지불하는 비용은 한두 푼이 아니다. 우선 자동차 구입에 들어가는 비용을 따져보면, 중형 고급 자동차는 약 3천만 원 대이다. 할부로 구입한다면 적어도 몇 년간 한 달에 5,60만 원 이상씩 불입해야 한다. 자동차는 구입하면 곧바로 중고품이다. 약 3년에서 5년을 사용하고 나면 구입가의 3분의 1에도 못 미치는 가격으로 떨어진다. 중고차 팔아서, 새 차 계약금 내면 딱 맞는 수준이다.

기름 값 또한 만만치 않다. 10만 원 어치 기름을 넣으면 300km 정도 이동이 가능한데, 출퇴근만 하는 경우라도 한 달에 네댓 번은 주유를 해야 한다. 출퇴근을 위한 기름 값으로만 한 달에 40만 원 정도가 드는 것이다. 거기에 1년에 두 번 엔진오일과 필터를 갈고, 부품 정비와 교체를 하는 것을 감안하면 한 달 평균 유지비가 10만 원 이상이다. 이뿐만이 아니다. 주차장을 이용해야 하는 경우라면, 주차비만 월평균 10만 원이다. 거기에 보험과 세금을 더하면, 한 달에 평균 10만 원 정도의 비용을 더 지불해야 한다. 감가상각비용은 생각도 못하고, 소모성 경비로만 월 100만 원 정도를 소비하게 되는 것이다. 결론적으로, 3천만 원짜리 중형차 한 대를 구입해서 출퇴근 용으로만 매달 100만 원씩 지출하면서 10년간 운용하면, 약 1억 5천만 원 이상이 소요된다. 그럴 바에야 출퇴근은 대중교통을 이용하고, 필요할 때에는 렌트카를 이용하면 경제적으로 훨씬 수월한 삶을 살 수 있게 된다.

30년 직장 생활을 하며, 매달 100만 원씩 적금을 드는 것과 하루에 여덟 시간 이상 주차장에 세워놓는 자동차를 구입하는 것 중에 어느 것이 미래를 위해 유익한 일인가? 100만 원씩 30년이면, 원금만 3억 6천만 원이다. 이처럼 다른 것은 몰라도 자동차에 드는 비용만은 불필요한 경비라 할 수 있다. 예를 들어, 월급으로 매달 500만 원을 받는 직장인이 있다고 하자. 출퇴근용으로 자가용을 이용하면 한 달에 100만 원 정도가 드니, 월 500만 원 벌면서 출퇴근 비용으로 100만 원을 지불한다는 것은 결코 현명한 선택이 아니다. 더욱이 월봉 500만 원 미만인 사람들은 더더욱 재고해봐야 할 것이다.

또한 자동차 출퇴근과 대중교통 이용에 드는 시간 차이가 별로 없다는 점도 자동차를 처분해야 하는 이유 중의 하나다. 자동차로 한 시간 걸리는 거리를 대중교통을 이용했다고 해서 두세 시간이 걸리는 것은 아니다. 기껏해야 한 시간 10분~20분 정도 걸린다. 어떤 경우는 오히려 대중교통이 더 빠르고, 안전하기도 하다.

대중교통 이용료는 한 달에 10만 원이면 충분하다. 환승 제도도 잘되어 있을 뿐만 아니라, 환승한다 해도 비용이 얼마 더 들지도 않는다. 한국의 대중교통 편리성과 경제성은 세계에서 손꼽을 정도이다. 그런데 하루 두 시간 남짓을 편하자고, 월 100만 원을 따로 지출한다는 것은 정말로 재고해봐야 할 사안이다.

물론 건강하고 풍요로운 노후를 맞이하기 위해서 자기 능력을 계발하는 것도 중요하다. 그렇지만 필요 없는 경비를 줄여서 생활비로 활용하거나 저축으로 돌리는 것이 더 중요하다. 자동차를 없앤다는 것은 큰 용기와 결단을 필요로 하지만, 효과는 곧바로 나타난다. 한마디로 안정된 노후를 맞이하기 위해서 맨 먼저 해야 할 과제는 쓸데없는 소비를 줄이는 일이다.

| 저절로 운동이 되는 출퇴근 시간 |

출퇴근 시간은 일을 하기 위해 직장과 집을 오가는 시간이다. 집이 회사와 가까운 경우가 아니라면, 출퇴근을 하는 데 어느 정도 시간이 소요되기 마련이다. 물론 여건마다 다르겠지만 적게는 30분, 많게는 한두 시간 정도 소요될 것이다. 많은 직장인들이 출퇴근으로만 하루 평균 한 시간 30분 정도를 소비하는 것이다. 이 시간을 당신은 어떻게 보내고 있는가? 운전석에서 하염없이 신호대기 중인가, 아니면 만원버스와 지하철에서 하릴없이 스마트폰으로 인터넷 서핑을 하고 마는가? 이렇게 낭비되고 있는 출퇴근 시간을 활용해서, 당신의 퇴직 후 노후 준비 시간을 만들어보면 어떨까?

출퇴근에 소비되는 시간을 효과적으로 사용하기 위해서는 역시 자동차 출퇴근보다는 대중교통을 이용하는 편이 낫다. 자동차를 처분하고 나면, 당연히 대중교통을 이용하게 된다. 사람들은 대중교통의 장점이 비용 부분에만 국한된 것으로 이해하기 일쑤다. 그렇지만 실제로 대중교통을 이용하게 되면 여러 가지 이점이 생긴다.

앞서 이야기한 경제적인 부분에도 도움이 되지만, 무엇보다 시간 활용이라는 이점을 빼놓을 수 없다. 자동차를 이용하는 경우에는 오로지 운전에만 집중해야 하므로 다른 일은 할 수가 없다. 그러나 대중교통을 이용하게 되면, 시간 활용을 충분히 할 수 있게 된다. 흔들림이 적은 지하철에서는 책을 읽을 수도 있고, 흔들림이 심한 버스에서는 음악이나 방송을 들을 수도 있다. 요즘은 대부분 스마트폰을 통해 뉴스를 보고 듣는 경우가 많은데, 이 경우라면 따로 뉴스 청취를 위한 시간을 쓸 필요가 없어진다. 또는 휴대전화로 알람을 맞춰 놓고 잠깐 눈을 붙일 수도 있다.

또한 대중교통을 이용하면 운동량이 엄청나게 늘어난다. 대중교통을 이용해 출퇴근하는 사람과 자동차로 출퇴근하는 사람의 운동량 차이는 두말할 필요도 없다. 대중교통을 이용하게 되면 따로 헬스클럽을 다니지 않아도 충분할 정도이다. 만보계로 걸음걸이 수를 비교해보거나, 스마트폰 앱으로 운동량을 체크해보면, 대중교통 활용이 자동차 출퇴근보다 얼마나 많은 운동이 되는지를 쉽게 확인할 수 있다. 어쨌든 대중교통을 이용하면, 단순하게 걸음걸이만 많아지는 것이 아니라 전신 근육의 근력이 강화되고 긴장감, 균형감이 생겨난다.

자동차는 운전석에 앉아 핸들을 움직이고, 브레이크 밟는 것이 고작 움직임의 전부다. 대중교통을 이용하는 사람은 흔들리는 버스나 지하철에 서서 균형을 잡아야 한다. 게다가 정류장이나 역까지 걸어서 이동해야 하고, 기다리는 동안에도 역시 서 있어야 한다. 그 사이에 엄청난 에너지가 사용된다. 혼자서 출퇴근하는 자가용 자동차를 이용하는 사람들은 늘 돈이 모자란다고 푸념을 늘어놓는다. 또 운동이 부족하다며, 없는 돈에 헬스클럽을 다니거나 골프 연습장까지 들락거린다. 대중교통을 이용하면 돈, 시간, 운동에 대한 문제가 한꺼번에 해결되는데, 자동차를 처분할 생각을 하지 못한다. 이러한 대부분의 사람들은 노후 대책도 없이 허세만 부리다 늙어 죽을 가능성이 크다.

대중교통을 이용하면 운동시간을 마련하기 쉽다. 출퇴근길에 한

두 정거장 걷기를 시작할 수도 있고, 차츰차츰 서너 정거장으로까지 더 늘릴 수도 있다. 그러다 보면 아예 회사에 양복이나 구두를 가져다 놓고, 편한 복장으로 출퇴근을 할 수도 있다. 퇴근길에서도, 집에 도착해서도 마찬가지다.

자동차를 운전하는 사람은 하루 일과로 피곤에 지친 상태에서 또다시 신경을 곤두세우고 운전을 해야 한다. 길이라도 막히면, 퇴근 시간은 평균 시간을 훌쩍 넘을 수도 있다. 하루 종일 주차장에 서 있던 자동차를 집으로 옮기느라, 운전자는 제대로 쉴 틈을 갖지도 못하는 것이다. 집에 도착해서는 아파트의 지하 주차장으로 들어가거나, 집 앞의 빈터를 찾아 차를 세우느라 시간을 소비한다. 그나마도 주차 공간이 없는 날에는 자동차를 주차하는 데에만도 오랜 시간을 낭비할 수 있다. 그런 상태로는 퇴근 후 준비를 시작하기 어렵다. 그만큼의 시간이 이미 소진되었기 때문이다.

그러나 대중교통을 이용하면 상황은 달라진다. 퇴근 후에 곧바로 역이나 정거장으로 걸어가면 된다. 운동을 하고 싶은 경우라면, 여유 있게 몇 정거장 정도 더 걸어가다 대중교통을 이용할 수도 있고, 반대로 몇 정거장 더 일찍 내려서 집까지 걸어갈 수도 있다. 돈 내고 헬스클럽에 가서 러닝머신 위를 달리는 것보다 백 번, 천 번 현명한 선택이다.

공기가 좋지 않은데 어떻게 도심 거리를 걷느냐고 반문할 사람도 있을 것이다. 그런 논리라면, 거리에서 행상하는 사람들이나 대중교통을 운전하는 기사들은 건강에 심각한 문제가 발생해야 한다. 그러나 잘 알고 있듯이 거리에서 하루 종일 지내도 공기청정기 틀어놓고 사무실에 틀어박혀 있는 사람들보다 덜 건강한 것은 아니다. 지나치게 건강을 의식해서 맑고 좋은 것만 찾아다니다가는 오히려 면역력만 떨어뜨릴 수 있다.

대중교통을 이용하는 사람이 서너 정거장 정도의 거리를 걷는 것으로는 운동량이 부족하다고 느낀다면, 집 근처의 운동장이나 공원에 들러 간단한 운동을 더 하면 된다. 예를 들어 줄넘기를 5백 개, 1천 개씩 정해놓은 양을 하거나, 맨손체조 20~30분 정도를 더 하는 것으로 하루 분량의 운동량을 채울 수 있다. 스포츠센터나 골프장을 다니는 것과 비교하면 비용, 운동량, 시간 활용 면에서 비교할 수 없을 정도로 높은 효과를 올릴 수 있는 것이 이러한 개인 운동이다.

퇴직 후를 준비하는 직장인이라면, 자동차 속에 혼자 앉아 교통체증에 시달리기보다는 많은 사람들 속에서 시달리더라도 대중교통을 이용하는 것이 좋다. 사람은 사람들과 어울릴 때 사람다울 수 있고, 현실도 체감할 수 있다. 여러 사람 속에 있어봐야 얼마나 자신이 행복한 사람인지, 감사한 일이 많은지 실감할 수 있다. 물론 대중교통을 이용하는 사람이라고 해서 언제나 활기차고 건강하다고 말할 수는 없다. 피곤한 날도 있고, 날씨가 궂은 날도 있다. 그럴 때는 용기를 내어 택시를 타도 좋다. 대중교통을 이용하는 사람은 그 정도 호사를 누릴 자격이 있다. 아니, 수시로 택시를 탄다고 해도, 그 비용이 자동차 관리 비용만큼 들지는 않을 것이다.

평균수명 80대 시대인 만큼, 대중교통 활용은 언젠가 맞이할 숙명이라고 해도 과언이 아니다. 운동신경이 무디어져서, 아니면 하다하다 돈에 쪼들려서 언젠가 어쩔 수 없이 운전대를 놓게 될 바에야,

차라리 젊을 때부터 미리 대중교통을 이용하는 습관을 들이는 편이 훨씬 더 유익하지 않을까. 그리고 미리미리 그 돈을 모아놓으면, 10년 뒤나 20년 뒤에는 얼마나 요긴하게 사용될 것인가. 100세를 살지 모르는 당신에게 가장 중요한 것은 결국 건강과 돈임을 잊지 말자.

| 습관적 야근은 이제 그만! |

출퇴근 시간을 살려 자기계발을 하려고 한다면 가장 먼저 출근 전, 퇴근 전 자신의 생활을 점검해보아야 한다. 직장인 대부분이 그렇듯 출근 전의 상황은 모두가 짐작 가능하다. 어떤 이는 일찍 준비하며 자신의 시간을 만끽하거나 학원, 운동을 다니면서 아침 출근 전 시간을 활용한다. 또 어떤 이는 부랴부랴 출근 준비하느라 혼이 빠지는 경우도 있다. 그렇다면 퇴근 전의 모습은 어떨까? 출근 전 시간을 제대로 활용하지 못했다면 퇴근 이후의 시간을 제대로 활용하면 된다. 그런데 우리의 모습은 정작 어떠한가?

어떤 이들은 상사가 퇴근을 안 하고 있으면 선뜻 사무실을 나서질 못한다. 전체 직장 분위기가 그렇다면 모를까, 그렇지 않다면 과감하게 박차고 퇴근을 해야 한다. 사무실에 남아 있다고 해서 상사가 고과를 잘 주거나 자기 사람이라고 생각지는 않을 것이기 때문이다. 만일 퇴근에 눈치를 주는 상사가 있다면, 인사부에 청원을 넣어서라도 근무 부서를 옮겨야 한다. 또한 어떤 회사는 직원들에게 의무적으로 야근을 하게 만들거나, 직원들 스스로 야근을 자청하게 하는 경우도 있다. 업무가 끝났는데도 하릴없이 사무실에 두세 시간씩 직원을 앉혀놓는 회사라면, 냉정하게 말해서 사표를 써라.

반면, 상사의 눈치를 볼 필요도 없고, 회사 분위기가 야근을 권장하지도 않는데, 퇴근을 하지 않는 사람들이 있다. 그런 사람들은 크게 두 가지 부류로 나눌 수 있겠다.

첫 번째는 퇴근할 무렵 습관적으로 여기저기 술친구를 찾는 사람들이다. 회사에서 야근을 해야 하는 경우도 아닌데, 회사에 남아 있는 부류이다. 이런 사람들은 매일 조금씩이라도 술을 마셔야 직성이 풀리는 습관을 가진 사람들이다. 술을 많이 마시는 것도 아니고, 딱히 해야 할 이야기가 있는 것도 아니다. 그냥 곧바로 집에 들어가기가 싫은 것이다. 두 번째로는 근무 시간 중에 충분히 처리할 수 있는 업무를 퇴근 이후까지 미뤄놓는 부류이다. 업무에 대한 애정이 있거나, 상사나 동료들에게 잘 보이려는 의도가 있는 것도 아니다. 습관적으로 야근을 선택하는 사람들이다. 이런 사람들은 공연히 퇴근 이후에 회사 돈으로 식사까지 하고 회사에 남아서 대단한 일이라도 하는 양 뭉그적거린다.

퇴근 이후의 시간을 자신의 미래를 위해 활용하기로 결단을 내린 사람이라면, 근무 시간이 끝나면 곧바로 회사 문을 나서야 한다. 회사는 월급 받고 일하는 곳이다. 일이 끝나면 벗어나는 것이 정상이다. 그리고 노후 생활을 위한 자기계발의 시간을 갖기로 한 이상, 술을 퍼마시며 허송시간을 보내거나 하릴없이 사무실에 남아서 노닥거릴 시간적인 여유가 없는 것이다.

목표가 있는 사람은 시간 낭비가 없다. 오히려 해야 할 일을 중심으로 시간표를 짜게 되므로, 시간 활용이 효율적이다. 가령, 여섯 시 30분에 근무가 끝나고 일곱 시에 외부에서 부동산 분석 동아리 모임에 참석해야 하는 경우라고 가정해보자. 그런 상황이라면 30분 동안 저녁을 먹고, 이동도 해야 한다. 편의점에서 간단한 간식을 사서 이동 중에 허기를 해소하거나, 모임이 진행 중이더라도 참석자들의 양해를 구해 간단한 식사를 할 수도 있다. 퇴근 시간이 되었는데도 술친구를 찾느라 어슬렁거리거나 회사에 남아서 야근 흉내를 내느니, 차라리 재취업을 위한 기술 습득을 하러 다니거나 각종 강의를 들으러 다니는 편이 훨씬 낫지 않겠는가? 만약 그런 구체적 계획이 떠오르지 않는다면, 서점이나 공공 도서관에 들러 책이라도 훑어보다가 퇴근하는 것도 유익한 방법이다.

또한 전략적으로 근무를 할 필요가 있다. 전략적 근무는 다른 말로 사생활과 공생활을 정확하게 구분하는 것이다. 사생활은 건강하고 여유 있는 노후 생활을 준비하는 것으로 사용하고, 공생활은 철저히 직장 생활로만 활용하는 것이다. 직장에서 근무할 때는 가진 능력을 온전하게 활용해서, 업무 시간 이후까지 근무가 늘어지지 않도록 관리를 하는 것이 중요하다. 관리하는 방법으로는 출근하자마자 당일 목표를 적은 근무일지 작성, 처리해야 할 업무 내용의 순서도 작성, 업무의 처리결과를 요약한 반성문을 기록하는 것 등이 있다. 이런 것들을 적극적으로 활용하면 업무의 효율을 높일 수 있으며, 시간 허비를 줄일 수 있다. 이 외에도 주간 일정표, 월간 계획표, 연간 목표 등을 마련해서 시간 활용 방법을 수시로 점검하는 것도 야근이나 시간외 근무를 피할 수 있는 좋은 방법이다.

이렇게 퇴근 시간에 대해 전략적으로 접근하여 자신의 시간을 만들어냈다면, 당신은 이미 성공적인 자기계발에 돌입했다고 할 수 있다. 그 시간을 얻어낸 것처럼, 인생의 노후 계획도 전략적으로 접근해서 세울 수 있기 때문이다. 상사의 눈치를 보는 불필요한 야근은 돈도, 건강도, 시간도 허비하게 만들고, 노후 준비도 제대로 할 수 없게 만든다.

현장 감각을 미리 익혀라

| 선배나 유경험자를 자주 만나라 |

퇴직 후를 준비하는 또 하나의 방법은 퇴직한 선배들을 자주 만나 보는 것이다. 퇴직 후 5년이나 10년 정도 지난 선배들을 만나다 보면, 퇴직 후의 현실을 쉽게 알아차릴 수 있다. 선배들 대부분은 퇴직 후 발생할 여러 가지 문제들 중에 무엇이 어려운 일인지, 어떻게 준비를 하면 좋을지에 대해서 현실감 있는 설명을 해준다. 또한 군이 설명을 듣지 않더라도, 퇴직 후의 선배를 만나보는 것만으로도 퇴직 후의 상황을 가늠해볼 수 있다.

또한 선배를 만나는 것은 현재의 직장 생활에도 많은 도움이 된다. 직장 생활을 하다 보면, 정상적인 인간관계를 계속 유지하기 힘들 때가 있다. 상사나 동료, 후배 등과의 다툼으로 인해 마음속에 앙금이 생길 수도 있고, 뜻하지 않은 상처도 받을 수 있다. 그래서 연대가 제대로 이어지지 못할 수도 있는 것이다. 물론 이와 반대로, 좋은 관계를 맺고 싶은 선배가 있다 해도 직급의 차이 때문에 쉽게 접근하기 어려웠던 경우도 있을 수 있다. 가령, 말단 사원의 신분에서 전무나 상무 같은 윗사람들은 인간관계는커녕, 제대로 말 한 번 건네기도 힘든 관계이다.

그러나 퇴직을 하고 5년에서 10년쯤 지난 선배라면, 상황은 달라진다. 직장 생활에서 상대방에게 주었던 불편함에 대한 반성을 하고 있을 수도 있고, 제대로 베풀지 못한 아쉬움을 가슴에 새기고 있을 수도 있다. 이런 선배들과 만남의 자리를 마련하는 것은 성장의 계기가 될 수 있는 것이다.

직장 동료들과 잘 어울리는 것을 대인관계가 원만한 것처럼 흔히들 오해를 하지만, 그것은 순전히 사회생활을 잘하는 것일 뿐이다. 퇴직 이후의 삶은 직장 생활과 다르다. 회사에서는 직급이 있어서 자기를 보호할 수 있지만, 사회로 방출되는 순간 모든 관계에서 개인은 '을'의 신분을 갖게 된다. 그러므로 지나치게 일찍부터 퇴직 이후를 염려할 필요는 없겠지만, 언젠가 사회로 방출될 날이 올 것이라는 사실을 염두에 두고 있어야 한다. 인생의 진짜 승부는 현재의 직장에서 사회로 방출되는 순간부터 시작되는 것이다. 그 승부에서 한 개인이 가진 내공이 숨김 없이 드러나게 된다.

현재의 직장에서 어느 직위까지 올라갔는지는 전혀 상관이 없다. 사회로 다시 내던져지는 순간부터 소위 '계급장 떼는 상황'이 벌어지기 때문이다. 전날까지의 갑을 관계는 새롭게 설정된다. '계급장을 뗀' 사람은 모든 관계에서 '을'의 입장에 놓인다. 자조적으로 말하는 사람은 '을'이 아니라, '병', 심하면 '정'이라고까지 일컫는다. 그런 말의 느낌은 경험해보기 전까지는 알 수가 없다.

모두가 선망하는 직장, 일류 기업일수록 재직 연한이 짧다는 것은 누구나 다 알고 있는 사실이다. 생존경쟁이 치열한 기업들은 새로운 지식과 기술을 가진 신입사원들을 보충해서 노후화를 방지하려고 한다. 반대로 급여가 상대적으로 적고, 퇴직 불안이 적은 직장은 또 나름대로의 문제점을 가지고 있다. 정년을 보장해줄 수는 있겠지만, 한편으로는 관료화되고 경직되어 있다는 사실이다.

직원들 사이에 30년 이상의 연령 차이가 있는 직장일수록, 조직을 관리하기 위해서 직위나 연공서열을 강조하는 경우가 많다. 경쟁이 치열하지 않은 조직에서 직장 생활을 한 사람들은 조로화 경향이 강해서 퇴직 이후 자생력을 갖기 힘들다. 그러므로 직장 생활을 하면서 퇴직 이후에 대한 준비를 하는 사람이라면, 선배들이나 유경험자를 만나 경험담을 들어보는 것도 중요한 대책이 된다.

| 현장에서 현실 온도를 체감해야 한다 |

자그마한 점포를 차리거나 식당을 열 생각이라도, 최소한 10년 이상 준비를 해야 한다. "그까짓 가게 하나 여는데, 무슨 10년이 필요하냐?"고 반문할지도 모르겠다. 그리고 "내가 하려고 하는 일은 삼성, 현대 같은 대기업을 창업하는 것이 아니라, 구멍가게 하나 열어

서 삼시 세끼 밥술이나 넘기려는 것이다."라고 쉽게 덧붙일 수도 있다. 그러나 세상은 그렇게 만만하지가 않다. 대기업을 창업하든, 동네 입구에 열 평짜리 구멍가게 하나를 열든, 살아남기로 생각하면 둘 다 어렵다. 삼성의 이건희 회장이나 골목길의 구멍가게 주인이나 목숨 걸고 사업을 해야만 성공할 수 있다는 이치는 마찬가지이기 때문이다.

2013년 3월에 퇴직한 김능환 대법관의 사례를 살펴보자. 평생 청렴하게 살아온 김능환 대법관은 퇴직 이후 곧바로 로펌으로 가지 않은 대신, 아내가 개업하고 싶어 하는 편의점 사업에 동참했다. 서울 상도동의 25㎡의 자그마한 매장에 매일 출근해서, 계산대를 지켰다.

그런데 1년도 못 가서 김능환 대법관의 편의점은 문을 닫았다. 왜 그랬을까? 기업형 슈퍼마켓에 대항하기 힘든 소규모 편의점의 구조적 한계일 수도 있고, 손이 많이 가는 직업적 특성을 감당하지 못했을 수도 있다. 그러나 근본적인 문제는 김능환 대법관에게 있다. 편의점 경영에 대한 준비가 없었던 것이다. 자영업은 규모가 크든, 작든 관계가 없다. 경험이 없으면 성공은 고사하고, 살아남기조차 힘들다.

그래서 창업을 꿈꾸거나 개업을 희망한다면, 최소한 10년 이상 준비를 해야 한다고 강조하는 것이다. 책을 통해서 배우거나 경험자를 만나서 상담이나 하는 수준으로는 안 된다. 무보수로라도 직접 현장에 뛰어들어 현실 온도를 체감해야 한다. 앞에서도 말했듯이, 낮아져서 무조건 밑바닥부터 기어야 한다.

편의점 개업을 원하면, 시간당 6천 원을 받는 아르바이트부터 시작해야 한다. 식당을 열려면 주방과 서빙, 카운터까지 돌면서 경험을 쌓아야 한다. 화장실 청소도 하고, 쓰레기도 버리며 식당 문화에 적응해나가야 하는 것이다. 그래도 될 둥 말 둥 하다. 유사 식당을 순례하면서 맛내는 법을 배우거나, 재료 구하는 법을 배우는 것은 나중 일이다. 우선 종업원으로 밑바닥 생활을 10년 정도는 해야 주인 될 안목이 생기는 것이다. 직장 생활도 그렇지 않던가? 담당, 대리, 과장, 차장, 부장을 거쳐야 이사가 된다. 홀 청소, 홀 서빙, 주방 보조, 주방 요리사를 거쳐야 카운터에 앉아 주인 노릇을 할 수 있게 되는 것이다. 퇴직금 가지고 점포 임대하고, 집기 사들이는 것은 아무 때나 할 수 있다.

창업자 가운데 3년을 버텨내는 사람이 15% 미만이고, 수익을 내는 사람은 7% 정도라고 한다. 그러니까 15% 가운데 절반 이상이 문을 닫을 수 없으니까 그냥 억지로 버티는 셈이다. 이런 창업의 현실은 적자생존의 논리가 그대로 적용되는 아프리카 야생생활과도 같다고 할 수 있다.

동물원에서 태어나 자란 호랑이를 야생으로 방사하면 어떻게 될 것 같은가? 곧바로 굶어 죽는다. 사자나 호랑이처럼 먹이사슬의 최상층부에 있는 동물들의 사냥 성공률은 20% 정도라고 한다. 그러니 야생생활을 경험하지 않고 동물원에서 사육사가 던져주는 먹이에 익숙해 있던 사자나 호랑이가 야생으로 방사된다면, 사냥 능력이 없기 때문에 결국 얼마 못 가 굶어 죽게 될 것은 뻔한 이치이다.

동물원의 이런 사자와 호랑이 같은 사람들이 바로 은퇴자들이다. 세상의 모든 이치를 전부 아는 것 같은 소위 '안다'들이지만, 실상 속내를 들여다보면 죄다 '모른다'뿐이다. 저녁 식사 끝내고 후배들 집에 안 보내고 감시하는 것을 야근이라고 생각하던 은퇴자들은, 온밤을 꼬박 새우는 편의점 근무자의 진짜 야근생활을 상상할 수도 없을 것이다. 긴급 이사회 자료 준비나 부서 보고 준비를 위해서 아침 여섯 시에 출근한 것을 새벽 근무로 생각하던 은퇴자들은, 새벽 두 시에 일어나서 세 시간 가까이 찬이슬을 맞으며 수백 군데를 돌아야 하는 조간신문 배달원의 고단함을 짐작조차 할 수 없을 것이다.

건강하고 여유 있는 노후 생활을 원한다면, 일단 낮아져야 한다. 그리고 터무니없는 꿈을 접고, 과거에 대한 환상도 버리고, 자존심 같은 것은 아예 싹부터 잘라버려야 한다. 그리고 자기 자신을 냉철하게 돌아봐야 한다. 명문대학 졸업자? 기업의 이사? 전부 잊어야 한다. 직장 생활 2,30년을 온실에서 보낸 은퇴 예정자라면, 야생 방사를 앞둔 늙은 사자나 병든 호랑이와 별다를 게 없다. 사냥 못하는 사자는 쓰레기통을 뒤지는 고양이만도 못하고, 제 앞가림 못하는 호랑이는 그냥 굶어 죽을 팔자인 것이다.

은퇴 이후에 창업이나 개업을 하려면, 최소한 10년 전부터 그 바닥 생활을 경험해야 한다. 예컨대 식당을 경영할 생각을 했다면, 회사의 직함이 무엇이든 상관없이 퇴근 후나 주말을 포기하고 식당 청소, 화장실 청소, 음식물 처리, 설거지부터 시작해야 한다. 그렇게 퇴근 후 서너 시간, 주말에 열 시간 정도씩 보수에 관계없이 식당일을 차근차근 익혀나가다 보면, 퇴직 후에 살아갈 길이 보이기 시작할 것이다.

요리 학원 다니고, 자격증 서너 개 땄다고 식당을 열어 성공할 수 있는 것은 아니다. 개업은 할 수 있겠지만, 손님이 많이 온다는 보장은 없는 것이다. 음식을 잘 만드는 것과 손님이 많이 모이는 것은 다른 일이다. 그래서 창업을 하든, 식당을 열든 그 직종에서 최소한 10년 정도의 경험을 쌓아야만 비로소 성공을 꿈꿀 수 있는 것이다.

5

변화하는 세상에 적응력을 길러라

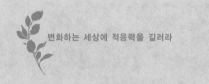
변화하는 세상에 적응력을 길러라

변화에도 원칙은 있다

| 변화의 방향을 읽고, 미리 가서 기다려라 |

낚시는 얼핏 정신 스포츠 같아 보이지만, 실제로는 고도의 육체노동이나 다름없다. 사람들은 숨이 턱에 차도록 육체활동을 하는 운동이어야만 스포츠라고 생각하기 일쑤이지만, 움직이지 않고 기다리는 것이 더 어려운 스포츠라는 사실은 모르는 것 같다.

진정한 낚시 고수들은 낚싯줄에 묶어놓은 바늘에 미끼를 꿰어놓고, 미동도 없이 찌만 주시한다. 허리를 곧게 펴고, 물고기가 입질이라도 할 것 같으면 곧바로 낚아챌 기세로 두 눈을 번뜩인다. 그래서 낚시는 정신 스포츠라기보다는 사격이나 양궁처럼 순간의 집중력을 발휘하는 고도의 육체노동이고 스포츠이다.

물고기를 많이 낚기 위해서는 채비를 잘 챙기는 것도 중요하지만,

포인트를 잘 잡는 것이 더 중요하다. 포인트란, 물고기가 즐겨 모이며 잘 낚이는 장소이다. 물고기가 즐겨 모인다고 모두 포인트는 아니다. 잘 낚여야 포인트라고 할 수 있는 것이다.

예를 들어 유명한 방파제나 갯바위 같은 곳이면, 물고기도 많이 모이겠지 하고 예단할 수 있다. 하지만 어림없는 소리이다. 물고기가 많이 모인다고 해도, 미끼에 입질도 하지 않는 곳이 수두룩하다. 물고기들도 생물이라서, 먹이를 먹는 곳과 모여서 노는 곳이 다른 까닭이다. 『월간 낚시』나 『낚시춘추』 같은 잡지들을 보면, 이름난 낚시꾼들이 밝히는 비장의 포인트들이 반드시 한두 군데 소개된다. 그래서 초짜들은 선배 낚시꾼들의 포인트를 전수받아, 월척의 꿈을 품고 낚싯줄을 던지는 것이다.

인생도 낚시와 비슷하다. 포인트가 있고, 급소가 있다. 주먹을 수십 대 얻어맞아도 쓰러지지 않던 사람이 바늘로 한 군데를 꾹 찔렀을 뿐인데도 고꾸라지는 수가 있다. 이것이 바로 급소이다. 인생을 살면서, 포인트 모르고 급소 못 찾으면 말짱 헛일이다. 그래서 낚시를 할 때는 포인트를 항상 찾듯이, 시험을 볼 때는 급소를 찔러서 외워야 하고, 직장 생활을 할 때는 실세를 찾아가서 고개를 조아려야 한다.

그런데 문제는, 건강하고 여유 있는 노후 생활을 맞겠다는 결심을 한 이 순간이다. 20년 뒤, 30년 뒤의 세상을 짐작도 못하겠는데, 어떻게 포인트를 찾아서 공략을 하냐는 말이다. 속담에서처럼, 열 길 물속은 알고서 낚싯줄을 내리기는 하겠는데, 한 길 속모를 사람들 사이 어디에 목표를 두고 노후를 준비할지 감감하기만 하다.

하지만 잘 생각해보면, 답은 의외로 간단히 나온다. 물고기 잡는 포인트와 노후 생활을 준비하는 급소가 같은 이치이기 때문이다. 물고기 많이 모인다고 포인트가 될 수 없듯이, 사람들이 붐빈다고 내 노후 생활의 급소가 될 수는 없다. 모이되 미끼를 무는 곳이 포인트가 되듯이, 적은 노력으로 큰 효과를 얻어낼 수 있는 곳이 바로 급소인 것이다.

세상은 언뜻 보면, 잔잔한 강물과도 같다. 전체적으로 보면 미동도 하지 않는 것 같지만, 그 속에서는 끊임없는 변화들이 일어난다. 그 가운데서 한 분야를 찾아야 한다. 마치 민물고기냐, 바닷고기냐, 붕어냐, 배스냐를 정해서 어구를 챙기는 것과 같다. 잡을 물고기를 정하면, 포인트가 보인다. 그러면 포인트를 찾아서 낚싯줄을 내리고, 물고기가 미끼를 물면 곧바로 낚아채면 된다. 전쟁을 하기 전에 승패를 미리 안다는 손자의 말처럼, 낚시꾼은 낚싯줄을 내릴 때 무슨 고기가 낚일지를 미리 알고 있다. 왜냐하면 입질할 물고기가 좋아할 미끼를 물고기 주둥이에 맞춘 바늘에 꿰어놓았기 때문이다.

미래 사회의 변화 방향을 미리 파악하여 그에 대비하는 것도 낚시를 하는 것과 마찬가지다. 세상도 바다 속과 같이 변화가 끊이지 않는다. 그런 모든 변화를 전부 알아챌 수도 없고, 또 그런 변화에 일일이 다 반응할 수도 없다. 그 가운데 한 부분에만 관심을 두고, 지속적으로 관찰과 연구를 해나가야 한다. 그리고 잡고 싶은 물고기를 정해서, 그에 맞는 적당한 어구와 미끼를 준비해야 한다. 그것으로 모든 준비가 끝난 것은 아니다. 선배 낚시꾼들이 말하는 포인트에 대한 정보를 입수해서, 물고기가 잡힐 때까지 기다려야 한다. 그

때에야 비로소 '퇴직 후 준비를 본격적으로 하기 시작했다고 말할 수 있는 것이다.

| 연령대가 넓을수록 세대차가 커진다 |

젊은 세대라면 이해할 수 없는 음식들이 있다. 이름하야 '전쟁 음식'. 꽁보리 주먹밥, 찐감자, 고구마, 옥수수, 밀가루로 만든 개떡 등 6·25 한국전쟁의 와중에 피난가면서 먹었던 음식들이다.

이런 음식을 돈 내고 사먹는 6,70대 어른들을 요즘의 2,30대는 도저히 이해하지 못한다. 그렇지만 6,70대는 그런 음식을 먹으면서, 그 험난했던 시절의 감회에 젖을 수밖에 없다. 이불 보따리를 걸머지고 피난을 가다가 사먹은 강냉이 죽 한 그릇의 맛을 어떻게 잊을 수 있겠는가? 그 맛을 잊는다면, 그것은 인생에 대한 배신이다.

마찬가지로, 요즘의 젊은 세대가 먹는 국적 불명의 음식들을 부모나 조부모 세대는 이해할 수 없다. 이탈리아의 카르보나라, 멕시코의 토르티야, 스페인의 보카디요 등은 함께 먹자는 자식들 눈치를 봐서 한두 번쯤은 먹어줄 수 있겠지만 여러 번은 반겨 먹기가 힘든 음식들이다. 해외 유학이나 여행 등을 통해서 낯선 음식에 젖어온 젊은 세대가 먹는 음식은 된장이나 김치찌개에 익숙한 부모나 조부모 세대에게 호감을 끌 수 없다. 이런 것이 바로 세대 차이이다.

음식은 허기를 해소하는 물질을 넘어서, 문화와 정신을 드러내는 매개체이다. 어떤 음식을 먹느냐는, 어떤 생각을 하고 어떻게 살아가느냐를 보여주는 증거가 될 수 있다. 하이든의 현악 사중주를 듣던 사람들은 벽돌로 만든 집에서, 구운 빵과 버터를 먹고 살아왔다. 아리랑을 부르며 호미로 밭을 일구던 사람들은 곰팡이 핀 된장으로 끓인 국에 밥을 말아 먹으면서 생활했다. 이것은 문화의 차이이다.

그런데 요즘의 젊은 세대들은 팬티가 보이도록 엉덩이까지 바지를 내려 입고 다니면서 햄버거와 콜라를 마신다. 떡볶이와 된장국도 먹지만, 힙합도 부르고 헤비메탈 음악도 듣는다. 이것이 바로 문화적 융합이다.

먹는 것이 바뀌면 생각하는 것도 바뀌고, 사는 모습도 변한다. 손에 커피를 들고 다니다가 간단하게 샌드위치 한 조각으로 허기를 때우는 젊은이들은 고봉밥을 먹고도 숭늉까지 끓여 마시는 기성세대들의 식성을 이해할 수가 없다. 그렇다고 젊은 세대들이 아리랑을 들으면서 눈물을 흘릴 수 없다는 말은 아니다. 그들은 아리랑에 감동을 받는 한편, 미국의 흑인 음악을 들으면서도 박자에 맞춰 몸을 흔들고, 영국인들의 뮤지컬을 보고도 환호성을 지른다.

이것은 단순히 세대 차이만을 의미하는 것이 아니다. 사고방식의 차이도 되고, 생활 방식의 변화를 의미하기도 한다. 그리고 나아가 문화적 차별성으로 발전할 수도 있다. 기성세대들이 자녀 세대들에게 외국어 교육을 강요한 결과이다. 두 개, 혹은 세 개 언어에 능수능란해진 결과는 젊은 세대들의 논리 속에 한국어와 한국문화가 아닌, 다른 언어와 문화가 자리 잡은 것이다.

건강하고 여유 있는 노후 생활을 원한다면, 세상의 변화를 받아들여야 한다. 그렇다고 기성세대가 젊은 세대들처럼 입고, 먹고, 생활하라는 뜻은 아니다. 연령차가 많아질수록 서로를 제대로 이해하기가 힘들어지고, 서로 이질적인 문화와 생활방식이 존재한다는 사실을 인정해야 한다는 뜻이다. 그래야 그 속에서 생겨난 새로운 산업을 발견하고, 그에 적응하여 생존해나갈 수 있다.

| 고령화 사회의 고령자를 위한 일 |

해외생활을 오래 한 경우가 아니라면, 외국 음식을 즐기기가 그리 쉽지 않다. 앞서 언급한 이탈리아의 카르보나라, 멕시코의 토르티야, 스페인의 보카디요 등은 젊은 세대들이 즐기는 음식이다. 이런 음식은 그 입맛을 즐기는 젊은 세대들이 직접 만들어 팔아야 한다. 산채 비빔밥, 청국장, 황태찜, 보리밥 같은 음식은 나이든 사람들이 즐기는 음식이다. 이런 음식은 나이든 사람들이 만들어 팔아야 한다. 즉 2,30대들이 즐겨 먹는 음식은 2,30대가 만들고, 5,60대 혹은 7,80대가 좋아하는 음식은 적어도 5,60대가 만들어 팔아야 성공할 수 있다는 말이다.

이와 비슷한 경우를 직접 겪은 적이 있다. 언젠가 택시를 탔더니, 70세쯤 되신 기사분이 "방송국에 근무하시냐?"고 말을 걸어왔다. 그래서 "그렇다"고 했더니, 몹시 화가 난 듯이 한 말씀을 하셨다.

"방송국에 근무하신다니, 높으신 양반들에게 꼭 한 마디 해주시오. 요즘 방송국 뉴스를 젊은 사람들이 보는 줄 아십니까? 왜 자꾸 젊은 여자애들만 데려다 앉혀놓는 거요?"

무슨 소리인가 하고 자세히 귀를 기울여 봤더니, 기사분이 하시는 말씀은 대충 이러했다. 방송국에서는 중요 뉴스의 진행자들을 점점 젊은 사람으로 바꾸는데, 시청자 입장에서는 못마땅하다고 했다. 요즘 뉴스는 거의 4,50대 중년들, 아니면 6,70대의 노인들이 보는데, 방송국 사람들은 시청자에 대한 배려가 전혀 없다는 것이었다. 뉴스를 보는 시청자의 입장에서는 자식이나 손주뻘 되는 젊은이들이 전하는 뉴스에 도무지 신뢰가 안 간다는 것이었다. 말도 빠르고, 내용이나 제대로 알까 싶은 의심마저 든다고 했다. 그래서 아예 뉴스 자체를 시청하고 싶지도 않다는 것이었다.

　택시 기사의 말은 충분히 일리가 있는 지적이었다. 프로그램 제작진들은 시청자들의 요구와 상관없이 자꾸 젊은 진행자를 투입하려 하며, 또 그것이 잘 하는 일인 줄 알고 있다. 그렇지만 요즘 텔레비전 켜놓고 한가하게 시청할 수 있는 연령대는 중년층 이상이다. 일자리도 구하기 힘든 2,30대는 한가하게 텔레비전을 켜놓고 볼 형편이 못 되기 때문이다.

　시청자들 모두가 젊은 진행자를 원할 것이라는 생각은 제작진의 착각이다. 나만 해도, 걸스데이보다는 같은 또래인 강수지가 나와야 텔레비전을 쳐다보게 된다. 그러니 70대 택시 기사야 오죽하겠는가. 20대 여자 진행자보다는 최소한 4,50대 진행자는 되어야 뉴스를 쳐다보고 싶은 생각이 들 것이었다.

　10년 전쯤 일본에 출장을 갔을 때, 라디오 프로그램의 프로듀서가 했던 말이 생각난다. 일본의 라디오 방송은 주 청취자가 50대 이상이라는 것이었다. 그래서 청취자들의 요구에 맞게 7,80년대 미국

팝송이나, 흘러간 엔카를 주로 튼다고 했다. 물론 프로그램 진행도 왕년에 유명했던 진행자들에게 맡기고 있다고 했다. 요즘 젊은 세대들은 거의 라디오를 듣지 않기 때문에, 청취자 중심으로 매체의 체질을 개선했다는 것이었다.

라디오가 실버 매체라는 이야기를 들었을 때, 사실 그 말이 현실감 있게 느껴지지 않았다. 그렇지만 시간이 흐르고 보니, 실버 매체라는 용어가 너무 그럴듯하게 들리는 것이다. 요즘 젊은 세대는 인터넷이나 스마트폰에 빠져서, 텔레비전은 거들떠보지도 않는다. 그런 세상이니, 라디오 청취율이 떨어지는 것은 두말할 나위도 없는 사실이다.

택시 기사의 말처럼, 거실에서 텔레비전 틀어놓고 본방 사수하는 사람들은 중년층 이상이고, 점점 더 노령화될 것임이 분명하다. 그리고 이런 분위기는 방송뿐만 아니라, 사회 전체로 점점 더 확산되어나갈 것이다. 앞으로의 사회는 지금보다 더 계층화 될 것이고, 세대화 될 것임에 틀림없다.

모든 식당의 요리사가 전부 2,30대로 바뀔 것 같은가? 어림없는 소리다. 앞으로는 70대 손님을 위해서 같은 취향을 가진 6,70대 직원이 서빙을 하는 식당이나 미용실, 카페가 늘어날 것이다. 공연 예술에서는 이미 이런 현상이 본격화되고 있다. 미래 사회는 점점 서비스 제공자와 수혜자가 비슷한 연령대로 모아지게 될 것임이 자명하다.

변화의 틈새를 찾아라

| 변화에도 맹점이 있다 |

요즘처럼 급격하게 사회가 발전하면, 노후 준비를 할 엄두가 나질 않는다. 도대체 뭘 어떻게 준비해야 미래 사회에 적응할 수 있을지 답이 나오지 않기 때문이다.

2010년에 상영된, 제임스 카메론 감독의 영화 〈아바타〉만 봐도 그렇다. 〈아바타〉 속의 미래는 2015년의 현실에서 그렇게 멀지 않은 것임은 분명하지만, 그렇다고 바로 몇 년 후처럼 가까운 세상도 아니다. 에너지가 고갈된 지구를 떠나서 머나먼 행성인 판도라로 자원채굴 여행을 떠날 정도이니, 지금의 과학기술의 발전도를 감안하면 적어도 30년이나 40년 뒤의 이야기라고 생각하면 적당할 듯하다.

영화 속에 등장하는 과학기술은 상상을 초월할 만큼 첨단을 달린다. 장시간의 우주비행을 위해서 동면이나 다름없는 장기수면을 하기도 하고, 사람의 동작을 따라하는 로봇이 판도라 행성의 원주민과의 대결 도구로 활용된다.

그런데 무엇보다도 영화 〈아바타〉에서 눈길을 끈 기술은 바로 인간을 대신하는 아바타를 움직이는 기술이다. 이미 영화 〈서로게이트〉에서도 등장했던 인간대체 로봇을 활용하는 기술인데, 〈아바타〉에서는 이보다 한 차원 더 발전된 상상력을 펼쳐 보인다. 사람은 침대와 다름없는 캡슐 속에 드러누워 있고, 인간을 닮은 아바타가 사람의 조종을 받아 움직인다. 정말로 꿈만 같은 세상이다. 〈아바타〉를 보면, 언젠가는 이런 세상이 오지 않을까 하는 생각마저 든다.

그런데 만약 미래 사회가 이런 식으로 전개된다면, 우리는 어떻게 미래를 준비해야 할까? 그런 세상이 되면, 지금 짬을 내서 준비하는 노후 준비는 솔직히 아무 쓸모도 없을 것이 분명하다. 정말로 황망함만 들 뿐이다.

그렇지만 단언컨대, 그런 세상은 쉽게 찾아오지 않을 것이다. 물론 인터넷과 스마트폰의 개발과 비약적인 발전은 30년 전에는 상상도 못했던 일이다. 그것으로 인해서 세상이 바뀐 것도 사실이다. 그렇지만 곰곰이 따져보면 크게 달라진 것도 없다. 종이 신문과 텔레비전으로 보던 것을 인터넷과 스마트폰으로 바꾸어 접하는 정도이다. 그게 바뀐 세상의 전부다. 온라인 쇼핑몰이 엄청나게 확장되기는 했지만, 그렇다고 오프라인 시장이 없어진 것은 아니다. 싼값만 포기하면 아직도 백화점, 마트, 시장 등 곳곳에서 현금을 내고 물건을 구입할 수 있다.

농민이나 어민의 숫자가 과거보다 줄어든 것은 부인할 수 없는 사실이다. 그럼에도 불구하고, 지금도 여전히 누군가는 농사를 짓고 있으며, 물고기를 잡고 있다. 기계로 물고기를 잡는 시대가 와도, 기계가 물고기를 팔거나 회까지 떠 줄 수는 없다. 물고기 값이 얼마나 한다고, 모든 과정을 기계로 할 수 있겠는가? 농사도 마찬가지이다. 20kg 쌀 한 포대에 5만 원 하는 과정을 전부 기계화 한다고 해도 파종, 잡초제거, 용수조절, 수확, 도정, 포장, 판매, 배송 과정 사이사이에 들어가는 사람 손길까지 대체할 수는 없다.

1980년대 초반까지 존재했던 버스 안내양은 더 이상 찾아볼 수 없다. 하지만 버스 자체가 없어진 것은 아니다. 오락실이 없어졌지만, 오락을 즐기고 싶은 사람들의 감정적 요소까지 없어진 것은 아니다. 오락실을 대신해서, 인터넷 게임방이 그 자리를 대신하고 있다. 세상이 엄청나게 변화한 것 같지만, 사실은 사람이 하는 일이 조금 달라진 것뿐이다.

물론 미래 사회는 분명히 요즈음과는 다를 것이다. 그렇지만 본질은 바뀌지 않는다. 사람은 밥을 먹어야 하고, 잠을 자야 하며, 옷을 입어야 한다. 과학기술이 아무리 발전한다 해도 마찬가지이다. 미래의 사람도 밥을 먹어야 하고, 잠을 자야 하며, 옷을 입어야 한다. 변호사, 의사, 약사, 수의사를 대체할 수 있는 기계나 기술이 등장하지 않는 것처럼 택시 기사, 청소원, 편의점 아르바이트, 우유배달부가 없어질 수는 없다.

이것이 바로 변화의 맹점이다. 천지를 개벽시키는 과학기술의 발전도 사람의 본질을 바꾸지는 못하는 것이다. 아무리 사회가 발전해도 의식주와 관련된 일은 없어질 수 없고, 또 누군가가 담당을 해야 한다. 농사를 대신 지어주는 기계, 물고기 잡는 로봇이 나올 수가 없는 것은 기술력의 한계도 문제이지만, 투자 대비 효과가 높지 않기 때문이다.

인간의 감정을 느끼는 인공지능이 나올 것이라느니, 인간의 생각을 미리 읽는 휴먼로봇이 등장할 것이라고들 호들갑을 떤다. 그렇지만 세계인의 평균 국민소득이 1만 달러 선에서 오르내리는 현실에서, 국민소득 백만 달러 수준에서나 상상할 만한 일은 단번에 벌어지지 않는다. 아직도 국민소득 5천 달러 미만의 국가가 수두룩하기 때문이다. 로봇을 만드는 것이 문제가 아니라, 먹고사는 문제를 해결하는 것이 더 시급한 나라들이 세계에는 수없이 많다.

기술적으로도 마찬가지이다. 인터넷 포털의 번역기가 외국어 번역 하나 제대로 못하는 것을 보면, 단번에 확인할 수 있다. 50년, 100년이 지나도, 인간의 말을 다른 외국어로 통역하는 번역기가 출현하기는 어렵다. 언어가 가진 여러 가지 감정적 요소와 환경적 변화를 반영한 중의적 표현이나, 반어적 표현까지 기계가 해석하기는 쉽지 않기 때문이다. 써놓은 외국어조차 제대로 해석하지 못하는 컴퓨터가 어떻게 인간을 뛰어넘는 기계로까지 발전할 수 있겠는가?

과학자들이나 기술자들이 내뱉는 터무니없는 환상에 귀 기울일 필요가 없다. 그런 세계는 절대 오지 않는다고 믿고, 당신에게 바로 닥칠 노후 준비를 서둘러야 한다. 사회 변혁의 주체인 신세대들은 언제나 기성세대들이 상상도 못한 꿈과 이상을 말하지만, 결국 그들도 현역에서 물러설 때는 퇴직 후의 노후 문제를 준비하게 될 것이다.

| 오래된 것을 선호하는 분야가 있다 |

일본 기후 현에 가면, '우카이'라고 하는 독특한 낚시 방법이 있다. 어부가 길들여진 가마우지를 강물 위에 날려서 물속의 은어를 잡는 방식이다. 이 '우카이'를 보려고 일본인은 물론, 세계 각지에서 인파가 몰려든다.

'우카이' 낚시 방법은 간단하다. 이미 야생성을 잃어버려서 도망칠 수도 없는 가마우지 서너 마리를 데리고 어부가 낚시를 한다. 사실 낚시라기보다는 사냥에 가까운 야만적인 방법이다. 가마우지 다리를 나룻배에 묶어놓고, 강물 위로 날리는 것으로 낚시가 시작된다.

강에서 은어를 잡아도 삼킬 수 없도록, 어부는 미리 가마우지의 모가지를 줄로 묶어놓았다. 그래서 가마우지는 은어를 잡아도 삼키지 못하고, 목구멍에만 겨우 넘긴 상태로 다시 나룻배로 돌아온다. 어부가 하는 일이라고는 되돌아온 가마우지의 목구멍에서 은어를 꺼내는 일뿐이다.

텔레비전에서 쉴 새 없이 소개되었고 인터넷에 동영상까지 떠돌고 있는, 일본의 전통적인 낚시 방법이다. 그런데도 놀라운 것은 관광객들의 반응이다. 그런 시답잖은 낚시 방법이 뭐 그리 대단하다고, 료칸에 방을 잡고, 고기 잡는 모습을 밤새도록 구경하며 박수까지 쳐댄다.

원양어선에서 그물을 살포해서 물고기를 컨테이너로 한 박스 분량씩 잡는 것도 신기해하지 않는 세상이다. 민물낚시도 마찬가지이다. 신기하기로 따지자면, 플라잉 낚시처럼 가짜 미끼를 쓰는 방법이 더 관심을 끌 만하다.

그런데 도대체 무슨 이유로, 낚시 방법을 뻔히 알고 있는 '우카이'를 보겠다고 관광객들이 몰려드는 것일까? 재미가 전혀 없는 것은 아니지만, 한 번 보면 그다지 새로울 것도 없는 것이 바로 '우카이'이다. 어떻게 보면, 동물 학대나 다름없는 사기일 수도 있는 낚시 방법인데도, 관광객들은 돈을 들여가면서까지 가마우지 학대 장면을 구경한다.

이것이 바로 세상의 변화 속에서 발견하는 맹점이다. 과학기술의 발전은 세상을 점점 편리하게 만들 수 있다. 하지만 사람들이 모두 새롭고 빠른 것만을 반기지는 않는다. 사람들은 때로 오래되고, 불편하고, 뻔히 다 아는 내용을 선호할 수도 있다.

빨리 먹을 수 있는 것을 따지자면, 편의점에서 파는 컵라면과 김밥을 이길 음식이 없다. 그렇지만 삼시 세끼를 전부 그렇게 먹고 싶어 하는 사람은 없다. 음식은 허기를 채우기 위해서도 필요하지만, 미각과 정서적 만족을 충족하기 위해서도 필요하다.

과학기술의 발전은 점점 더 새로운 것들을 쏟아낸다. 하지만 사람들 모두가 새로운 것들만 좋아하는 것은 아니다. 사람들의 취향은 알다가도 모를 일이어서, 새로운 것에 잠깐 호기심을 가질지언정 기존의 취향 자체를 바꾸지 않을 수도 있다.

스마트폰의 기능 중에서 영상 통화의 기술은 획기적인 기술이다. 그러나 막상 영상 통화 기술이 개발되었지만, 영상 통화를 이용하는 사람들은 생각보다 많지 않다. 전화를 이용하거나, 오히려 문자를 이용한 의사소통 방식을 더 선호하고 있다. 이것이 바로 과학기술의 맹점이다. 모든 과학기술은 개발되면 전부 상용화될 것 같지만, 실제로 과학기술을 현실로 옮기는 것은 소비자들의 선택이다. 아무리 훌륭하고 효과적인 과학기술이 개발되어도, 소비자들의 마음에 들지 않으면 개발과 동시에 폐기되고 만다.

현대 문명도 점점 더 발전해나가다 보면, 나중에는 기계가 모든 일을 대신할 것 같다. 그렇지만 기계가 대신할 수 없는 사람의 일이 있다. 24시간 편의점에서는 완전히 조리된 간식들을 아무 때나 구할 수 있지만, 왜 하교 길의 아이들이 학교 앞 분식점에서 떡볶이나 튀김 요리를 더 즐겨 사먹을까? 인간미 때문이다.

정량에, 고른 맛을 보장하고, 심지어 청결하기까지 한 24시간 편의점 완전 조리 식품에 빠져 있는 것은 바로 인간미이다. 학교 앞 분식점에 가면, 잔소리 하는 아주머니가 있다. 돈 없을 때는 외상도 달아주고, 담임선생님에게 꾸지람 맞고 풀 죽은 아이의 기도 세워주는 분식집 주인아주머니의 인정은 절대로 24시간 편의점에서는 찾아볼 수가 없다. 엄마가 출근하고 없는 빈집에서, 편의점에서 구입한 완전 조리 식품을 전자 레인지에 돌려 먹는 것을 좋아하는 아이들은 없다. 부모들이 불량식품이라고 비난하는 학교 앞 분식점에 가서, 친구들과 왁자지껄 떠들면서 빈 배를 채우는 아이들이 느끼고 싶은 것은 일터로 나간 엄마의 따뜻한 손길이다. 그래서 실제로 학교 앞 분식점에서 파는 것은 간식이 아니라, 인정이다.

단골도 마찬가지 개념이다. 나를 알아주고, 내 입맛을 기억하고, 내 기분을 헤아려주는 식당 주인이 있으니, 기를 쓰고 계속 가서 음식을 사먹는 것이다. 따라서 세상을 기계가 지배할 것이라는 완전

기계화의 이론은 실현 불가능한 망상에 불과하다.

문명이 발달하면 모든 일을 기계가 해낼 수 있을 것 같은 생각이 든다. 그러나 그런 세상은 돈이 많이 들기에 쉽사리 오지도 않을 것이지만, 설령 그런 세상이 온다 해도 겁낼 필요가 없다. 누군가는 기계가 앗아간 인간미를 상품화해서, 돈을 버는 기회로 삼을 것이기 때문이다. 쌍끌이 어선 한 척이 강바닥을 훑고 지나가면, 은어의 씨조차 말릴 수 있는 위력을 보일 것이다. 그렇지만 사람들은 때로 그렇게 은어를 잡는 것보다, 답답하고 한심해 보이지만 가마우지를 이용해서 은어를 잡는 과정을 보고 싶어질 때가 있다. 24시간 편의점의 완전 조리 식품이 좋은지는 누구나 알지만, 굳이 학교 앞 분식점에서 간식을 사먹는 것과 같은 이치이다.

새롭고 빠르고 편리한 것을 선호하는 사람들이 많지만, 오히려 오래되고 느리고 까다로운 것을 찾는 사람들도 있다. 그것은 우리가 기계가 아니라, 사람이기 때문이다. 사람들 마음속에는 효율성과 편리성만으로 설명할 수 없는 인정이라는 게 있다. 인정은 우리의 심장을 기계로 대체하지 않는 한, 영원히 지속될 인간의 본성이다.

그래서 건강하고 여유 있는 노후 생활을 준비하려면, 사람들의 마음을 읽어내야 한다. 바로 그곳에 노후 생활을 풍요롭게 할 수 있는 틈새가 숨어 있기 때문이다.

　어떤 상태를 유지해야, 건강한 노후 생활을 하고 있다고 말할 수 있을까? 또 어느 정도의 경제력을 가지고 살아야, 여유 있는 노후 생활을 하고 있다고 자부할 수 있을까?

　먼저 건강에 대한 기준을 살펴보자. 60세 이후의 노년에도 주변의 도움을 받지 않고 일상사를 무리 없이 해나간다면 '건강하다'고 말할 수 있고, 일을 하면서도 크게 피로를 느끼지 않는다면 '아주 건강하다'고 볼 수 있다. 60대에도 40대 수준의 건강을 유지하는 사람이 간혹 있겠지만, 그것은 노력 외에 타고난 체력도 적지 않게 영향을 끼친다고 할 수 있겠다.

　다음으로 경제력에 대한 기준을 살펴보자. '여유 있는 노후 생활을 영위하기 위한 소득 수준은 도대체 얼마나 될까?'에 대한 적절한 기준은 평균 국민소득이다. 한 해 소득이 국민소득보다 많으면 여유 있게 사는 편이라 할 수 있고, 국민소득보다 적으면 여유가 없는 편이라 할 수 있다.

　2015년 올해 국민 소득은 3만 달러이다. 원화로 대략 3천6백만 원 정도 되는 셈이다. 배우자가 경제활동을 하지 않는다면, 혼자서 두 사람 몫의 소득을 올려야 한다. 2015년 기준으로 1년 동안 부부의 소득이 7천2백만 원 정도 돼야 국민 평균 소득 정도가 된다. 그 이상이 되면, 여유 있는 수준이라고 할 수 있다. 한국 사회에서 나이 60대의 부부가 1년에 7천2백만 원 정도의 수입을 올리는 경우는 거의 없다. 그리고 그렇게 수입을 올려야 할 필요도 없다.

표준적인 생활을 하는 데 흡족함을 느끼는 비용을 뜻하는 '적정 노후생활비'는 부부 기준으로 1인당 국민소득 정도인 3만 달러, 즉 3천6백만 원 수준이면 족하다. 그래서 국민연금으로 3분의 1 정도, 혹은 절반 정도를 채운다고 가정하면, 나머지 비용을 어떻게 채우느냐가 관건이 된다. 결국 여유 있는 노후의 관건은, 매달 백만 원에서 백50만 원 이상의 소득을 올릴 수 있느냐 없느냐에 달려 있다.

직장 생활을 할 때에는 백만 원 벌이가 대수롭지 않게 보일 수 있지만, 60세 이후에는 만만찮은 액수이다. 소득을 올릴 수 있는 방법은 다양하다. 단순 노동, 기술직, 강의와 교육, 임대업, 금융업, 경매, 창업, 예술 활동 등 셀 수 없이 많은 분야가 있다. 현재 종사하고 있는 직업이나 직종을 퇴직 이후에도 연관시켜서 할 수도 있겠지만, 그렇지 않다면 퇴직하기 5년, 10년 전부터 관심을 가지고 꾸준하게 준비해야 한다.

노후 생활을 준비하는 것도 학창 시절에 공부하는 것과 같다. 남의 말에 이리저리 흔들리지 않고, 자기를 믿고, 꾸준하게 계속하는 길 이외에는 왕도가 따로 없다. 실현 가능한 계획표를 만들고, 정해놓은 순서를 빠뜨리지 않고 지키는 것이야말로 목표를 달성하는 최고의 방법이다. 국민소득이 3만 달러인 2015년에 월 100만 원을 올리는 일을 국민소득 8만 달러인 2050년에도 할 수만 있다면, 같은 일을 하고도 월 270만 원을 받게 될 것이다. 요즘에는 시간당 최저 급여가 6천 원 선이지만, 2050년에는 만 6천 원 선이 될 것이기 때문이다. 문제는 2015년 현재 시급 6천 원을 받는 일을 2050년에도 계속할 수 있는 건강과 능력을 유지할 수 있느냐는 점이다.

외국에서 성공한 이민자들은 "이 정도 노력을 했으면, 한국에서는 진작 부자가 되었을 것"이라고 말한다. 먹고살기 위해서 자동차 세차, 호텔 주차요원, 화장실 청소, 손발톱 관리, 식당 설거지 등 안 해 본 일이 없다는 것이다. 퇴직 후 준비는 바로 그런 정신으로 접근해야 한다.

먹고사는 일에 절박함을 느껴야 하고, 현재 다니는 직장에서 퇴직하기 전부터 거친 세파에 맨몸으로 뛰어들 준비를 해야 한다. 60세, 65세에는 월 100만 원 정도는 벌 수 있겠지만 70세, 80세에는 월 20~30만 원 벌기도 수월하지 않을 것이다. 그래서 꼭 필요하지만 젊은이들이 기피하는 일, 더럽고 자질구레한 일을 자청해야 한다. 이를테면 사회 변화의 틈새에서 새어 나오는 일거리를 주로 찾아봐야 하는 것이다.

20대에 직장을 구할 때에만 블루 오션 전략이 필요한 것이 아니라, 퇴직 후 노후 준비를 시작할 때에도 블루 오션 전략을 활용해야 한다. 아직도 자존심과 체면을 따지고 있다면, 돈 무서운 줄 모르고 굶주림의 고통을 외면하는 사람인 것이다. 노후 준비의 블루 오션 전략을 한 마디로 정리하자면, 남들이 하기 싫어하지만 사회에 꼭 필요한 일, 그런 일을 나는 하겠다는 각오를 다지고 또 찾아나서는 것이다.

경쟁력과 전문성을 길러야 한다

| 관찰과 분석으로 찾는다 |

건강하고 여유 있는 노후 생활을 준비하기 위해서, 반드시 새로운 분야에 도전해야 할 필요는 없다. 자신이 평생 해온 일을 자기 방식으로 발전시켜 나가거나, 취미나 관심을 갖던 분야를 직업으로 연결시키는 것이 오히려 더 좋다.

자기가 익히 알고 있는 분야를 제2의 직업으로 연결시킬 때에 중요한 것은 시장의 변화와 흐름이다. 시장에는 수요와 공급의 원칙이 존재하기 때문이다. 시장에서 살아남기 위해서는, 시장이 원하는 제품이나 서비스를 공급해야 한다.

만화가 허영만은 자타가 공인하는 국민 만화가이다. 1947년생으로 올해 68세인 허영만은 대본소 만화가 웹툰으로까지 변화하는 동안 적응해서 살아남은, 몇 안 되는 만화가들 중의 한 명이다. 허영만과 함께 활동하던 만화가들 가운데, 현재도 적극적인 활동을 펼치는 만화가는 거의 드물다. 허영만은 지금도 중앙일보에 『커피 한잔 할까요?』를 연재하며, 활발한 활동을 하고 있다.

그런데 주목할 점은, 2000년 이후부터 허영만의 만화들이 소재와 접근 방법에서 이전의 작품들과는 많은 차이점을 보이고 있다는 사실이다. 한국 부자의 현실을 지적한 『부자사전』(2003), 전통 음식 문화를 경쟁과 갈등의 구조로 풀어낸 『식객』(2003), 관상이라는 독특한 소재를 다룬 『꼴』(2007), 한의학의 신비를 재미있게 파헤친 『허허 동의보감』(2013) 등은 단순한 만화라기보다는 만화를 통한 대국민 메시지라고 할 수 있다. 허영만은 이들 만화를 통해서, 긍정적으로 생각하고 끊임없이 노력해야 하며 새로운 일에 도전해야 한다고 이야기하고 있다.

허영만이 그린 만화들은 세간의 화제를 모으며 드라마, 영화로 제작되기도 했다. 그리고 몇몇 방송국에서는 허영만의 만화에 기반을 둔 다큐멘터리들을 제작하여 방송하기도 했다. 허영만은 어린이들의 오락거리 정도로 치부되던 만화를 통해, 사회적 담론을 담은 메시지를 도출해낸 것이다.

도대체 어떻게 이런 일이 가능한 것일까? 그 답은 바로 허영만 자신에게 있다. 2000년에 허영만은 53세였다. 일반 직장인이라면 IMF를 겪으며 퇴직을 당했거나, 가슴 졸이며 퇴직 공포증에 사로잡힐 시기였다. 퇴직금도 없는 전문직 종사자였던 허영만도 위기의식을 느낄 만한 상황이었다.

게다가 그때는 만화 시장도 큰 변화를 맞던 시기이기도 했다. 만화는 대본소로 알려진 만화방 문화에서 벗어나, 서점에서 단행본으로 판매되는 단행본 만화시대로 전환되고 있었으며, 서서히 인터넷 웹툰으로까지 발전하고 있었다. 그림체가 중시되던 시대에서, 스토리가 강조되는 시대로 전환되기 시작한 것이다.

이러한 혼란기에, 대부분의 만화가들은 도태의 내리막길을 걷고 있었다. 하지만 허영만은 만화 시장의 흐름을 정확히 읽어내고, 철저하게 만화 시장의 변화를 염두에 두며 움직이기 시작했다. 그리하여 자신이 직접 취재한 내용을 하나 둘씩 만화로 엮어냈다. 앞서 언급한 『부자사전』『식객』『꼴』『허허 동의보감』 등이 바로 그런 결과물들이다. 허영만은 짧게는 1~2년, 길게는 4~5년씩 취재와 인터뷰를 거듭하며 발로 뛰는 기량도 보여주었다. 이들 만화는 판매량도 대단했지만, 스토리텔러로서 허영만의 사회적 역량을 강화시켜 주기도 했다.

허영만은 건강하고 여유 있는 노후 생활을 맞이한 롤 모델이다. 만화가로서 30년간 쌓아온 기량은 충분한 경쟁력이 있었지만, 그것만으로는 변화무쌍한 만화 환경에서 살아남을 수가 없었다. 허영만은 취재와 분석을 통해 전문성을 쌓아나갔고, 그것을 통해서 새로운 경쟁력을 갖추기 시작했던 것이다. 자신의 만화를 보고 자라 성인이 된 독자들의 요구에 귀를 기울이며, 허영만은 자기 자신을 바뀐 환경에 적응할 수 있도록 변화시켰던 것이다.

| 성취 노트나 일기는 반드시 써라 |

  사실 우리가 배워야 할 모든 일들은 초등학교 시절에 익혔던 것들이다. 일찍 자고 일찍 일어나는 것, 외출 뒤에 손을 씻는 것, 그리고 반찬을 고르게 먹고 밥을 꼭꼭 씹는 것, 잠자기 전에 일기 쓰는 것 등은 나이가 들어서까지 몸에 익어온 좋은 습관들이다. 이 가운데 무엇보다 중요한 습관 하나가 있다. 바로 일기 쓰기이다. 그렇지만 실제로 일기를 쓰는 사람은 그리 많지 않으며, 특히 나이가 들어서는 더욱 그렇다. 일기는 나 자신을 객관적으로 평가할 수 있는 바로미터이다.

  일기를 쓰지는 않지만 진학이나 취업을 준비하면서부터 성취 노트를 작성하는 사람들이 있다. 우등생들 가운데에는 오답 노트를 쓰는 학생도 있다. 자신의 행동에 대해서 어떠한 형태로든 기록을 하는 것은 목표를 달성하기 위해서 꼭 필요한 습관이다.

  2014년 초 SBS의 예능프로그램 〈힐링 캠프〉에 개그맨 이휘재가 출연했다. 20세에 데뷔한 이휘재는 벌써 데뷔 22년을 맞은 중견 개그맨이 되었다. 이휘재는 자신의 운명을 바꾼 〈몰래 카메라〉와 〈그래 결심 했어〉 등에 대해 이야기하면서 선배 개그맨 이경규와 덕담을 나눴다.

  이휘재는 프로그램을 통해 자신의 재미있는 습관 하나를 소개했다. 3년 전부터 식사 메뉴와 식사량을 적는다는 것이었다. 술을 마신 날은 음주량도 정확하게 적는다면서, 3년을 적었더니 거의 책 한 권 분량이 되었다고 한다. 출연자 모두 이휘재의 식사 기록을 보면서 놀라워했다. 정상에 선 사람은 남다르다는 찬사가 이어졌다.

사실이다. 자신이 무엇을 얼마만큼 먹었는지를 기록하는 것은 정말로 중요한 습관이다. 식사에 관계된 것을 적다 보면 식사 장소와 시간, 함께 식사한 사람, 몸무게의 증감에 대해서도 적게 된다. 이렇게 기록하는 것은 사소한 일 같지만, 자신의 건강을 챙기는 데 아주 중요한 작용을 한다.

기록의 중요성은 누차 반복해도 그 중요성이 훼손되지 않는다. 뭐든지 기록할 수 있다면 기록해야 하고, 기록을 통해서 상황을 분석해야 한다. 목표를 가진 사람이나 일상적인 일을 반복하는 사람이라 할지라도 기록을 해야 한다. 거창하게 성취 노트나 일기까지는 아니더라도, 수시로 비망록을 작성하거나 성과를 지속적으로 기록하는 것이 필요하다. 유명한 사람들의 일기가 많은 것은 일기를 쓰면서 목표를 성취해나갔기 때문이다. 사회지도층 중에서도 일기를 쓰지 않는 사람은 거의 없을 정도라고 한다.

요즘의 시대에는 일일이 수기로 기록하는 것이 불편하고 어려울 수 있다. 그래서 나는 인터넷 메일을 사용할 것을 추천한다. 나에게 보내는 메일을 써서, 매일 정해놓은 시간에 목표와 달성 정도를 표시해놓는 것이다. 그리고 그 일과 관련된 사람이나 약속 등을 촘촘하게 적어서 나에게 메일로 보낸다. 펜으로 기록하는 문화보다 아무래도 컴퓨터를 이용하는 것에 익숙한 현대인들인지라, 나에게 보내는 메일은 부담 없이 할 수가 있다. 어떤 날은 일기이기도 하고, 어떤 날은 필요한 정보를 오려 붙여놓기도 하는 등 특별한 형태가 있는 것은 아니다.

이처럼 당신의 육체적·경제적으로 안정된 노후 생활을 위해서는 자기계발 노트를 반드시 작성해야 한다. 그리고 구체적인 목표와 함께 달성 목표일을 정하는 것이 좋다. D-500이나 D-123일 등으로 기일을 정해놓으면, 보다 나은 효과를 올릴 수 있다.

| 습관이 운명을 결정한다 |

"세 살 버릇이 여든까지 간다"는 말은 이제 옛말이다. 100살까지 사는 세상에는 사회 변화에 걸맞도록 새로운 버릇을 익혀야 한다. 그에 적당한 시점은 50살 전후가 아닐까 생각한다. 그래서 변화하는 시대에 발맞춰 새로운 속담이 생겨난다면, 아마도 "50살 버릇이 100살까지 간다"가 되지 않을까 싶다.

그런데 하필 50살이라고 꼭 꼬집어서 이야기한 이유는 무엇인가? 50살은 퇴직을 시작하는 나이이거나, 퇴직이 현실로 찾아온 나이이기 때문이다. 게다가 50살이라는 나이는 평균수명 80대 시대에 자칫 100살까지 살 수도 있다는 개연성을 자각할 나이이기도 하다. 그래서 50살 전후로, 빠르면 40대 중반이나 30대 후반부터, 앞으로 익혀야 할 새로운 버릇을 찾아야 한다. 그래야 100세 시대를 살 수 있는 동력을 마련할 수 있다. 습관의 힘은 대단한 것이어서 불가능한 일도 가능하게 만들 정도이다.

50살의 나이에 새로이 익혀야 할 습관은 무엇일까? 무엇보다 가장 중요한 습관은, 나이가 들수록 관성의 법칙을 역행하는 훈련을 하는 것이다. 관성의 법칙이란, 외부의 압력이 없으면 자기 상태를 그대로 유지하고 싶어 하는 성질이다. 50년을 살아오는 동안, 우리에게는 얼마나 많은 관성의 법칙이 작용하고 있었을까? 좋은 버릇은 지키는 것이 좋지만, 반대의 경우도 많다. 나쁜 버릇이라면 지체 없이 뜯어고쳐야 하는 것이다.

아이들이 어릴 때, 광진구 능동에 있는 어린이 대공원에 자주 갔었다. 내가 사는 집은 한강 건너 반대편이었는데, 나는 언제나 익숙해진 길로만 다녔었다. 내가 이용하던 길은 어린이 대공원에서 나와서 건국대학교 방향의 고가대교 밑을 따라서 계속 오다가, 한강대교를 건너는 방법이었다. 그때는 상도동 쪽에 살았는데, 주말에 그 길을 운전해 올 때면 한 시간씩 걸리는 경우도 있었다.

그런데 내비게이션이 등장한 이후, 상상도 못할 경험을 하게 되었다. 새로 구입한 내비게이션은 내가 늘 다니던 길이 아닌, 완전히 색다른 길을 알려주었다. 강변북로를 따라오다가 반포대교를 건너게 하고, 올림픽대로를 타게 하더니, 바로 상도동으로 안내를 하는 것이었다. 생각지 못했던 그 길로 왔더니 30분도 채 걸리지 않았다. 그때 나는 한 가지 깨달음을 얻었다. '진료는 의사에게, 약은 약사에게, 길 안내는 내비게이션에게'라는 단순 명제였다.

서울 시내에서 이동하는 길 하나도, 고정관념에 사로잡히면 엉뚱하게 돌아가는 법이다. 나이든 사람의 생각과 행동이 항상 옳은 것은 아니다. 어른도 어린이에게 배울 것이 있다. 그래서 내가 틀릴 수 있고, 틀렸다고 생각되면 바로 시인하고 옳게 바로잡는 버릇, 틀린 고정관념을 올바로 바로잡는 버릇을 익혀야 한다. 바로 이것이야말로 50살쯤에 꼭 필요한 '관성의 법칙을 역행하는 훈련'이 아닐까?

세 살 버릇이 여든까지 가는 것은 당연한 말이다. 그렇지만 100세 시대를 살기 위해서는 그 중간쯤인 50세 무렵부터 새로운 버릇을 익혀야 한다. '앞으로 살아야 얼마나 살겠어?'라는 부정적인 생각은, 오히려 전반기 50년의 인생을 성공적으로 살았으면서도 후반기 50년의 인생에는 실패할 수 있는 소지를 제공한다. 100년 인생이라는 큰 틀을 생각한다면, 전반기 50년보다 후반기 50년이 더 중요하다는 사실을 기억해야 한다.

시작이 없으면, 결과도 없다

| 결단은 믿음에서 출발한다 |

인생은 결단을 통해 변화한다. 결단은 과거와의 단절을 의미하는 것일 뿐만 아니라, 새로운 미래로의 출발을 뜻하기도 한다. 건강하고 여유 있는 노후 생활은 이처럼 결단으로부터 시작된다. 건강하게 살겠다는 결단, 여유 있게 살겠다는 결단을 해야 한다. 그러지 않으면 결코 건강하게 살 수 없고, 여유롭게 살 수도 없다. 그러므로 결단은 단호해야 하며, 흔들리지 않은 채 밀고 갈 뚝심도 있어야 한다.

이러한 결단에 대해 이야기할 때 유독 떠오르는 인물이 있다. 1543년, 하늘이 움직인다고 믿는 사람들 속에서 지구가 돈다고 주장한 폴란드의 천문학자 니콜라스 코페르니쿠스이다. 지금 생각하면 지구가 돌든, 우주가 돌든 그게 뭐 대수로운 일인가 싶을 수도 있다. 하지만 당시 지동설은 단순한 천문 이론이 아니었다. 중세를 장악하고 있던 카톨릭의 교리와 연결된 통치 이데올로기의 근간이었다. 지동설을 주장하는 것은 죽음을 각오하는 일이었다. 성경의 가르침과 어긋나기 때문에 자칫하면 종교재판의 희생양이 될 수도 있기 때문이었다. 코페르니쿠스도 평생 가슴앓이를 하다가 임종 직전에 이르러서야 지동설이 담긴 책을 펴낼 수밖에 없었다.

코페르니쿠스가 지동설을 주장한 이후, 유럽 사회는 발칵 뒤집혔다. 오죽했으면 2백 년 뒤에 독일의 요한 볼프강 폰 괴테가 "지동설을 받아들이는 것은 지구는 우주의 중심점이라는 엄청난 특권을 포기해야 하는 것이다."라고 말했을 정도였다. 하여튼 '코페르니쿠스적 전환'이라는 말이 나올 정도로, 지동설을 주장하는 것은 그동안의 상식을 전면적으로 부정하는 정신 혁명이었다. 학자들은 '중세의 암흑기가 끝나고 문예 혁명이 시작된 저변에는 코페르니쿠스의 지동설도 한몫을 했다'고 주장한다.

직장 생활에도 천동설처럼 낡은 믿음이 있다. 이를테면 '직장 생활을 열심히 하면 퇴직 후가 보장된다'는 식의 터무니없는 논리이다. 그래서 퇴직 이후를 미리부터 준비하자고 이야기하는 사람은 오히려 현실 감각이 부족한 사람처럼 간주되기까지 하는 분위기이다. 그런 건 회사에서 전부 알아서 해줄 텐데, 쓸데없이 뭣 하러 엉뚱한 생각을 하냐는 논리이다.

하지만 이제는 이런 낡은 믿음에 반기를 들고, 천동설을 지동설로 뒤바꾼 '코페르니쿠스적 전환'을 할 시기다. 회사는 결코 사원의 퇴직 이후를 보장하지 않는다. 회사는 복지기관이 아니다. 근무하는 동안에만 임금을 지불하고, 쓸모가 없어지면 가차 없이 해고하는 영리업체이다. 그러므로 직장인은 회사가 인생의 전부가 아니라는 사실을 현실적으로 받아들이고, 퇴직 이후에 대해서 준비하는 '직장생활의 코페르니쿠스적 전환'을 시작해야 한다.

대기업 주재원으로 해외에서 근무를 하다가, 현지의 요리를 배워 인생 후반전을 새롭게 시작한 사람이 있다. 서울 방배동에서 일본 소바집 스바루를 경영하는 57세 강영철 사장이다. 15년 전까지만 해도, 그는 대기업의 중견 간부로 일본 지사에 근무하면서 무역업을 담당하고 있었다. 그런데 회사 생활로는 자신의 퇴직 이후가 보장되지 않을 것이라는 생각이 들었던지, 갑자기 일본 국수 만드는 법을 배워야겠다는 마음을 먹게 되었다. 전도유망한 직장인이 난데없이 요리사가 되겠다는 것을 직장 상사는 물론이고, 가족들도 이해하지 못했다.

그렇지만 강영철 사장은 아사쿠사의 일본 국수집에서 수년간 메밀국수 만드는 법을 배웠고, 이윽고 한국으로 돌아와 식당을 열었다. 그리고 일본에서 맷돌과 제면기 등을 공수해오고, 제면실에서 하루에 열 시간씩 메밀가루를 빻아 국수를 만들고 있다. 강영철 사장이 직장인으로 버텼다면, 지금쯤이면 퇴직을 눈앞에 두고 있을 나이다. 그렇지만 강영철 사장은 직장 생활에서 누릴 수 있는 혜택을 포기하고, 과감하게 국수가게 주인이 되겠다는 결단을 했던 것이다.

강영철 사장이 밥이나 먹고 사느냐고? 저녁 식사 시간을 조금만 넘어서 찾아가면, 국수가 다 팔린 바람에 허탕을 칠 정도로 인기가 있다. 강영철 사장은 하루에 팔 분량을 정해놓고 그 분량이 다 팔리고 나면 더 이상은 절대로 팔지를 않는다. 그것이 자기 가게의 가치를 지키는 길이라고 믿기 때문이다. 밥을 먹고 사는 정도의 수준은 이미 넘어섰고, 국내 정상급 국수 가게의 자리를 차지하느냐 마느냐를 고민하는 수준이다.

퇴직 후를 준비하려는 사람은 '이것이다!'라는 확신이 들면, 자발적 사직을 각오할 정도로 강한 결단을 내려야 한다. 건강이 함께하는 풍요로운 노후를 원하는가? 그렇다면 '직장 생활의 코페르니쿠스적 전환'을 곧바로 해야 한다.

| 행동이 없으면, 깨닫지 못한 것이다 |

건강하고 여유 있는 노후 생활을 준비하기 위해서는, 목적이 불분명한 모임에 참석할 필요가 없다. 더불어 도움이 되지 않는 사람도 만날 필요가 없다.

1943년생인 일본의 소설가 마루야마 겐지는 30대에 들어서면서, 도시 생활을 청산하기로 했다. 작가로 사는 데는 도시 생활이 도움이 되지 않는다고 결론을 내린 것이다. 별로 사교적이지도 않고, 도회적이지도 않은 자신이 도시에서 계속 산다는 것은 인생 낭비라고 생각했나 보다.

1978년, 35세의 마루야마 겐지는 아내와 함께 고향 나가노로 훌쩍 내려갔다. 마루야마 겐지가 고향으로 내려간 것은 직장인에게는 사직에 해당하는 결정을 한 것이나 다름없다. 도시 생활이 도움이 되지 않는다는 생각이 들었다 해도, 그 생각을 행동으로 옮기기는 그리 쉽지 않은 일이다. 하지만 마루야마 겐지에게는 단칼 승부를 하는 사무라이의 피가 흐르고 있었던 모양이다. 결단을 하자마자, 바로 행동에 옮겼다.

고향 나가노로 내려간 마루야마 겐지는 매일 아침 일어나자마자 면도기로 민머리를 민다. 머리카락이 하루에 자라봤자 얼마나 자라겠느냐만, 마루야마 겐지는 근엄한 의식이라도 치르듯 매일 머리를 민다. 그리고 수도승이 참선 수행을 하듯 글을 써나간다. 마루야마 겐지의 퇴직 후 준비는 35세부터 시작되었고, 72세가 된 지금까지 이어지고 있다.

그렇다고 지난 37년간, 마루야마 겐지가 은둔거사를 자처하며, 사람 만나는 일까지 기피한 것은 아니다. 마루야마 겐지는 철저한 서비스형 작가로 생활하며, 오히려 생활 경쟁력은 젊었을 때보다 강화되고 있다. 굳이 나가노까지 찾아와 자신을 만나려는 기자나 프로듀서들을 피하지도 않고, 강의나 강연을 마다하지도 않는다. 또한 일본의 언론인들은 물론이고, 한국을 비롯한 외국 언론인들에게도 호의적이다.

마루야마 겐지는 '작가는 철저히 독자 중심으로 움직여야 한다'는 프로 정신을 가지고 있으며, '독자 없는 작가는 존재할 수 없다'고 믿는다. 또한 작가로 살아남기 위해 출판사와 언론사, 비평가들에게 청탁을 일삼는 비 작가적 태도를 한사코 거부했다. 마루야마 겐지는 글발로써 독자를 끌지 못하는 실력을 비즈니스 능력으로 보충할 수는 없다고 믿었던 것이다.

1966년, 만 23세로 최연소 아쿠타가와 상을 수상했던 『여름의 흐름』 이후, 2015년 『꿈의 밤에서 휘파람의 아침까지』에 이르기까지, 마루야마 겐지는 지난 반세기 동안 71권의 작품을 발표했는데, 그 가운데 나가노로 낙향한 이후에 발표한 책이 51권이다. 마루야마 겐지는 35세에 도시 생활에서 은퇴한 이후, 오히려 더 치열한 작가 정신으로 독자들과 만나고 있다.

마루야마 겐지의 소설 중 10여 편은 한국을 비롯한 주변국에 번역 출판되었고, 세 편은 일본에서 영화로 제작되기도 했다. 마루야마 겐지는 순전히 작품 활동만으로 생활을 하는 전업 작가이고, 35세에 그렇게 살기로 한 결심을 행동으로 옮겨 성공한 이상적인 노후 설계자이기도 하다.

나이가 들수록 업무 면에서 숙련도와 전문성이 돋보여야 한다. 숙련되고 전문화되면, 근무 시간은 당연히 줄어든다. 결국은 시간을 버는 셈인데, 그렇게 번 시간을 운동과 여가 시간으로 쓸 수가 있으니, 숙련도와 전문성의 중요성을 실감할 수 있다. 나이가 들면 체력이 약해지는 것은 당연하다. 70대, 80대라도 운동을 통해서, 40대나 50대에 버금갈 만큼 체력을 유지할 수가 있다. 나이가 들수록 건강이 전제되어야만, 일도 계속할 수 있는 것이다.

| 미친 사람이 즐기는 사람을 이긴다? |

미쳐야 미친다. 한동안 유행했던 말이다. '미쳐야(狂) 미친다(及)'는

이 말은, 한 가지 일에 미치지 않으면 원하는 목표에 미칠 수 없다는 뜻의 '불광불급(不狂不及)'이라는 사자성어에서 나왔다.

퇴직 후를 준비하는 것은 10대에 대학에 입학하거나, 20대에 직장을 구하는 것과 비교할 수 없을 정도로 어렵고 힘들다. 다들 은퇴하는 나이에 거꾸로 새로운 직업을 구하겠다는 것은 낙타가 바늘구멍에 들어가는 것만큼이나 어려운 일이다. 그래서 미쳐야 산다는 말도 나온 것 같다.

즐기는 사람은 열심히 하는 사람을 이긴다고 말한다. 그렇다면 즐기는 사람을 이기는 사람은 누구일까? 긍정적이다 못해, 미친 사람이다. 자신이 추구하는 일에 미친 사람은 오직 자신이 목표한 길 외에는 거들떠보지도, 생각하지도 않는다. 퇴직 후에 어떻게든 돈을 벌 생각이라면, 일을 열심히 하거나 즐기는 정도로는 안 된다. 주변 사람들이 감탄할 정도로 긍정적이다 못해 아예 미쳐야 한다.

1930년, 미국 켄터키 주 코빈 타운의 한 주유소에서 음식을 팔기 시작한 한 남자가 있다. 40세 나이의 할랜드 데이빗 샌더스라는 예비역 대령이었다. 할랜드 데이빗 샌더스는 자신이 운영하는 주유소의 허름한 창고에서 닭요리를 만들어 팔기 시작했다. 시간이 흐르자 그의 닭요리 솜씨는 주변 사람들의 인정을 받기 시작했다. 이윽고 그는 닭요리 솜씨를 인정받은 덕분에 대형 레스토랑에 취업을 할 수 있었다. 그렇게 점점 자리를 잡아가면서 그는 자기만의 요리 비법을 발전시켜 나갔다.

물론 그렇다고 곧바로 성공 신화가 시작된 것은 아니다. 20년 넘게 그는 부침을 거듭했으며, 62세가 될 무렵에는 파산을 하여 겨우 입에 풀칠이나 하는 정도였다. 그럼에도 불구하고 그는 닭튀김과 소스 개발 하나에 미쳐 있었다. 그는 자신의 요리 솜씨를 믿고 있었고, 미국인의 입맛을 끌어당길 획기적인 소스를 개발할 것이라고 자신하고 있었다. 그런 불굴의 정신으로 그는 하루하루를 요리에 빠져 살았다. 1950년대의 60대는 노인 중의 상노인이었지만, 그는 자신의 나이를 신경 쓰지 않았다.

할랜드 데이빗 샌더스의 인생 반전은 62세에 시작되었다. 1952년, 그는 자신의 요리 솜씨를 인정해주는 지인의 도움을 받아, 파격적인 프랜차이즈 레스토랑을 개장했다. 메뉴는 프라이드치킨과 샐러드, 단 두 가지뿐이었다. 자신만의 비법이 녹아 들어간 튀김 가루를 입혀 신속하게 조리한 프라이드치킨에 대한 반응은 상상을 초월했고, 그가 개발한 소스는 닭튀김의 풍미를 더한층 높여주었다. 입소문을 타고 프랜차이즈 레스토랑은 급속하게 늘어가기 시작했다.

메뉴의 단순화라는 할랜드 데이빗 샌더스의 전략은 순식간에 미국 전역에 프라이드치킨 붐을 불러일으켰다. 1964년, 그는 창업 12년 만에 미국 전역에 600개의 프랜차이즈 레스토랑을 개장했고, 캐나다의 운영권을 제외한 회사의 경영권을 200만 달러에 매도했다. 그는 미국 패스트푸드 산업에 새로운 이정표를 제시한 것이다. 그가 창업한 회사가 바로 현재 우리나라에도 들어와 있는 KFC 켄터키 프라이드치킨이다. 1980년에 그가 사망한 뒤에도 KFC는 그의 창업 정신을 기려, 매장 입구에 그의 전신상을 세워놓고 있다.

노후 준비를 철저히 하겠다는 결심으로 살아도 바로 성공할 수 있는 것은 아니다. 할랜드 데이빗 샌더스처럼, 20년이 넘게 걸릴 수도 있다. 그렇다고 포기할 것인가? 그대로 주저앉은 채, 건강도 잃고 여유도 없는 노후 생활을 맞을 것인가? 할랜드 데이빗 샌더스는 62세에 성공하기 시작했고, 부를 누리다가 28년 뒤인 90세에 사망했다. 우리나라 나이로 치면, 정년퇴직 이후부터 30년간이나 성공 가도를 달렸던 셈이다. 그러나 그가 그렇게 성공한 노후를 맞이할 수 있었던 것은, 그 이전의 20여 년 동안 자신의 요리 솜씨에 대해 확신을 갖고 오직 자신의 길을 달렸기 때문이다. 이렇듯 노후의 성공을 위해서는 올곧게 자신의 길을 가며 기필코 성공하겠다는 긍정적인 사고가 꼭 필요하다.

절박함이 성공의 열쇠다

| 특권 의식을 버려라 |

사회생활을 하다 보면, 잘난 체하며 무슨 특권이라도 가진 양 거드름을 피우는 사람들을 흔히 볼 수 있다. 사람들은 으레 자신이 조금이라도 좋은 조건을 지니고 있으면, 자신은 남보다 우월한 사람이라고 스스로에게 특권을 부여하고 싶어 한다. 대졸자라서, 대기업 직원이라서, 승진이 빨라서, 재산이 많아서, 자신을 특별한 사람이라고 여기는 것이다.

이러한 특권 의식은 가져서도 안 되고, 가졌다면 빨리 폐기해야 할 악습이다. 험난한 세상을 헤쳐 나가는 데 한 치도 도움이 안 될 장애 요소이기 때문이다. 특히 나이 들어서까지 그런 특권 의식을 가지고 우쭐대려 한다면, 피눈물 날 상황을 피하기 힘들다. 퇴직 후에도 일을 하기로 결심했다면, 당장에 그런 선민의식 따위는 내던져야 한다.

1980년대에 혜성처럼 등장했던 코미디언 이주일. 20년을 코미디언으로 지내면서 부와 명성을 얻었고, 나중에는 국회의원에 당선되기까지 했다. 그런 이주일에게는 유독 남다른 점이 있었다. 선민의식이나 특권 의식 같은 것을 전혀 갖지 않았다는 점이다.

국회의원 배지를 뗀 1996년, 이주일은 56세였다. "코미디 많이 배우고 떠납니다."라고 국회에 작별인사를 했다는 후문은 지금까지도 귀에 쟁쟁하다. 그렇게 국회를 떠난 이주일은 4년간의 공백 탓에, 왕년의 코미디 스타로만 기억될 뿐이었다.

이제 정계를 떠나 자연인이 된 이주일은 다시 코미디언으로 돌아갈 결심을 했다. 물론 쉽지 않은 선택이었다. 국회의원까지 지낸 사람이 실없게 웃기는 상황을 시청자들이 반겨 맞을지도 의문이었다. 이론적으로는 성공 확률이 반반이었지만, 솔직하게 말해서 이주일이 코미디언으로 재기할 수 있는 현실적 확률은 절반 미만이었다.

이때 이주일은 오직 코미디언으로 죽겠다는 작정을 하고 나섰다. 만약 재기에 실패하면, 이주일은 더 이상 아무것도 아니었다. 그는 코미디언으로 데뷔하던 때보다 더 큰 부담감과 긴장감을 느꼈다. 이주일은 곧바로 후배 개그맨 김종국을 찾아가, 진지하게 물었다.

"종국아, 내가 예전에 어떻게 웃겼니?"

후배 개그맨 김종국은 이주일이 농담을 하는 줄 알았다. 그렇지만 그것이 바로 은퇴 정치인이자 왕년의 코미디언 이주일의 현실이었다. 당대 최고의 코미디언이 후배 개그맨을 붙잡아 놓고, 자신이 왕년에 어떻게 웃겼느냐고 묻는 것 자체가 코미디이다.

하지만 이주일은 불치하문(不恥下問)의 진리를 깨달은 사람이었다. 불치하문은 자신보다 못한 사람에게 묻는 것을 부끄럽게 여기지 않는다는 말이다. 천하의 이주일이 국회의원 4년 하고 돌아왔다고, 자기가 어떻게 웃겼는지를 잊어버렸겠는가? 이주일은 후배 김종국을 웃기는 것을 시작으로, 다시 웃음의 포인트를 찾는 연습을 했던 것이다. 무대에 올라가서 망신을 당하기 전에, 후배와 웃기는 연습을 하면서 무대에 올라갈 준비를 했던 것이다. 이 정도의 결의를 다진 이주일이었으니, 코미디언으로 재기에 성공한 것은 당연한 일이었다.

이주일은 자신에게 은혜를 베푼 사람을 절대로 잊지 않는 성품도 지니고 있었다. 언젠가 후배들이 자신의 생일을 기억하고 집으로 찾아왔다고 한다. 그러자 이주일은 후배 한 명 한 명에게 돈을 넣은 봉투를 건넸다고 한다. 자신의 생일을 축하하기 위해서 밤일을 쉬었으니, 일당을 대신 제공해주겠다는 뜻이었다. 국회의원 지냈다고 거들먹거리는 선배였으면 후배들이 찾아갔을 리도 만무하겠지만, 이주일은 자신도 예전에 밤무대에서 술손님을 상대로 일당을 벌었던 설움을 잊지 않고 있었던 것이다.

개그우먼 이경애는 이주일과 식당엘 가면 불편해서 죽을 지경이었다는 후일담을 얘기한다. 주머니 속에 십만 원짜리 수표를 한 장 넣고 주방으로 찾아가서, 주방 아주머니들에게 "오늘 식사 하러 왔습니다. 잘 부탁드립니다." 하고 고개 숙여 인사를 했다는 것이다. "홀에 이주일이 왔네, 구경 가자"라는 말이 나오기 전에, 미리 주방을 찾아서 인사를 드린다는 것이다. 자기 한 사람 때문에 식당 손님

전체가 제때 음식을 먹지 못하는 상황을 만들지 않기 위해서였다는 것이다. 준비해간 십만 원짜리 수표 한 장을 주방 아주머니들에게 드린다는 것은 과한 행동이 아닌가 하는 주변 사람들의 물음에, "저 분들 덕분에 오늘의 내가 있다는 사실을 잊지 않기 위해서입니다." 라고 대답했다고 한다.

건강하고 여유 있는 노후 생활을 원하는가? 그렇다면 더할 나위 없이 낮아져야 한다.

청소부와 경비원은 낮은 사람이 아니라, 당신보다 돈이 부족한 사 람일 뿐이다. 돈 없이 나이 들면 당신도 청소를 해야 하고, 경비를 서야 한다. 당신은 높은 사람이 아니라, 지금 그들보다 돈 몇 푼 더 가진 사람일 뿐이다. 그들이 생활을 위해 자존심을 접고 무슨 일이 든 하는 것처럼, 준비 없이 노후를 맞게 된다면 당신도 그렇게 될 수 있다.

건강하고 여유 있는 노후 생활을 위해서라면, 당신도 '궂은 일이 든, 천한 일이든 무엇이든 마다 않고 할 수 있다'는 용기와 결단이 필 요하다. 가족과 함께 먹고살기 위해서 하는 모든 일은 숭고하고 거 룩하다.

| 현실적이고 구체적인 계획을 세워라 |

'퇴직 후 30년'의 노후 준비를 할 때, 잊지 말아야 할 것이 있다. 투 자한 노력에 비해 나타난 결과가 기대에 훨씬 못 미칠 수 있다는 것이다. 노년층이 사회의 중심을 이루는 것은 아니기 때문이다. 그러므로 당신은 '퇴직 후 30년'의 기간 동안 반드시 최저생계비 이상의 생활비만은 우선적으로 확보해야 한다.

그런데 '퇴직 후 30년'의 노후 준비가 생활비 마련이라고 말하면, 그까짓 돈 몇 푼을 위해서 10년씩이나 준비를 해야 하느냐고 반문할 수도 있다. 하지만 사실이다. '퇴직 후 30년'의 노후 준비는 생활비 마련이 가장 중요하다. 나아가 생활비 이상을 벌기 위해서는 치밀한 준비와 노력이 더욱 필요하다. 7,80대 노인이 일을 하기 위해서는 50대의 건강과 지식, 정신력을 갖춰야 한다. 또한 7,80대에는 자기 관리만으로도 버거울 상황이므로, 돈을 벌기 위해서는 최선을 다해 일하는 습관을 익혀야 한다.

이런 이야기를 하면, 대뜸 까짓것 노후자금 모아서 간단하게 프랜차이즈 식당이나 커피숍 등을 열 생각을 하는 사람도 있을 수 있겠다. 그렇지만 자영업자 3년 생존률이 15% 미만이라는 사실을 감안하면, 창업이 얼마나 어려운가를 깨닫게 될 것이다. 게다가 적게는 2,3억 원에서 많게는 4,5억 원 이상 투자해도 월 5백만 원 정도 벌어 가는 수준이 최고 성공이라고 하니, 수지타산이 제대로 안 맞춰지게 마련이다. 종잣돈이 없어서 창업을 못하기도 하겠지만, 체력과 정신력이 급격히 떨어지는 6,70대의 창업은 성공 가능성이 백분의 1, 천분의 1이라고 할 수 있다.

회사 근처의 24시간 편의점에 근무하는 60대 아저씨가 있다. 염색도 하고, 자기 관리도 잘 해서 그런지 50대 초반으로 보인다. 저녁 일곱 시에 출근을 해서, 아침 일곱 시에 퇴근을 하는 것 같았다.

한 달에 하루나 이틀 정도 쉬는 성실한 분인데, 급여를 생각해보니 시간당 6천 원씩만 받아도 하루에 7만 2천 원이고, 한 달이면 2백만 원 정도를 받는 것 같았다. 야간 근무 수당이 더 붙는지 어떤지는 모르겠지만, 편의점 야간 근무도 그렇게 나쁜 조건이 아니라는 생각이 들었다. 야간 근무는 택시 운전도 마찬가지이지만, 체력 소모 면에서는 편의점이 더 낫지 않을까 싶다.

또한 편의점 사장이 얼마를 버는지는 잘 모르겠지만, 수입 면에서는 사장이나 근무자나 큰 차이가 없을 것 같다. 초반의 거액 투자비에 매달 월세, 프랜차이즈 가맹비, 직원 급여 등등을 제하고 나면 기껏해야 5백만 원도 가져가기 힘들 것인데, 오히려 야간 근무자 아저씨가 더 실속 있는 셈이다. 낮과 밤이 바뀌어서 피곤하겠지만, 근무 시간이나 양을 조절하면 부담을 줄일 수도 있다. 게다가 돈을 벌면, 돈을 쓸 시간이 준다. 일하는 사람은 돈 쓸 시간이 없게 마련이다.

이렇게 편의점에서 야간 아르바이트를 하다 보면 편의점 운영을 자연스럽게 익히게 되고, 수익구조나 거래처 등도 파악하게 된다. 흔히들 이런 형태의 자영업은 인건비 장사라는 말을 하는데, 사장이 출근하지 않는 채 직원들에게만 의지하여 영업을 하다 보면 금방 한계에 부딪히게 된다. 그러다 보면 자연스레 편의점을 넘기는 경우도 발생하는데, 이럴 경우 자금이 있으면 인수를 할 수도 있다.

서울에 살던 56세의 박중현 교수는 아파트를 처분하고, 자신이 재직하는 천안의 대학교 앞에 있는 주상복합 건물을 구입했다. 1층에 매달 30만 원씩 받는 7,8평짜리 상가 세 개가 딸린 2층짜리 건물이었다. 부채 없이 4억 원을 들여 구입한 건물 2층에 살면서, 상가 월

세 90만 원을 받아 정기 적금으로 붓던 아내가 가게 하나를 빼서 6개월 전, 학생들 대상으로 돈가스 가게를 열었다. 주말이나 방학 중에는 쉬므로 연평균 월세 수준의 수입을 올리지만, 박중현 교수는 이제 강의가 없을 때에는 식당에서 설거지도 할 만큼 적극적으로 돕고 있다. 돈도 돈이지만, 오랜만에 육체노동의 즐거움을 맛보았기 때문이다. 게다가 아내의 식당일을 도우면서, 퇴직 이후에 대한 막연한 불안감도 떨쳐낼 수 있었기 때문이다.

사실 미국 유학을 다녀온 박중현 교수가 식당일을 돕는 것은 낯선 일이 아니었다. 미국 유학 중에 여러 식당들을 전전하면서 팁을 받아 생활비를 마련한 경험이 있었기 때문이다. 박중현 교수는 한국에서 교수 생활을 하다 보니 쓸데없는 권위의식과 체면만 늘었다고 자탄을 한다. 또한 퇴직 후에는 연금과 퇴직금으로 생활을 하고, 식당 수입으로는 방학마다 부부 동반으로 해외여행을 다녀올 생각이다.

대학교 직원인 53세 박수길 씨는 아내와 함께 새벽 두 시에 일어나, 경기도의 아파트 단지에 가서 세차를 한다. 아파트 방문 세차 일을 하던 친구에게 개인 사정이 생겨서 며칠 동안 도운 적이 있었는데, 생각보다 수입도 좋고 부담도 적었다. 그래서 3년 전부터는 아예 아내와 함께 새벽 세차 일에 나서고 있다. 주말에는 쉬고 주 5일 새벽 근무를 하는데, 아내와 함께 2백만 원 정도를 벌고 있다. 새벽 네 시간 동안 세차를 하다 보면 출근 직전에는 거의 파김치가 되지만, 그래도 새벽 세차를 시작하고부터는 부부 금슬도 더 좋아진 것 같아, 퇴직 이후에는 아예 본격적으로 세차 일에 뛰어들 생각이다. 처음에는 피곤해서 업무 중에 졸기도 했지만, 이제는 체력이 좋아져서 감기도 안 걸린다고 자랑이다.

여섯 명이 근무하는 여행사에서, 58세 조수복 전무는 퇴직 부담이 없는 편이다. 은행을 다니다가 명예퇴직을 한 후, 1인 여행사를 꾸리던 초등학교 동창을 도와서 여행사를 함께 키웠기 때문이다. 사장인 친구는 '월급은 적지만 함께 은퇴하자'고 안심을 시키지만, 딸만 셋을 둔 조수복 전무는 출가시킬 생각에 부담이 적지 않다. 그래서 3년 전부터는 집 근처 중형 건물의 야간 당직 근무를 겸업하고 있다. 조건이 비슷한 두 당직자가 번갈아 가며 한 달에 보름씩 야간 당직을 하는데, 120만 원의 보수는 적은 편이 아니라고 생각하고 있다.

아내는 '나이 들어 무슨 청승이냐'고 핀잔을 주지만, 조수복 전무는 직장 생활도, 야간 당직 생활도 할 수 있을 때까지 할 작정이다. 직장 생활을 하는 까닭에, 4대 보험에 가입할 필요가 없어서 남들보다 30만 원 정도 적은 급여를 받아도 괜찮을 만큼 경쟁력이 있기 때문이다. 게다가 해외여행을 부담 없이 떠날 수 있는 여행사 전무인지라, 한 달에 보름 정도 집 밖에서 잠을 잔다고 해도 불만이 없다는 생각이다. 돈 때문에 시작한 일이었지만, 조수복 전무는 인생의 참맛을 배우게 되었다.

아무튼 '퇴직 후 30년'의 노후 준비는 건강과 경제 중심으로 구체적이고 체계적인 계획을 세우는 것이 필요하다. 현재 다니는 직장은 몇 세쯤에 그만두게 될 것인지, 그때는 무엇으로 소득을 얼마만큼 올릴 것인지, 그리고 그 일은 언제까지 할 생각인지 계획을 세워야 한다. 앞으로 남은 직장 생활이 얼마나 남았든지, 당신이 해야 할 일은 '현재의 직장에서 얼마나 높게 올라가느냐?'가 아니라, '현재의 직장 생활을 이용해서 얼마나 더 많은 노후 준비를 하고 직장을 그만두느냐?'이다.

이제까지 70세, 혹은 80세 사망을 염두에 둔 인생 설계도를 그려 왔다면, 이제는 바꿔야 할 때다. 당신이 앞으로 90세, 100세를 살게 될 것이기 때문이다. 그렇게 되면 90세, 100세까지는 아닐지라도 최소한 80대 후반까지는 일을 하며 돈을 벌어야 한다. 그렇지만 80대 후반까지 할 수 있는 일이 그렇게 많지는 않다. 그래서 '퇴직 후 30년'의 노후 준비는 인생의 거품을 빼고, 정교하게 준비해야 한다.

| 꾸준함으로 퇴직 후 30년을 준비하자 |

퇴직 후에도 일을 하고 돈을 벌 결심을 했다면, 목표는 뚜렷해진다. 불안한 미래로부터 서둘러 탈출하는 것이다. 이런저런 이유를 대면서 주저한다면, 불확실한 미래에 대한 불안감을 계속 안고 살아갈 수밖에 없다.

스티븐 킹의 중편소설 「리타 헤이워드와 쇼생크 탈출」이 영화로 제작되었다. 영화를 연출한 프랭크 다라본트 감독은 본인 스스로 각색까지 겸했는데, 영화로 제작되면서 원제 중에서 "리타 헤이워드와"가 생략되었다. 리타 헤이워드는 영화 속 주인공 앤디 듀프레인(팀 로빈스)이 벽에 붙여놓았던 핀업걸의 이름이다. 스티븐 킹은 '리타 헤이워드'에게 쇼생크 교도소 탈출의 비밀이 있다는 뜻을 상징하기 위해서 의도적으로 제목을 붙인 것이었다.

나는 이 책의 궁극적인 제목을 이렇게 붙이고 싶다. 바로 "퇴직 후 30년"이다. 이 제목을 "리타 헤이워드와 쇼생크 탈출"식의 제목으로 해석하자면, 오늘 하루를 어떻게 보내느냐가 바로 당신의 '퇴직 후 30년'을 결정짓는다는 뜻이다. 오늘 하루에 충실한 것이 콩나물시루에 물 붓는 것처럼 당장에 효과를 나타내 주지는 않겠지만, '퇴직 후 30년' 동안 당신의 입에서 미소가 떠나지 않게 할 것이라는 예감을 믿어야 한다.

촉망받는 은행 간부 앤디 듀프레인은 아내와 아내의 정부를 살해했다는 누명을 쓰고 쇼생크 교도소에 투옥된다. 악명 높은 쇼생크 교도소에서 앤디 듀프레인은 말로 다 표현할 수 없을 정도로 큰 시련을 겪는다. 악질적인 간수와 동료 죄수들에게 짐승보다 못한 취급을 받고 갖가지 수모를 당하면서 수감 생활을 이어나가게 된다.

그러나 이야기는 거기에서 끝이 아니다. 앤디 듀프레인이 20년을 복역한 뒤 탈출에 성공하기 때문이다. 그는 돌칼을 구해서 체스의 말을 조각하는 한편, 교도소의 벽을 뚫고 지하로 파 들어가기 시작한다. 쇼생크 교도소에 입소한 지 3년이 지난 다음부터 탈출구를 파기 시작했으니, 매일 밤 잠을 뒤로한 채 17년 동안을 혼자서 작업했던 것이다.

당신은 〈쇼생크 탈출〉의 주인공 앤디 듀프레인이 맞이한 결말과 가슴 벅찬 인생을 원하는가? 그렇다면 '퇴직 후 30년'을 위한 준비를 바로 시작해야 한다. 조악한 조각칼로 지하 탈출구를 뚫어나간 앤디 듀프레인처럼, 당신도 오늘 하루를 당신이 원하는 미래를 위해 조각하기 시작해야 한다. 오늘 하루를 어떻게 보내느냐에 '퇴직 후 30년'

의 해법이 있다.

당신을 힘들게 했던 직장 상사와 당신과의 경쟁에서 승리했던 동료나 후배들이 퇴직 후에 집에서 빈둥거릴 때, 당신은 일자리가 있다는 자부심을 느낄 수 있어야 한다. 퇴직금에, 평생 모아놓은 돈까지 다 썼다고 친구들이 푸념을 늘어놓을 때, 당신은 당당하게 식사한 끼라도 대접할 수 있어야 한다. 그렇게 되기 위해 바로 이 순간 당신은 결단을 내려야만 한다.

누가 퇴직 후에 재취업을 할 수 있을 것 같은가? 누명을 쓴 울분을 참아가며, 악명 높은 쇼생크 교도소에서 지하 탈출구를 뚫던 앤디 듀프레인과 같은 간절함을 가진 사람이다. 앤디 듀프레인은 아무도 모르게 혼자서 17년 동안 벽돌을 긁고 구멍을 뚫었다. 처음에는 속도도 안 났겠지만, 계속하다 보면 해온 날이 아까워서라도 포기할 수 없게 될 것이다. 한 가지 팁을 더하자면, 인생을 살면서 느낀 모든 억울함을 모으면 '퇴직 후 30년' 준비에 절실함이 더해지고 가속도가 붙을 것이다.

6

인생의 궁극적 목표?
내 삶의 주인으로 산다

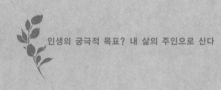
인생의 궁극적 목표? 내 삶의 주인으로 산다

준비한 만큼 보상받는다

| 건강보험과 실비보험도 준비하자 |

건강은 언제 어느 때 나빠질지 모르는 숙제이다. 따라서 안전한 노후를 위해서는 의료 실비보험과 같은 건강보험을 들어두는 것도 좋은 방법이다. 나이가 들면 갖가지 질병이 찾아들기 십상이기 때문이다.

직장 생활을 하는 청년·중년까지는 건강에 큰 문제가 발생하지 않는다. 그리고 직장 생활을 하는 동안에는 개인건강보험에 가입하지 않아도 회사에서 단체로 보장보험에 가입해주기 때문에, 설령 아프더라도 경제적으로 크게 문제가 되지 않는다.

하지만 퇴직을 하게 되면 상황은 달라진다. 우선, 직장의료보험 대신에 지역의료보험에 가입하게 되는데, 소득에 따라서 매달 몇 십만 원 정도를 납입해야 하는 문제가 발생할 수도 있다. 집 한 채와 간단한 보장성 저금만 있는 경우라도 마찬가지로 납입해야 한다. 여기에 임대소득이나 기타 수입이 있는 경우에는 부담이 더욱 커지게 된다.

문제는 그 다음이다. 국민건강보험에 가입되어 있는 상태라고 하더라도, 자신이 부담해야 하는 비용 또한 만만찮다. 그래서 필요한 것이 실비보험 같은 개인건강보험으로 현실적인 대안을 마련하자는 것이다. 나이가 들수록 중증 질환이 발병할 가능성이 높고, 치료 기간도 장기간으로 이어질 수 있기 때문이다. 70~80세에는 생활비를 마련하기조차 어려운 처지일 수도 있는데, 치료비 마련은 언감생심 꿈도 꾸지 못한다. 바로 이런 상황에 대비하기 위해서 개인건강보험이 필요하다는 것이다. 노후 준비의 중요성을 인식했다면, 개인건강보험으로 어떤 상품에 가입할지를 신중히 고려해야 한다. 실비보험에서부터 상해질병수술보장보험에 이르기까지 다양한 종류의 건강보험 상품이 있다.

따라서 건강한 노후를 위해서는 건강보험의 중요성을 인식하고 반드시 챙겨두어야 한다. 특히 의료실비 지원 보험은 직장 생활 중에 가입해두는 것이 좋다. 일반적으로 건강보험 설계사는 실직한 친구나 지인들이 손쉬운 재취업 방안으로 선택하는 경우가 많다. 그래서 인정상 약관을 제대로 읽어보지도 않고 가입을 하거나, 갖가지 핑계를 대면서 겸연쩍게 거절하기도 한다. 그러나 사정이 웬만하면 무조건 거절하기보다는 실비보험만은 꼭 가입해두는 것이 좋다. 이때 약관을 꼼꼼히 살펴보아야 함은 물론이다. 지금은 제아무리 건강에 자신이 있다고 하더라도, 건강 문제만은 결코 장담해서는 안 된다. 치명적인 질병이나 상해는 주로 직장 생활을 그만둔 뒤에 발생하기 십상이기 때문이다.

요즘 노인들이 삶의 목표로 삼는 '9988124'라는 말이 있다. '99세까지 88하게 살다가 하루 이틀 앓고 죽는 것'을 의미하는 말인데, 이 말처럼 사는 것은 거의 불가능하다. 최근 연구 결과에 따르면, 한국인들의 평균수명 80대 가운데 70년만 건강 수명이며, 나머지 10년 남짓은 크거나 작은 질환으로 인한 투병생활을 한다고 한다. 따라서 건강과 관련된 보험은 젊었을 때부터 가입해두는 것이 건강한 노후를 위한 효과적인 대비책이라고 할 수 있다.

이렇게 건강보험에 가입한 다음으로는 노령연금이나 종신보험 가입을 고려해보아야 한다. 그런데 연금이나 보험의 효과는 생각보다 크지 않을 수 있다. 화폐가치가 계속 하락하며, 물가가 급격하게 상승하는 인플레이션으로 인해, 현재의 매월 납입 금액에 비해 향후의 수혜 금액이 예상보다 낮아질 가능성이 있기 때문이다. 40여 년 전 처음으로 교육보험이 등장했을 때의 표어는 "매일 담배 한 갑 값을 불입해서, 자녀 대학 학자금을 마련하자!"였다. 그러나 20년 뒤, 수혜 금액은 물가 상승으로 인해 등록금의 절반에도 미치지 못했다고 한다. 연금과 보험이 물가 상승률을 쫓아가지 못한 것이다. 골드만삭스와 유엔 미래 보고서가 제시하는 대로 35년 뒤, 2050년의 한국 1인당 국민소득 8만 달러가 실현된다면, 매월 2백만 원씩 20년간 불입하고 40년 뒤에 2백만 원씩을 받는다고 해도, 화폐가치로는 현재의 50만 원 수준에 불과할 것이다.

향후 한국 사회가 전반적으로는 꾸준히 성장해가겠지만, 그렇다고 해도 산업 활성화가 공장증설이나 고용창출로 곧바로 연결되지는 않을 것이다. 따라서 저금리 기조는 유지될 수밖에 없고, 연금회사나 보험회사가 수익을 내기는 쉽지 않게 된다. 그러므로 연금이나 보험은 노후 생활의 최소 안전장치로만 생각해야 한다.

이러한 보험 관련 내용은 언제 어느 때나 쉽게 배울 수 있지만, 당사자 스스로 약관을 꼼꼼히 읽어가면서 자신에게 맞는 보험 상품을 찾는 노력이 필요하다.

| 저축은 과학이다 |

건강 문제를 해결했다고 해도, 또 하나 넘을 산이 있다. 바로 경제 문제다.

삼성증권 은퇴설계소의 김진영 소장은 은퇴 후 5년이 인생 후반전의 고비라고 말한다. 은퇴 후 5년을 어떻게 보내느냐에 따라 막바지 인생의 성패가 좌우된다는 것이다.

김진영 소장은 이런 설명과 함께, '은퇴 5적'을 제시한다. 구한말의 '을사 5적'은 들어봤어도 '은퇴 5적'은 낯설기만 하다. 김 소장이 말하는 '은퇴 5적'이란 창업, 사기, 건강, 부부, 자식을 가리킨다. 가족 관계를 파탄 내려는 이 무슨 망언인가 하는 생각이 들 수도 있겠지만, 실제로 대부분의 은퇴자들은 이 5적에 의해서 인생 후반전의 처음 5년을 망친다고 한다. 곰곰이 생각해보면, 충분히 일리가 있는 지적이다.

그런데 아무리 현명하고 지혜로운 은퇴자들이라도 쉽게 이겨내지 못하는 강적이 이 5적 가운데 숨어 있다고 한다. 고래 심줄처럼 대단히 질긴 생명력을 지닌 그 강적은 '은퇴 5적' 가운데 과연 어느 것일까? 바로 자식이다. 자식 이기는 부모는 없기 때문이란다.

자식은 부모와 떼려야 뗄 수 없는 공동운명체다. 부모가 자살을 할 때에도 같이 동반할 정도로 한국의 부모 자식 사이에는 강한 유대감이 존재한다. 자식의 성공은 부모의 성공이고, 자식의 실패는 부모의 실패라는 이상한 등식이 자리 잡고 있기 때문이다. 그래서 자식 뒷바라지에 들어가는 비용만은 조금도 아까워하지 않고, 밑 빠진 독에 물 붓기 식으로 쏟아 붓는다. 다 자란 자식 주변을 계속 맴돌아, 헬리콥터 부모라는 말까지 등장했다. 따지고 보면, 엄청난 스토킹이 아닐 수 없다.

15년 전쯤, 두 자녀를 미국에 조기 유학 보낸 선배가 있다. 유산도 어느 정도 물려받고 맞벌이도 해서 경제적으로 여유가 있었기에, 용단을 내릴 수 있었다. 그 시절에는 모두가 부러워했었다. 두 자녀 모두 미국 동부의 명문 사립 고등학교를 졸업했고, 아이비리그에 진학했다. 선배 말로는 자녀 한 명당 10억 원씩 총 20억 원을 투자했다고 했다. 아파트를 두 채씩이나 가지고 살던 분이 퇴직 후에 전셋집으로 이사한 것을 보니, 믿지 않을 수가 없었다.

그런데 그 두 자녀가 한국에 돌아와서 하는 일이 예상 밖이었다. 우리말이 서투른 아들은 결국 중소기업에 들어갈 수밖에 없었고, 딸은 고작 외국어 학원에서 영어를 가르친단다. 둘 다 연봉 4천만 원 수준이라고 했다. 그래도 대견한지 선배는 만날 때마다 자식 자랑이다. 하지만 곁에서 보는 사람의 생각은 다르다. 그 정도의 중소기업에 취직시키거나 외국어 학원 강사를 시키기 위해 각각 10억 원씩 들여서 미국 명문대학까지 유학 보냈을까 하는 마음이 드는 것이다. 차라리 국내에서 지방대학을 보내는 한이 있더라도, 가진 재산을 모아서 건물이라도 한 채 샀으면 얼마나 편안한 노후가 보장되었을까 하는 생각이 들었다.

안정된 노후 생활을 원한다면, 자식 교육에 전 재산을 쏟아 부을 생각을 말아야 한다. 자식이 대학에 못 들어갈 바에야 차라리 일찍부터 직업 교육을 시키는 것이 현명한 처사다. 독일 사람들은 초등학교 졸업할 무렵부터 길이 갈린다고 하고, 일본 사람들은 특별히 공부를 잘하지 않으면 부모의 기술을 물려받는 것을 당연하게 생각한다고 한다.

이미 실력으로 대학 가기 어려운 자녀를 억지로 과외다, 학원이다 보내면서 돈을 쏟아 붓는 부모가 있다. 자녀들이 부모의 기대대로 죽기 살기로 공부를 해서 좋은 결실을 맺으면 다행이겠지만, 결과가 안 좋으면 그때부터는 인생 난조가 시작된다. 심지어 어떤 부모는 거금을 들여 지방 유학까지 보낸다. 자식 사랑 반, 남의 눈치 반 때문이다. 자녀가 졸업 후에는 취업을 못해서 전전긍긍하다가 어쩌다 직장이라도 구할라치면, 고급 호텔에서 결혼식까지 시킨다. 그리고 출가한 자식에게 아파트 전세라도 구해주어야 부모 책임을 다했다며 자위한다.

그러고 나면, 대체 그 부모들은 노후를 어떻게 살아갈 것인가? 자식들이 부양이라도 해줄 것 같은가? 절대 그렇지 않다. 오히려 그런 자식들은 "다른 집 부모들은 집을 사주는데, 전셋집이 무엇이냐?"면서 부모에게 불만을 품을 게 틀림없다. 실제로 우리 주변에는 이러한 상황이 종종 벌어지고 있다.

그러기에 이제는 부모도 생각을 바꿔야 한다. 없는 돈으로 애써 자식을 가르칠 생각보다는 사회에서 자리 잡을 수 있는 기반을 마련해줄 생각을 하는 것이 옳다.

학원비, 유학비로 들어갈 돈으로 조그만 점포를 열게 해주거나, 장사를 가르치는 것도 하나의 방법이다. 물론 장사도 해본 사람이 해야 성공할 확률이 높다. 그렇다고 해서 장사에 성공한 사람들이 애초부터 장사 능력을 타고났겠는가? 도전과 실패라는 쓰라린 경험을 딛고 일어섰기 때문에 성공을 할 수 있었던 것이다. 실패가 두렵거나 불안하다면 그 어떤 것도 해낼 수 없는 법이다. 부모와 자녀가 동시에 장사를 시작해도 좋다. 함께 실패와 성공을 경험해가면서 자녀는 더욱 성장할 것이고, 그만큼 점포도 확장될 수 있을 것이다.

시중 은행들은 대부분 PB라는 제도를 운용하고 있다. PB는 Private Banking의 약자로, 은행에서 거액 예금자를 대상으로 고수익을 올릴 수 있도록 컨설팅을 해주는 금융 포트폴리오 전문가를 말한다. 은행 입장에서 보면, 기본적으로 종잣돈이라도 수중에 있는 사람이라야 도와줄 여지가 있다. 쥐뿔도 없는 사람을 도울 수는 없는 것이다. 부익부 빈익빈이 더해질 수밖에 없는 구조이지만, 은행은 영리를 목적으로 하는 기업이지 사회봉사를 하는 자선기관이 아니기 때문이다.

PB들은 비교적 정확한 투자정보를 가지고 있다. 고객들의 투자수 익에 따라 인센티브를 받을 수 있는 까닭에, 대부분 목숨 걸고 고객 의 원금을 보호하면서 수익을 내려고 한다. PB의 생명은 수익 창출 이고, 한 번 신용을 잃은 PB는 재기할 수 없다. 그래서 PB들은 전문 적인 교육을 받은 석·박사급 인재들이 대부분이며, 자신들의 네트 워크를 통해서 돈이 될 수 있는 고급 정보를 교환하기도 한다.

서민들이 부자로 넘어가기 힘든 이유는 이런 금융 전문가들을 쉬 이 만나지 못하기 때문이다. 어쩌다 아내가 몇 년 부은 곗돈을 타기 라도 하면, 남자들은 술자리에서나 얻어들은 "하더라"통신에 따라 주식투자를 하기도 한다. 또는 엉뚱하게 다른 사람들이 하는 투자처 를 쫓아갔다가 낭패를 당하기도 한다. 투자는 절대 투기가 아니다. 투자와 투기의 차이는, 결과를 알고 시작하느냐 모르고 시작하느냐 에 따라 달라진다.

그래서 금융에 대한 전문지식을 갖춘 전문가를 만날 수 있느냐 없 느냐가 중요하다. 당신의 안락한 노후를 위해서는 직장 생활을 통해 벌어들인 자본을 이용한 금융 거래가 동반되어야 한다. 이때 효과적 으로 금융 거래를 하기 위해서는 은행권의 PB들처럼 전문 지식을 가진 투자 상담사에게 조언을 듣는 것이 좋다. 그러나 신뢰 가는 금 융회사에 근무하고 있다고 모두 다 유능한 PB는 아니다. PB도 사람 이라 판단을 잘못할 수도 있고, 타이밍을 놓치기도 하며, 섣부른 조 언을 할 때도 있다. 그럴 경우, 투자자의 입장에서는 거래를 청산하 는 선택을 할 수는 있지만, 잃어버린 재산을 복구할 수는 없다. 따라서 좋은 PB를 만나기 위해서는 투자자 스스로가 PB 이상의 금융 지식을 갖춰야 한다.

그렇다면 PB 수준의 높은 안목은 어떻게 기를 수 있을까? 여러 PB들을 직접 만나보는 길밖에 없다. 일단 가까운 은행을 찾아가서 상담사에게 재무 상담을 받기 시작하라. 적금을 들지 않아도 그들은 당신의 고민을 충분히 들어줄 것이다. 그리고 당신에게 알맞은 재무 처방을 알려줄 것이다. 저축은 어떻게 해야 할지, 필요 없는 보험은 어떻게 줄여야 할지 등을 알려줄 것이다. 그리고 주택이나 부채에 관해서도 좋은 정보를 줄 것이다. PB를 만날 때에는 한 군데만 찾지 말고, 이왕이면 여러 은행을 찾아보는 것이 좋다. PB들마다 입장이 다르고, 재무 상태를 판단하는 기준이 다르기 때문이다. 이렇게 여러 명의 PB를 만나다 보면, 당신도 웬만한 수준의 재무 능력을 갖추게 될 것이다.

선배 한 분은 틈만 나면 아무 동네건 찾아가서 부동산 투자 상담을 받는다. 당장 집을 살 것처럼 이야기하고 집을 구경하기도 하며, 시세를 알아보기도 한다. 그렇게 돌아다니다 보면, 전국 집값의 흐름이 보인다는 것이다. 그렇게 시작한 그 선배는 연립주택 한 채부터 시작하여 지금은 집이 몇 채로 불어났다고 했다.

재미있는 점은, 그 선배가 처음부터 부동산 상담을 받을 생각이었던 것은 아니라는 점이다. 우연히 지인을 만나러 나갔다가 약속 장소에 너무 일찍 도착해서 시간도 때울 겸 부동산 사무실을 찾은 것이 계기가 되었다고 했다. 차나 한 잔 얻어 마실 생각이었는데, 중개인이 집을 구하러 온 줄 알고 묻지도 않은 이야기를 풀어놓기에 그냥 들고만 있었다고 한다. 그러다 보니 재미가 붙어서 틈만 나면 부동산 사무실을 들락거리게 되었다는 일화다.

처음부터 전문가는 없다. 어떤 분야에 관심을 갖고, 그 분야를 많이 알고 있는 사람들을 자주 만나기만 하면 된다. 무엇이든 물어보면 알게 될 것이고, 그러다 보면 자신도 모르게 실력이 붙게 된다. 중요한 점은 정보는 많이 청취하되, 결단은 신중하게 해야 한다는 점이다.

노력하는 시간 자체를 즐겨라

| 스스로를 지키는 무기를 만들어라 |

직장에 다닐라치면, 언젠가는 퇴사하는 날이 온다. 최고 경영층이라고 사정은 다를 바 없다. 사주가 아닌 이상, 직장을 떠나야 하는 날이 반드시 있게 마련이다. 특히 프로 스포츠 선수들은 퇴사 시기가 일반 직장인보다 더 빨리 찾아온다. 종목에 따라서 차이는 있겠지만, 일반적으로 40대가 되기 전에 계약 해지, 또는 방출의 수순을 밟게 된다. 일반 직장인들보다 더 냉혹한 퇴출 조치를 받아들여야 하는 것이다.

2013년 시즌부터 미국 메이저리그 LA 다저스에서 선발 투수로 활약하는 전 한화 투수 류현진. 류현진의 미국 진출을 도운 에이전트는 스캇 보라스이다. 스캇 보라스도 한때는 마이너리그 야구 선수였다. 그러나 스캇 보라스는 류현진만큼 좋은 경기력을 갖추지 못했다. 네 시즌을 마이너리그에서 활약한 뒤 은퇴를 하고, 로스쿨에 진학해서 변호사가 되었다. 그리고 그 경력을 바탕으로, 이제는 야구 선수들의 계약 체결을 대행해주는 에이전트로 활동하고 있다.

1952년생인 스캇 보라스는 1974년부터 세인트루이스 카디널스와 시카고 컵스의 마이너리그 팀에서 선수로 생활했다. 그리고 1977년, 아쉬움을 뒤로하고 25세 나이에 은퇴를 했다. 갑작스러운 무릎 부상 때문이었다. 청운의 꿈을 품고 마이너리그에서 야구 선수 생활을 시작한 스캇 보라스는 한두 해 경기를 뛰어보면서 자신의 기량을 자각하게 되었다. 메이저리그는 야구로 목숨을 건 선수들이 초인적인 경기력을 발휘할 때에만 버틸 수 있는 곳이다. 스캇 보라스는 일찌감치, 자기 실력으로는 메이저리그로 올라가기가 쉽지 않을 것이라고 예감했다. 그런데 마침 부상까지 겹치면서, 야구 선수로 성공하기에는 역부족이라는 결론을 내린 것이었다.

스스로의 기량을 알고 있었던 스캇 보라스는 시즌 중에도 학부 전공이었던 약학 서적을 탐독했고, 매년 9월의 프로야구 시즌이 끝나면 곧바로 대학원생으로 변신했다. 1977년 은퇴와 동시에 약학박사 학위를 취득하면서 제약회사에 취업했다. 대부분의 마이너리그 선수들이 아마추어 구단의 코치나 학교 교사가 되는 것과는 판이한 선택이었다. 제약회사에 근무하면서 스캇 보라스는 더 높은 수익을 올려야겠다는 욕심이 생겼다. 그래서 변호사 자격증을 취득할 결심을 했다. 스캇 보라스 식의 '은퇴 후 전직 준비'라고 할 수 있겠다. 마침내 변호사 자격증을 취득한 그는 로펌으로 직장을 옮겼다. 스캇 보라스의 '은퇴 후 전직 준비'는 성공이었다.

그런데 스캇 보라스의 진정한 성공은 변호사가 된 뒤에 시작되었다. 1983년, 마이너리그 시절 동료였던 마이크 피스클린과 빌 코딜의 메이저리그 진출 계약을 대행하면서, 야구 에이전트로 전업을 한것이다. 그 후 선수들에게 유리한 조건으로 계약을 체결해주면서, 구단들로부터 '공공의 적'으로 불릴 정도로 대형 에이전트로 급성장했다.

스캇 보라스는 그저 평범했던 야구 선수 출신이다. 하지만 현재 스캇 보라스보다 더 야구 구단에 영향력을 끼치는 사람은 드물고, 시간이 지날수록 그의 영향력은 더욱더 커질 것이다. 이유는 단 한 가지, 없는 시간을 쪼개서 미래를 준비했기 때문이다. 돈이든 시간이든 남는 것을 모으는 것이 아니다. 저축이라는 것은 아끼고 줄여서 미래를 위해 쌓아두는 것이다. 즉, 미래를 준비하려면 현재를 절약하여 저축해야 한다.

퇴직 후의 노후 준비는 가슴 설레며 해나갈 수도 있다. 경제적인 문제를 어느 정도 해결해놓으면, 젊어서 하지 못했던 일들을 시작할 수도 있기 때문이다. 경제적인 문제를 해결하고 나면, 자발적으로 퇴직을 하는 것도 좋다. 그리고 자신이 좋아하는 일에 매달리다 보면, 더 나은 경제 현실을 맞이할 수도 있다.

그렇지만 사람들 대부분은 자신의 장점을 모르면서 살아가기 일쑤다. 하루하루 살아가는 일에 적당히 타협하고, 그런 타협에 만족하는 습관이 들었기 때문이다. 그래서 뒤늦게나마 자신의 장점과 자신이 좋아하는 일을 알아채도, 지금까지 이룩한 성취를 포기할 수 없어 망설이게 된다.

1960년생인 재일교포 작곡가 양방언도 그런 사람 중의 하나였다. 일본 이름 료 구니히코가 더 친숙한 양방언에게 일본 생활은 언제나 갈등 그 자체였다. 일본인도 아니고, 그렇다고 한국인도 아닌 양방언은 무국적자 같은 제3국인이었다. 그래서 양방언은 일본 사회의 이방인으로 남지 않기 위해서, 대부분의 재일동포들처럼 치열한 성장과정을 보냈다. 그래서 열심히 공부했고, 일본 대학교 의과대학에 진학했다.

다른 한편으로 그는 다섯 살 무렵부터 배운 피아노를 통해 음악의 매력에 탐닉해왔다. 고등학교 시절부터는 밴드 멤버로도 활동했는데, 이미 아마추어 수준 이상의 뮤지션이었다. 처음에는 키보드 연주자로 시작했지만, 작곡과 사운드 프로듀싱에도 소질을 보였다. 결국 양방언은 대학 진학을 앞두고 의대보다는 음대에 진학하는 것이 좋지 않을까 하는 생각까지 하기에 이르렀다.

하지만 그는 '일본인들도 부러워할 만한 직업을 갖지 않으면 일본 생활이 쉽지 않다'는 아버지의 뜻을 꺾을 수 없었다. 이미 아버지의 뜻에 따라 위로 형과 누나들 넷 모두 의대나 약대에 진학했던 터였다. 양방언은 어쩔 수 없이 의과대학에 진학했지만, 음악활동을 멈추지는 않았다. 6년간의 의대 생활과 음악활동을 병행한 것은 음악에 대한 열정이 있었기에 가능한 일이었다. 그는 의학 공부를 소홀히 하지 않은 한편, 음악활동만으로도 생활할 수 있을 정도로 기량을 발전시켜 나갔다.

의과대학을 졸업한 양방언은 대학병원의 마취과 의사로 출발을 했다. 하지만 이 무렵 그의 마음은 의학보다는 음악에 기울어져 있었다. 그는 남들 알아주는 의사로 살아가느니, 차라리 생활이 조금 어렵더라도 음악인으로 살아가는 것이 낫겠다는 생각을 했다. 그래서 양방언은 아버지의 반대를 무릅쓰고 병원에 사표를 냈다. 그리고 집에서 나와 독립을 했다.

1987년부터 1995년까지, 양방언은 세션맨으로 다양한 레코딩 작업과 라이브에 참여했다. 의과대학을 다니는 동안 배우지 못했던 음악 이론과 실기를 실전에서 익혔던 것이다. 이후 록, 재즈, 클래식, 월드 뮤직, 한국 전통 음악으로 이해의 폭을 넓혀나갔다.

의사만큼 수입이 좋지는 않았지만, 양방언은 직장인처럼 음악활동을 했다. 그리고 서서히 자기가 나아가야 할 길을 알아차리게 되었다. 세션이나 프로듀싱뿐 아니라, 간간이 해오던 작곡을 본격적으로 해야겠다고 결심한 것이다. 양방언은 매일 자기 음악을 위한 투자를 시작했다. 양방언식의 '퇴직 후 은퇴 설계'였다. 양방언은 자기가 작곡한 음악이 세계 각국에서 연주되는 모습을 상상하며, 모진 어려움을 이겨나갔다.

1996년, 36세의 양방언은 일본에서 첫 솔로 앨범인 〈The Gate of Dreams〉를 발매했고, 이후 여덟 장의 앨범을 더 출시했다. 그리고 그 사이 런던 필하모닉 오케스트라를 비롯한 세계적인 관현악단과 협연을 했고 한국과 일본, 중국, 홍콩을 무대로 다양한 음악활동을 전개하고 있다. 음악만이 행복을 줄 것이라는 믿음이 실현된 것이다.

양방언의 삶에서 확인할 수 있는 것은, 의사의 길을 접고 자신이

하고 싶은 음악의 길을 걸어간 것이 아니다. 앞에서 말했듯이 어떠한 분야든 10년 이상 굳은 의지로 매진하게 되면 좋은 결실을 맺을 수 있다는 것이다.

세상에는 안정된 전공 대신 새로운 길을 택해서 성공한 사람들이 무수하다. 그 사람들의 공통점은, 충분한 준비 시간을 가지고 철저하게 노력해서 원하는 목표를 달성했다는 것이다. 그리고 그들은 세상의 기준으로 퇴직을 한 것이 아니라, 자기 스스로 자기 업무에서 자신을 퇴직 시켰다.

100세 인생의 전반기 20~30년 동안 직업으로 해온 일을 60세 이후에도 지속하기는 쉽지 않다. 그러므로 직업 정년을 맞이하기 전에, 새로운 일에 대한 준비를 시작하는 것은 지극히 자연스러운 과정이다. 물론 그런 준비 작업을 현재의 직장 생활과 병행한다는 것 또한 쉽지 않다. 그러나 미래에 맞이할 즐거움과 풍요로움을 상상한다면, 하루하루의 고통과 어려움쯤은 능히 극복할 수 있을 것이다.

| 자신이 좋아하는 일에 시간을 투자하라 |

퇴직 이후에 자신이 할 일을 선택할 때, 취미가 곧 특기가 되는 것처럼 바람직한 것은 없겠다. 자신이 좋아하는 일에 시간을 꾸준히 투자한다면, 이윽고 좋은 결실이 뒤따르게 마련이다.

미국의 유명 작가 존 그리샴은 1955년생으로 미시시피 대학 법과 대학을 졸업한 후, 테네시 주에서 변호사로 출발했다. 미국 사회에서도 변호사는 기득권층이라, 존 그리샴은 10년간 변호사 생활을 하면서 부와 명성을 얻었다. 게다가 존 그리샴은 28세이던 1983년에는 테네시 주 하원의원에 당선되었던 터라, 권력에도 접근한 경험이 있었다. 그런데 1984년, 평범한 변호사 존 그리샴은 운명적인 사건과 만났다. 법정에서 우연히 배심원단 전원이 눈물을 흘리고 있는 모습을 목격하게 된 것이다. 궁금증이 증폭된 존 그리샴은 피해자 진술을 경청해보기로 마음먹었다. 그리고 그 사건은 존 그리샴의 인생 후반기를 뒤바꾸게 하는 전기가 된다.

그 사건은 10대 소녀 강간 폭행 사건이었다. 어린 소녀는 울면서 상황을 이야기했고, 배심원단은 눈시울을 붉히면서 그 이야기를 듣고 있었다. 사건을 충분히 파악한 존 그리샴은 그 이야기를 〈뉴욕 타임스〉에 폭로했다. 그리고 그는 "만약 소녀의 아버지가 가해자를 살해한다면, 어떤 일이 발생할까?" 하는 엉뚱한 상상을 하게 되었다.

문학 교육을 받은 적도 없는 존 그리샴이었지만, 사건이 준 충격은 강한 영감이 되었다. 존 그리샴은 매일 책상머리에 달라붙어서, '소녀의 아버지가 가해자를 살해하는 개연성'을 글로 옮겨나갔다. 그렇게 3년의 시간이 흘렀다. 존 그리샴은 낮에는 변호사로, 퇴근 후에는 세 시간씩 상상력을 발휘해서 글을 쓰는 예비 소설가가 되어가고 있었던 것이다.

시간이 흐르면서 점점 상황이 구체화되었다. 인물의 성격이 명확해지고, 표현과 서술이 점점 실감나게 살아났다. 3년간 똑같은 내용을 수도 없이 썼다 지우기를 반복했으니, 당연한 일이었다. 그렇게 한 사건에 매달리면서 존 그리샴은 나름대로 소설 작법과 문체를 터득하게 되었고, 마침내 『타임 투 킬(A Time to Kill)』이 완성되었다. 그러나 완성된 원고는 출판사들로부터 28번의 퇴짜를 당하며 바로 출판되지 못했다. 결국 『타임 투 킬』은 1989년에 무명의 군소 출판사에서 출판되었다. 그럼에도 존 그리샴은 실망하지 않았다. 출판 자체에 고무되어 벌써 두 번째 작품을 준비하고 있었다.

두 번째 작품 『그래서 그들은 바다로 갔다(The Firm)』를 쓸 무렵, 존 그리샴은 남은 인생의 주객을 바꿨다. 주로 글을 썼고, 최소한의 생계를 유지하기 위한 변호 업무만 했다. 이 작품은 출판되자마자 뉴욕 타임스 베스트셀러에 올라 47주간 머물렀고, 1991년 미국 베스트셀러 1위 작품으로 선정되었다. 이후 존 그리샴은 작가 활동을 위해 변호사 업무를 접었다. 2012년 기준으로, 존 그리샴은 26권의 장편소설을 출간했고, 전 세계적으로 2억 7천5백만 권 이상의 책을 팔았다.

모든 사람이 존 그리샴처럼 일거에 성공할 수는 없다. 그렇지만 자신이 좋아하는 일에 오랜 시간을 투자하다 보면, 누구나 웬만큼은 성공할 수 있다. 존 그리샴은 변호사였던 자신의 직업을 살려 법정소설을 주로 발표하고 있다. 변호 업무 때문에 처음에는 세 시간씩만 할애하여 글을 썼지만, 결국에는 전업작가로 돌아섰다. 이처럼 '퇴직 후 노후 준비'에는 정해진 규칙이 따로 없다. 자신이 좋아하는 일을 하다 보면 시간이 늘어날 수 있고, 전업으로 바뀔 수도 있는 것이다.

| 집중하다 보면, 자연히 시간이 늘어난다 |

흔히들 '좋아하는 일을 하게 되면 시간 가는 줄 모른다'는 말을 하곤 한다. 또는 시간이 얼마 지나지 않은 것 같은데도, 실제로는 훌쩍 많이 흐른 경우도 종종 경험한다. 그만큼 그 일에 몰두해 있다는 뜻이며, 시간이 많이 흘러도 알아채지 못할 만큼 그 일을 즐기고 있다는 뜻이다. 이처럼 자신이 좋아하는 일을 하다 보면, '퇴직 후 노후 준비' 시간이 늘어날 수 있으며, 생각지 않은 결과를 얻을 수 있는 것이다. 이러한 경우를 잘 보여주는 또 한 사례가 있다. 바로 폴 포츠가 그 주인공이다.

2013년 제작된, 영국과 미국의 합작 영화 〈One Chance〉는 말 그대로 로또 당첨처럼 한 방에 인생 역전에 성공한 한 남자의 이야기이다. 현존 인물, 그것도 영화 제작 당시 43세에 불과한 성악가의 일생을 영화화한다는 것은 극적인 요소가 없으면 불가능한 일이었다. 그런데도 살아온 날보다 살아갈 날이 더 창창한 폴 포츠의 전반기를 영화로 제작한 이유는 〈One Chance〉라는 영화 제목에 담겨 있다. 사실 〈One Chance〉는 영화 제목이기에 앞서, 폴 포츠가 발표한 첫 번째 독집 앨범의 제목이기도 하다. 폴 포츠는 자신의 운명이 단 한 번의 기회를 통해서 송두리째 뒤바뀌었다고 말하고 있으며, 영화 제작자들 역시 그것에 초점을 맞추고 있다.

1970년생인 폴 포츠는 2007년 6월 9일, 〈브리튼즈 갓 탤런트(Britain's Got Talent)〉에 출연하기 전까지 평범한 휴대전화 판매원에 불과했다. 그런데 완전히 평범했다고만 말할 수도 없는 이유가 있다. 그는 노래 부르기를 미친 사람처럼 좋아했기 때문이다. 사실 폴 포츠는 음악 전공자도 아니었다. 자신의 우상 루치아노 파바로티가 교장으로 있는 베니스 음악학교를 졸업하긴 했지만, 실제 폴 포츠의 전공은 인문학이었다. 폴 포츠는 성 마가와 성 요한 플리머스 칼리지에서 음악과 관련 없는 공부를 했다. 어린 시절의 폴 포츠는 어린이 합창단에 입단하여 노래를 불렀고, 성인이 된 뒤에도 오페라 가수의 꿈을 간직하고 있었다. 볼품없는 외모 때문에 무수한 따돌림도 당했지만, 그럴수록 음악에 대한 폴 포츠의 열정은 더욱 깊어만 갔다.

폴 포츠는 그렇게 수모를 당하면서도 끊임없이 오페라 무대를 기웃거렸다. 그 열정이 가상해서인지, 작은 역할들을 맡게 되면서부터 역량을 끊임없이 키워나갔다. 이때까지 폴 포츠는 '퇴직 후 노후 준비'를 시작한 것은 아니었다. 그냥 노래가 좋아서, 열심히 노래를 부른 것뿐이었다. 전공을 한 것도, 탁월한 기량을 가진 것도 아니었지만, 폴 포츠는 노래를 부를 때마다 점점 실력이 향상되는 것을 스스로 느낄 수 있었다.

1999년 푸치니의 투란도트에서 페르시아 왕자 역을 시작으로 조금씩 비중 있는 역할을 맡기 시작했다. 폴 포츠의 '퇴직 후 노후 준비'는 점점 시간이 늘어났다. 바로 이때, 폴 포츠의 운명을 바꿀 대사건이 벌어졌다. 폴 포츠가 〈브리튼즈 갓 탤런트〉의 오디션에 나가게 된 것이다. 오페라를 부를 외모가 아니었던 폴 포츠는 푸치니의 「네순 도르마(Nessun dorma : 공주는 잠 못 이루고)」를 불렀고, 방청객 2천여 명의 열렬한 기립박수를 받았다. 그리고 그 여세를 몰아서 준결승을 통과하고, 결국 결승에서 최후의 승자가 되었다.

2007년 〈브리튼즈 갓 탤런트〉에서 우승한 이후, 폴 포츠는 전반기와 전혀 다른 대역전의 인생을 살게 되었다. 첫 번째 출전 영상은 유튜브 누적 1억 건이 넘는 조회 숫자를 기록했고, 2007년 발매된 1집 앨범 〈One Chance〉는 전 세계적으로는 5백만 장 이상이 판매되었다. 그리고 2009년 4월 2집 앨범 〈Passione〉, 2010년 9월 세 번째 앨범인 〈Cinema Paradiso〉까지 계속 밀리언셀러를 기록했다. 그에 힘입어 폴 포츠는 세계 각국을 돌면서 순회공연까지 하고 있다.

애초의 폴 포츠는 노래로 꼭 성공해야겠다는 생각을 한 것이 아니었다. 자신이 좋아하는 일을 열심히 한 것뿐이었다. 폴 포츠는 틀림없이 자신이 정해놓은 시간을 억지로 채우는 성악 노동자가 아니었다. 노래가 좋아서 부르다 보니 세 시간을 훌쩍 넘어 네 시간, 다섯 시간을 넘겼을지도 모를 성악 애호가였던 것이다. 노동자의 산물과 애호가의 결실은 전혀 다른 법이다.

폴 포츠의 성공 사례는 귀감이 된다. 무엇보다 자신이 좋아하는 일을 찾는 것이 제일 중요하다. 그리고 할 수 있는 것부터 하나씩 시작하고 조금씩 연습량을 늘려나가다 보면, 결실을 얻게 된다. 성공의 원리는 이처럼 극히 간단하다. 좋아하고 자주 하면 잘 하게 되고, 결국 성공하게 되는 것이다.

이상적인 '퇴직 후 노후 준비'도 마찬가지이다. 자신의 적성, 취향과 맞는 일을 찾아 매달리다 보면, 모르는 사이에 시간이 늘어날 수 있다. 당신의 '퇴직 후 노후 준비'도 시간이 언제 지나갔는지도 모를 정도로 몰입할 수 있는 일에 쏟아 부어야 한다. 그런 일이 계속 이어졌다면, 당신은 노후에 건강하고 풍요로울 것이다.

인생 전체의 틀 안에서 움직여라

| 자존심을 버리고 목표에 매진하라 |

얼마 전, 퇴직을 하고 2년 계약직으로 고용된 타 직종 선배와 잠깐 이야기를 나눈 적이 있다. 선배는 58세에 퇴직을 한 동료들 가운데, 운이 좋은 편이라고 했다. 퇴직 전과 비교할 수는 없지만 매달 꼬박꼬박 급여도 받고, 4대 보험까지 들어주니 새삼스럽게 회사에 고마움을 느낀다고 했다. 그런데 그 선배는 전 직장에서 '어떻게 되겠지' 하는 막연한 심정으로 퇴직을 맞았더니, 비참하기가 이를 데 없었다고 했다. 왕년의 자기는 어떤 면에서든 남부럽지 않은 사람이었는데, 지금은 이 회사에서 월급 140만 원을 주는 2년짜리 계약직으로 고용해준 것만으로도 감지덕지해야 하는 처지가 되어버렸다며 신세타령을 했다. 선배는 흥청망청 돈 쓰고 다니며 시간 아까운 줄

모르고 허비한 벌을 지금 와서 받고 있는 것 같다며 너무 슬프다고 도 했다.

그러면서 한 마디 덧붙이는 것이 아파트 관리인과 식사를 하면서 술값을 낸 이야기를 해주었다. 선배는 자신이 두 살이나 많고, 아파트 입주자인 자신이 당연히 술값을 지불해야 할 것이라고 생각했다고 했다. 그런데 이야기를 나누다 보니, 월 140만 원 받는 자신보다 아파트 관리인이 40만 원씩을 더 받고 있다는 것이었다. 체면이고 뭐고 간에, 앞으로는 아파트 관리인에게 술값을 내라고 하든지, 같이 술을 마시지 말든지 해야겠다고 진담 섞인 농담을 했다.

선배는 퇴직 전에는 수십만 원씩 되는 술자리에서 벌떡 일어나 카드를 긁는 호기도 부렸고, 택시를 타면 거스름돈 1~2천 원 정도는 아예 받지도 않았다고 했다. 그런데 막상 퇴직을 하고 보니, 세상 냉혹하기가 상상했던 것 이상이라며 준비가 꼭 필요하다고 내게 신신당부를 했다. 무엇보다 퇴직 직전에는 직장 생활 중에서 가장 높은 급여를 받다가 퇴직 이후에는 실업자가 되다 보니, 경제적 체감도가 극과 극이라는 것이었다.

준비와 노력은 여유가 있을 때 해야 한다. 나이가 조금이라도 더 들수록 체면과 허세를 버려야 한다. 멋진 선배, 좋은 후배가 되는 것도 좋지만, 이런 것들은 정말로 빛 좋은 개살구일 뿐이다. 퇴직 후에도 남에게 손 안 벌리고 살아가려면, 무엇이든 할 수 있는 노후 준비를 해야 한다. 그래도 나중에는 시간이 부족하고, 준비도 모자란다고 느낄 것이다. 60세에 퇴직하고, 100세까지 장수하면 어떻게 살아야 하겠는가? 저축과 절약만으로는 해결할 수 없다. 늙어서도 할 수 있는 일을 찾아서 무엇이든 해야 한다.

100세 장수 시대를 조금이라도 더 잘살기 위해서는 버릴 것은 자존심, 찾을 것은 목표이다. 노후 준비를 위한 노력의 사례는 아니지만, 자존심을 버리고 목표를 찾은 사람이 있다. 독립운동가 도산 안창호 선생이다. 안창호 선생은 자신의 목표를 달성하기 위해서, 과감하게 자존심을 내팽개쳤다. 안창호 선생의 사례는, 목표를 달성하기 위해서는 어떠한 자세를 가져야 하는지를 단적으로 보여준다.

1902년, 24세의 안창호는 미국으로 유학을 갔다. 미국 가정의 청소부와 공사장의 막노동을 하면서 영어를 배우기 시작했다. 그리고 25세의 나이에 미국 초등학교에 입학을 했다. 안창호는 미국에서 살아남기 위해서는 영어를 잘해야 된다는 것을 깨달았다. 미국에 가기 전 안창호는 조선에서 '점진학교'라는 보통학교의 교장 선생이었다. 아무리 후진국이라고는 하지만, 조선에서는 학교 교장이었던 것이다. 그렇지만 영어를 배울 욕심에 안창호는 미국의 초등학교에 입학하는 것을 부끄러워하지 않았다. 안창호가 진정으로 수치로 여긴 것은 근대화를 이루지 못해 조국 조선이 식민지의 위기에 빠진 것이었다. 안창호는 자기 한 사람만 자존심을 내려놓으면, 그래서 자신이 영어를 배우고 미국의 선진 교육 시스템을 배우면, 조선을 회복시킬 수 있다고 굳게 믿었다. 그래서 가장 쉽게, 그리고 정확하게 영어를 배울 수 있는 방법으로 25세에 미국 초등학교에 입학하는 용기를 낸 것이었다.

이렇듯 진정한 자존심은, 배워야 할 때 배우는 것을 주저하지 않고 용기를 내는 것이다. 100세 시대를 제대로 살기 위해서는 끊임없이 배워야 한다. 이를테면 올해 100세가 된 노인이 있다고 가정하자. "지금 내가 100살인데, 컴퓨터는 배워서 뭐 해?" 하며 배우지 않는다면, 컴퓨터를 전혀 사용할 줄 모를 것이다. 컴퓨터 없이도 살 수는 있겠지만, 컴퓨터를 알면 100세의 삶이 더 재미있고 즐거울 텐데 말이다.

지금 30대, 40대가 100세를 맞을 때에는 더 놀랍고, 더 새로운 기술들이 등장할 것이다. 따라서 100세를 만끽하기 위해서는 배우는 것을 결코 주저하지 말아야 한다.

| 내 인생의 경영자가 되어라 |

사물을 바라보는 기준이 바뀌면 사물의 활용법도 달라진다. 그것은 사소한 변화처럼 보이지만, 실제로는 말로 표현하지 못할 정도의 변화를 불러온다.

여러 번 강조했지만, '퇴직 후 노후 준비'는 직장에 내맡겼던 인생의 주도권을 되찾아오는 것이다. 즉, 직장형 인간에서 자립형 인간으로 탈바꿈하는 것을 말한다. 저축을 하는 사람들의 목표는 돈을 많이 모으는 것이다. 돈을 많이 모으는 이유는 돈으로부터 자유로워지기 위해서다. 돈이 없으면 돈에 끌려 다니거나 돈을 꿔주는 사람에게 끌려가게 된다. 그러다 보면 사람이 약해지고, 의존적이 된다. 직장 생활을 오래 한 사람들은 매달 월급을 쥐어주는 직장에 코뚜레를 꿰인 황소처럼, 코 하나만 뚫렸는데도 큰 덩치를 마음대로 움직이지 못하고 끌려 다닌다. '퇴직 후 노후 준비'는 이런 상황을 맞지 말자고 시작하는 자기 능력 계발이다.

저축왕 이야기를 예로 들어보자. 2013년 10월 29일, 배우 현빈이 저축왕 표창을 수상했다. 일반적으로 연예인들은 저축왕 표창을 달 가워하지 않는다. 세금도 많이 내야 할 뿐만 아니라, 대중들로부터 필요 이상의 관심을 끄는 것이 불편하기 때문이다. 그런데도 현빈은 '제50회 저축의 날' 행사에서 저축과 관련해서 대통령 표창을 수상했다. 저축하고, 세금 꼬박꼬박 내고 돈 모은 사실을 굳이 숨길 필요가 없다고 생각했던 것이다.

현빈은 지난 17년 동안 연예 활동을 하며 35억 원을 저축했다. 현빈이 저축을 한 것은 대중들이 자신에게서 관심을 돌릴 때를 대비하기 위해서이다. 연예인들은 어느 날 갑자기 대중들의 마음이 돌아서면 바로 실직이다. 그렇다고 어제까지 고급 승용차를 타고 매니저를 대동하고 다니다가, 갑자기 오늘부터 버스를 타고 돌아다닐 수 있는 것도 아니다. 아무런 준비 없이 그런 최악의 상황을 맞이한 연예인들은 극단적인 선택을 하기도 한다. 현빈이 저축을 열심히 한 것은 그런 미래를 대비한 것이다. 이것이 바로 자신의 인생을 제대로 통찰하고 미래를 예측한 것이라 할 수 있다. 즉, 인생의 경영자로 주도적인 삶을 사는 것과 같다.

그렇다고 모든 연예인이 현빈처럼 많은 돈을 저축하는 것은 아니다. 알려진 바에 따르면, 대부분의 연예인들은 자신들의 전성기가 언제까지든 지속될 것이라는 착각에 빠져 산다고들 한다. 그래서 미래에 대한 대책이나 준비에 소홀한 채 몰락의 순간을 맞이하기 일쑤다. 현빈은 연예인 치고는 조금 독특한 경우이지만, 따지고 보면 그의 저축성은 일반인 저축왕들의 보편적 특징과 별다를 것도 없는 것이다.

'퇴직 후 노후 준비'도 마찬가지다. 일단 직장 생활에 전념하고 나서, 퇴직 이후는 그때 가서 생각해보겠다고 하면 큰 오산이다. 그렇게 안이한 생각으로는 '퇴직 후 노후 준비'를 제대로 할 시간을 놓치고 만다. 퇴직은 날벼락같이 찾아올 수도 있는 것이다.

설령 운이 좋아서, 정년퇴직이라는 호사를 누리게 된다 해도 문제이다. 그런 좋은 직장에 다니다 보면, 어제는 주요 거래처와 술 약속, 오늘은 동창회, 내일은 돌잔치 등등 '퇴직 후 노후 준비'를 할 수 없는 이유들이 날마다 생겨난다. 그러므로 저축하듯이 '퇴직 후 노후 준비' 시간을 맨 먼저 떼어놓고, 나머지 시간들은 그 다음에 할당해야 한다.

어쨌든 '퇴직 후 노후 준비'의 필요성을 느꼈다면, 직장 생활 중심으로 좌지우지되었던 당신의 하루를 다시 돌아봐야 한다. 당신 인생의 주인은 바로 당신이다. 어떤 누구도 당신의 인생을 설계해주고 대신 살아주지 않는다. 직장도 마찬가지다. 직장의 오너가 당신의 인생을 책임져주지 않는다. 스스로 하루의 업무 계획을 짜야 하고, 직장 외의 시간도 스스로 계획해야 한다. 즉 하루의 주인이 되어 인생을 경영한다 생각하고, '퇴직 후 노후 준비'를 일정표에 넣어 실천해야 한다.

이런 이야기를 하면, '퇴직 후 노후 준비'가 직장 생활이나 가정생활보다 더 중요한 것이냐고 반문할 수도 있다. 물론 미래의 노후 대책이 현재의 직장 생활이나 가정생활보다 더 중요하다는 것은 아니다. 오늘이 있어야 내일이 있는 것이므로, 현재 다니는 회사와 가족들에게 최선을 다해야 한다. 그렇지만 10년 뒤, 20년 뒤의 미래도 간과해서는 안 될 중요한 과제라는 것이다. 지금 다니는 직장은 오늘의 양식을 제공해주는 중요한 곳이지만, 당신의 미래까지 책임져주지는 않기 때문이다.

'퇴직 후 노후 준비'의 필요성을 실감할 수 있는 좋은 사례가 있다. 서울 시내 대형 교회들이나 사찰들에서 매일, 혹은 일주일에 한두 번씩 하는 단체 급식이다. 예전에는 노숙자들이 주로 단체 급식을 받았지만, 요즘은 평범한 차림새의 노인들도 단체 급식을 받겠다고 줄을 선다. 재미삼아, 간식삼아 받아 쥐는 모양새가 아니다. 치열한 정도를 따지자면, 6·25 한국전쟁 때 구호품 받으려고 줄을 섰던 그 이상이다.

배급 관계자들에 따르면, 정말로 한 끼를 채울 요량으로 받는다는 것이다. 어떤 노인들은 그렇게 받은 급식 한 끼만으로 하루를 때우는 경우도 있다고 한다. 손바닥 크기의 떡 한 덩어리와 음료수 한 캔 정도를 받아 쥔 채로, 노인들 대부분은 분주하게 지하철이나 버스로 이동한다. 65세 이상은 대중교통이 무료인 까닭에 서로 주고받은 정보를 바탕으로, 무료 급식을 제공하는 또 다른 배급처로 이동을 한다는 것이다.

무료 급식에 나서는 노인들의 평균 연령은 75세 이상이라고 한다. 70세 전후의 노인들은 구청의 취로사업에라도 나서서 할 수가 있지만, 그 이상의 연령대는 갑작스러운 건강 이상이 발생할 수도 있는 까닭에 일용직 구직도 수월하지가 않다. 그래서 교회나 사찰들에서 베푸는 단체 급식을 찾아 나서게 되는데, 말 그대로 생존투쟁 의지가 치열하게 느껴진다.

준비 없이 노년을 맞이하게 되면, 이렇게 급식현장을 넘나들어야 한다. 그것도 그나마 건강이 허락해야 가능한 일이다. 70세, 80세에 급식을 구걸하기 위해 떠돌아다녀야 한다면 그 얼마나 비참한 인생인가?

그러므로 하루라도 빨리 '퇴직 후 노후 준비'를 시작해야 한다고 강조하는 것이다. 그것은 자기 인생의 주도권을 다시 되찾아오는 작업이자, 자기 인생을 스스로 경영하는 과정이기도 하다. 당신 인생의 주도권은 바로 당신 자신에게 있다.

차근차근히 준비하라

| 퇴직 후 노후 준비는 일종의 저축 |

건강하고 여유 있는 노후 생활을 맞이하기 위해서는 '퇴직 후 노후 준비' 시간을 반드시 지속하겠다는 의지가 필요하다. '퇴직 후 노후 준비'의 원금이 바로 그 결연한 의지다. 그렇지만 시간이 지나고 나면, 그 의지는 상상도 못할 이자를 선물로 가져다줄 것이다. '퇴직 후 노후 준비' 시간을 반드시 지켜내려는 굳센 의지만 있다면, 이자가 원금보다 더 많은 희열을 맛볼 수도 있다.

인생 전체를 놓고 봤을 때, 자신에게 투자한 원금만큼 효과를 보는 경우가 얼마나 될 것 같은가? 원금 회수 정도의 삶을 살았다고 생각하는가? 아니면 원금도 잃은 삶이었다고 생각되는가? 아직은 섣불리 그것을 판단할 수는 없다. 아직도 살아갈 날이 많은 만큼, 현재의 삶이 비록 만족스럽지 않더라도 끊임없는 노력만 한다면, 원금보다 더 많은 이자를 받는 삶을 살 수 있다. 우리는 이러한 삶을 추구하기 위해서 현재도, 앞으로도 인생에 대한 투자를 하는 것이고, 그 결과에 좌절 또는 환희를 맛보게 되는 것이다. 중요한 것은 그 어떤 노력도 지금 당장을 위해서가 아니라 은퇴 후까지의 미래를 생각해서, 나아가 인생 전체를 고려해서 해야 한다는 것이다.

우리는 사춘기 시절에 인생의 중대한 기로를 맞는다. 10대 후반의 대학 입시가 바로 그것이다. 당시에는 대학의 중요성을 깨닫지 못한다. 그렇지만 사회생활을 하면서부터는 대학이 얼마나 중요한지를 깨닫게 된다. 대학은 한낱 4년간 전공을 정해서 배우는 교육기관이 아니다. 과장해서 말하자면, 대학은 한국에서 사회적 신분을 결정짓는 기준이다.

그리고 4, 50대에 접어들게 되면 또 한 번의 중대한 기로를 맞게 된다. 60세 이후의 삶을 어떻게 살아가야 할까 하는 인생 후반전의 문제에 봉착하게 되는 것이다. 대부분의 사람들은 인생 후반전의 중요성을 제대로 인식하지 못한다. 퇴직 후에 맞게 될 상황을 미리 체험할 수가 없기 때문이다. 그렇지만 60세 이후의 후반전은 대학 입학으로 결정되는 사회적 신분과는 비교할 수가 없는 수준이다. 노후에도 생존할 수 있느냐 없느냐가 판가름 나기 때문이다.

2, 30대의 젊은 시절에는 명문대학 출신이냐 아니냐로 인해 우월감이나 열등감이 엇갈리기도 한다. 그렇지만 60세 이후의 후반전은 그 정도의 심리적 우열과는 비교할 수 없다. 노후 준비를 잘했느냐 못했느냐에 따라 생존이 결정되기 때문이다. 그래서 더욱 경제적인

능력을 강조하는 것이다. 앞에서도 설명했지만, 우리나라는 OECD 국가 중 노인 자살률 1위이다. 이것이 노년의 경제적 상황과 관련이 없다고는 아무도 말할 수 없다.

그렇다고 '퇴직 후 노후 준비'를 너무 부담스럽게 여길 필요는 없다. 오히려 보물찾기를 하는 것처럼, 희망과 기대를 가지고 '퇴직 후 노후 준비'를 시작해야 한다. 지금 저축한 매일 매일의 '퇴직 후 노후 준비'는 '퇴직 후 30년'을 보장할 것이다.

일본의 잘 나가던 사업가 마쓰다 미쓰히로의 경우가 자신의 노후를 견딜 무언가를 찾은 좋은 사례라고 할 수 있다. 마쓰다 미쓰히로는 사업에 실패한 후, 폐인 생활을 했다. 그렇게 1년을 보낸 그는 이렇게 살면 안 되겠다는 결심과 함께, 집안 청소를 시작했다. 청소만 세 시간을 했다. 주변의 환경이 깨끗해지자, 그는 다시 열심히 살고 싶다는 생각이 들었다고 한다. 그래서 청소를 직업으로 삼으며, 청소에 관한 책을 써서 성공한 삶을 살고 있다. 책의 제목은 『청소력』, 청소의 힘이었다. 책은 베스트셀러가 되어 그의 삶에 기적으로 다가왔다.

뭐든 좋다. 취미든, 특기든, 호기심이든, 날마다 '퇴직 후 노후 준비'를 끌고 나갈 무언가를 찾아야 한다. 그것을 지속하다 보면, '퇴직 후 30년'을 견뎌낼 힘을 갖게 된다. '퇴직 후 노후 준비'의 기적은 다름 아니라 '퇴직 후 30년'이 '직장 생활 30년'보다도 더 화려해지는 것을 가리킨다. '퇴직 후 노후 준비'를 꾸준히 하다 보면, 상상도 못한 기적의 순간이 갑자기 찾아올 수 있다는 것을 잊지 말기 바란다.

| 하루 세 시간 노력의 힘 |

무리하게 '퇴직 후 노후 준비'를 하다 보면, 금세 지치고 만다. '퇴직 후 노후 준비'의 궁극적인 목적은 돈만이 아니다. 좋아하는 일을 찾아 하면서 건강을 지키고, 여유 있는 노후를 맞이하는 것이다. 돈만 쫓다 보면 자괴감에 빠지게 되거나, 여생이 비참하게 느껴질 수 있다.

가정주부라도 자기 변신을 통해서 새로운 인생을 살 수 있다. 남편과 자녀들 사이에서 자기 정체성을 잃고 살다가는, '빈 둥지 증후군'이나 노년 우울증에 빠지기 십상이다. 그러기 전에 '퇴직 후 노후 준비'를 하는 습관을 길러야 한다.

전업주부로서 취미생활로 책을 읽고, 글을 쓰다가 인생이 바뀐 사람이 있다. 바로 작가 박완서이다. 대한민국 대표작가인 박완서의 사례를 평범한 사람들의 노후 생활 준비 모델로 삼으라고 말하려는 것은 아니다. 노력하면 분명 결과가 있다는 증거로 삼으려는 것이다.

1931년생이었던 박완서는 거의 40세 무렵에야 뒤늦게 작가로 데뷔했다. 문화센터에서 소설 관련 강의를 수강해본 적도 없고, 스승을 모시고 문학수업을 받은 것도 아니었다. 문학과 관련된 이력이라고는 6·25 한국전쟁으로 한 학기 만에 중퇴한 대학 국문학과 신입생 석 달 수업이 전부였다.

1970년, 평범한 가정주부였던 박완서는 『여성동아』의 장편소설 현상공모에 『나목』이라는 작품으로 응모했다. 『나목』은 6·25 한국전쟁 시절, 미군 부대 PX의 여종업원과 초상화를 그리던 화가의 사랑 이야기를 소재로 한 작품이었다. 『나목』은 호평을 받으며 당선되었고, 박완서의 운명은 하루아침에 뒤바뀌었다.

1970년 39세의 나이에 작가로 데뷔한 박완서는 2011년 80세의 나이로 타계할 때까지, 한국문학에 경종을 올리는 작품을 쉬지 않고 쏟아냈다. 박완서는 잡지사의 원고청탁을 받고도, 원고를 직접 전달하지 못해서 딸에게 대신 부탁할 정도로 수줍음 많은 아주머니였다. 19세에 서울대학교 국문학과를 한 학기 다니다가 6·25 한국전쟁을 맞이한 박완서가 불혹의 나이에 이르기까지 한 일은 아내와 어머니로 산 것뿐이었다.

그럼에도 불구하고 박완서는 39세에 처녀작 『나목』을 발표하고 난 뒤, 한국 문단에 한국전쟁, 여성문제, 사회문제 등에 대해서 획을 긋는 소설들을 발표해냈다. 박완서의 소설 전성기는 50대부터 60대 후반이었고, 70대에도 작품 활동은 물론, 주요 문학상의 심사위원으로 활동을 했다. 그렇다고 박완서가 아내와 어머니의 역할을 등한시한 것은 결코 아니다. 박완서의 자녀들은 모두 서울대학교를 졸업하고 한국 사회의 중추적 역할을 하는 인물들로 성장했다.

박완서의 작품 연보를 보면, 놀라운 사실을 곳곳에서 발견할 수 있다. 박완서는 데뷔 7년이 지난 46세에 장편소설 『도시의 흉년』과 『휘청거리는 오후』(1977)를 동시에 출간했다. 그 사이 중단편을 여러 편 발표하기도 했지만, 평단과 독자들에게 주목받은 장편들은 50세 전후에 본격적으로 발표한 것들이다. 47세에 『목마른 계절』(1978), 51세에 『오만과 몽상』(1982)을 내놓은 박완서는 59세에 『미망』(1990), 61세에 『그 많던 싱아는 누가 다 먹었을까』(1992)를 출간했다.

할머니가 된 박완서는 63세 때, 손자들이 읽을 수 있는 동화집『부숭이의 땅힘』(1994)을 펴냈다. 그리고 64세에는 수필집『한 길 사람속』(1995), 66세에는 티벳·네팔 여행기『모독』(1997)을 발표했고, 67세에는『어른 노릇 사람 노릇』(1998), 68세에는 묵상집『님이여, 그숲을 떠나지 마오』(1999)를 출판했다. 물론 그 사이에도 끊임없이 중단편 창작집과 장편소설을 선보였지만, 중요한 점은 나이가 들어갈수록 박완서의 창작 활동의 폭이 넓어졌다는 점이다.

문학상 수상 경력이 곧바로 작가적 역량을 입증하는 증거가 될 수는 없겠지만, 박완서는 한국의 대표적인 문학상들을 거의 다 섭렵했다. 불혹의 나이까지 평범하던 아주머니가 60대, 70대 할머니로 접어들면서 보여준 놀라운 역량에 한국 문단은 최고의 찬사를 보낸 것이다. 박완서는 한국문학작가상(1980), 이상문학상(1981), 대한민국문학상(1990), 현대문학상(1993), 중앙문화대상(1993), 동인문학상(1994), 대산문학상(1997), 황순원문학상(2001), 보관문화훈장(1998), 호암예술상(2006)을 수상했고, 서울대학교 명예 문학박사 학위까지받았다. 이러한 수상 결과에서 알 수 있듯이, 아마도 박완서는 자식들에게는 자랑스러운 어머니, 손자들에게는 용돈 쏠쏠히 챙겨주는넉넉한 할머니였을 것이다.

작가로 데뷔하기 전까지 박완서는 대학 중퇴 무렵부터 쉬지 않고책을 읽었다. 대학에 복학하지 못하고 22세에 결혼을 한 아쉬움 때문일 수도 있고, 문학 자체에 대한 애정 때문일 수도 있다. 이러한쉼 없는 책 읽기는 그녀를 작가로 만드는 전기가 되었다. 39세면 20

대 초반에 데뷔한 작가들은 전성기를 넘기고 탈진을 했을 나이였다. 그렇지만 박완서는 39세에 데뷔해서 5,60대를 넘어 70대까지 정력적으로 활동하며, 특별한 전성기를 따질 것 없이 데뷔 이후부터 타계 직전까지를 전성기로 보냈다.

물론 누구나 하루에 세 시간씩 글을 쓴다고 해서 박완서 같은 작가가 될 수 있는 것은 아니다. 하지만 누구나 하루에 세 시간씩 자신이 하고 싶은 일에 투자를 하면, 분명 좋은 결실을 맺을 가능성이 높다. 중요한 것은 포기하지 않고, 끊임없이 해내는 힘이다. 박완서의 삶이 바로 그러한 힘을 입증해준다.

누구나 마음속에 품었던 뜻을 펼치지 못했다 하더라도 꾸준히 그 끈을 놓지 않고 조금씩 노력하면, 분명 얻어지는 결과가 있다. 당신이 믿어야 할 것은, 노력하면 그에 따른 결과를 얻게 될 것이라는 섭리이다. 퇴근 이후의 시간을 헛되이 쓰지 말고, 세 시간을 알차게 계획해보라. 가정주부 박완서도 한 일이다. 당신도 박완서 이상으로 성공적인 노후를 맞이할 수 있을 것이다.

지혜로운 인간은 살아남는 인간이다

| 절대로 준비 없이 늙지 마라 |

직장인이 자기계발을 하는 이유는 두 가지 중 하나다. 직장 생활을 더 잘하기 위해서이거나, 퇴직 후를 준비하기 위해서이다. 직장 생활을 더 잘하기 위해서 자기계발을 하는 경우라면, 업무와 관련된 지식을 쌓거나 기술을 숙달해야 한다. 그것도 모자라면 퇴근 후에 전문 학원이나 학교에 다닐 수도 있겠고, 전문가를 찾아 개인적으로 교육을 받을 수도 있겠다.

그런데 이러한 직무 연관성을 위한 자기계발은 40대 초중반 정도가 한계선이다. 40대 중후반부터는 일반적인 업무보다는 경영관리 업무를 위주로 맡게 되기 때문에, 업무 관련 지식이나 기술을 쌓기 위해서 학원이나 학교를 다닐 필요가 없다. 40대 중반 이후, 자신의 현재 직무와 연관된 자기계발은 솔직히 말하자면 비효율적이다. 특정 업무에 20년 이상 매진하면 누구나 효율성이 높아져 있기 때문이다. 그럴 경우, 그 특정 업무는 자신만이 잘 할 수 있고, 퇴직 이후에도 얼마든지 재취업을 할 수 있을 것이라고 착각한다. 그러나 그럴 일은 거의 없다. 업무 능력이 아무리 뛰어나도 5,60세 고령자에게 고액 연봉을 지급하면서까지 재취업을 보장할 직장은 없다. 젊고 뛰어난 신진들이 사방에 널려 있기 때문이다.

전문 자격증 소지자도 마찬가지이다. 자격증의 효력은 현직을 유지할 때만으로 한정하고 있는 것이 요즘의 일반적 세태다. 50대 중반의 전문 자격증 소지자나 박사학위 취득자라고 할지라도, 현업과 관련해서 재취업을 하거나 대학 교수로 임용되기는 여간 어려운 게 아니다. 급여가 좋은 직장으로 이직하거나 운 좋게 연구소나 대학으로 자리를 옮겼다 해도, 정년을 넘겨서 계속하기 또한 쉽지 않다. 기껏해야 3~4년이다. 평균수명 80대 시대라는 점을 감안하면, 어설프게 현직과 관련한 자기계발을 하기보다는 처음부터 60세 이후를 대비하여 확실하게 잘 할 수 있는 일을 준비하는 것이 현명하다.

2014년 6월, 〈스포츠 조선〉은 온라인 취업포털 '사람인'이 4050 직장인 312명을 대상으로 '은퇴에 대한 두려움 여부'에 대한 설문조사 결과를 보도했다. 놀랍게도 응답자의 87.2%가 '은퇴에 대해 두려움을 느끼고 있다'고 대답했다. 그리고 그 이유로 응답자의 절반 이상이 '은퇴 후 삶을 아직 준비하지 못해서'와 '고정적인 수입원이 없어져서'라고 밝혔다.

직장 생활에 매진하다 보면, 퇴직이 가까워질 때까지 현실감 있게 퇴직 후를 생각해볼 겨를을 갖지 못할 수가 있다. 앞서 소개한 통계자료를 보면, 퇴직 전후의 직장인들 중에 노후 준비를 제대로 한 사람이 많지 않다는 사실을 알 수 있었다. 실제로 자녀들의 대학 진학, 결혼과 출가같이 대규모 자금이 소요되는 시점에 회사를 그만두고, 얼마 되지 않는 퇴직금을 쥐어들고 가슴 졸이는 사람들이 생각보다 많다. 게다가 동료와 지인, 친지에게 들어가는 축의금과 부의금은 또 얼마나 많은가? 늦어도 40대 중후반부터는 퇴직 후를 생각해서 수익기반을 마련할 수 있는 자기 능력 계발을 시작해야 한다.

퇴직 이후의 삶을 준비할 때는 원칙이 있다. 잘 하는 일도 좋겠지만 그보다는 즐거운 일로 준비하는 것이 더 좋다. 그래야 더 오래 지속할 수 있기 때문이다. 취미 삼아 즐겼던 일들, 마음에 있었지만 용기를 내지 못했던 일들 가운데 하나를 선택해 5~10년쯤 익히면서, 창업이나 비정규직 취업을 준비하는 것이 가장 현실적이라 할 수 있겠다. 농사에 관심 있는 사람이라면 특용작물 재배나 하우스 농사를 모색해볼 수도 있고, 요리에 관심이 있으면 제빵사, 제과사나 한중일 요리를 배워볼 수도 있다. 손재간이 있으면서 패션 감각이 있으면 의상 관련 업무도 해볼 수 있으며 자동차 정비, 청소, 이사 용역, 아파트 세차와 같은 일들을 준비해볼 수도 있다.

창업도 생각해볼 수 있겠는데, 창업이라고 해서 거창한 회사를 차리자는 것이 아니다. 대졸 신입사원 수준의 수익을 올릴 수 있는 조그마한 점포를 얻어서 취미 겸 업무로 접근하는 수준이어야 한다. 창업자의 7%만이 3년을 넘길 수 있다는 점을 감안하면, 그것도 사실은 벅찬 과제이다.

그래서 퇴직 후에 새로운 직업을 준비할 때는 잘 할 수 있는 일을 선택하는 것도 좋겠지만, 그보다는 즐거운 일을 하는 것이 더 좋다는 것이다. 취미가 특기가 되면 일에 탄력이 붙어 더 큰 성과를 낼 수 있고, 또 오랫동안 지속할 수도 있기 때문이다.

| 종업원이 되어봐야 창업도 가능하다 |

퇴직자들이 쉽게 생각하는 노후 대책은 바로 창업과 개업이다. 결론부터 말하자면, 미친 생각이다. 퇴직자들은 자기 자신을 과대평가하는 경향이 강하다. 직장 생활 2,30년쯤 하다 보면, 자신이 몸담은 분야에서 최고인 양 착각하기 일쑤다. 그렇지만 실제로는 최고가 아니라, 최고령자일 뿐이다.

퇴직을 앞둔 은퇴 예정자들은 퇴직 후 다가올 삶에 두려움을 가지면서도, 한편으로는 '설마 내가' 하며 방심하기가 일쑤다. 직장 생활을 하면서 꾸준하게 부어온 적금이나 퇴직금 등을 가지고 창업을 하면, 설마 월급 수준의 수입을 올리지 못하겠느냐 하는 망상에 사로잡히는 것이다. 나보다 못해 보이는 사람들도 식당이나 커피숍, 주점 등을 열어 종업원을 많이 거느리고, 떵떵거리며 경영하는 것 같아서 창업을 하면 당장 재벌이라도 될 것 같고, 금세 자기 건물이라도 가질 것 같아 보인다. 그런 생각으로 퇴직하기가 무섭게 업종을 정해서 대충 점포를 구하고, 곧바로 구청에 사업자 등록을 한다. 어제까지 손님이었다가 오늘부터 주인이 되어 손님을 맞는 것이다.

창업자 가운데 3년을 버텨내는 사람이 15% 미만이고, 수익을 내는 사람은 7% 정도라는 사실은 앞에서 지적한 바 있다. 이처럼 성공 가능성이 희박한 데다, 또한 사방에 사기꾼들까지 도사리고 있는 형국이다.

세상에서 가장 사기를 잘 당하는 사람들은 누구일까? 법조인들이라고 한다. 검사들 중에서 사기 한 번 안 당해본 사람 없고, 변호사들 중에서 농락 한 번 안 당해본 사람이 없다고 한다. 법조인 다음으로 사기를 잘 당하는 사람은 또 누구일까? 바로 은퇴자들이다. 은퇴자들은 세상 물정을 자기만큼 잘 아는 사람이 없을 것이라 자신만만해 하지만, 실제로는 하나도 모르는 헛똑똑이다. 직장에서야 차장, 부장, 이사 소리를 들으면서 어깨에 힘주고 다녔지만, 정글과도 다름없는 세상은 그야말로 아수라장이다. 퇴직자들의 퇴직금은 받자마자 훔쳐갈 놈들이 줄을 서 있다.

나이가 들면, 자존심 또한 강해진다. 어떤 경우에라도 상처받거나 무시당하는 것을 견디지 못한다. '퇴직 후 곧바로 창업' 심리도 바로 이런 이유에서 작용하는 것이다. 평생 남 밑에서 시달리며 살아왔는데, 재취업 현장에서마저 '을'로 살고 싶은 마음이 없는 것이다. 그래서 있는 돈 다 털어서라도 '갑' 생활을 한 번 해보고 싶은 것이다. 그렇지만 그런 비현실적인 객기는 인생 후반기를 '갑' 생활이 아니라, '갑갑'한 생활로 만들 것이다. 경험 없는 창업은 99% 실패로 직결될 것이기 때문이다.

또한 나이든 사람들 대부분은 없어도 있는 척, 몰라도 아는 척 하는 경향이 강하다. 이렇듯 자존심이 강해지는 이유는 기득권이 많아졌기 때문이다. 가진 돈과 사회적 지위, 누리는 권리가 많은 사람일수록 변화를 두려워하게 된다. 그렇지만 그렇게 변화를 두려워하는 순간, 퇴보가 시작된다. 결국은 기득권을 잃게 되고, 노후 생활은 어두워지게 되는 것이다. 그러므로 자존심을 포기해야만 진보의 길이 열리고, 성공 가능성이 높아지게 마련이다.

출판사 CEO 김태웅은 나이가 들면서 자존심을 포기하고, 자신이 하고 싶은 일을 시작한 대표적인 사람이다. 세상에서 쏟아질 온갖 비난과 수모를 각오하고, 자신의 약점을 고스란히 드러냈기 때문이다. 고등학교 중퇴의 학력을 가진 김태웅은 사람들 앞에 자신의 학력을 솔직하게 고백했다. 50세가 다 된 나이라서 숨기고 살더라도 별 상관이 없었겠지만, 김태웅은 그러지 않았다.

김태웅은 48세에 고등학생이 되었다. 고등학교 중퇴의 학력을 계속 숨기고 살아가게 되면, 결국 자기만 손해라고 생각한 것이다. 구두닦이와 껌팔이까지 했을 정도이니, 김태웅은 누구보다 많은 상처와 무시를 받았던 사람이었다. 그럼에도 불구하고 자존심을 포기할 생각을 한 것은, 더 이상 늦어지면 정말로 자존심을 세울 기회가 다시 오지 않을 것임을 깨달았기 때문이다. 그래서 김태웅은 고등학교로 돌아갔고, 죽기 살기로 공부를 시작했다.

첫발을 떼는 것이 어려웠지, 그 다음부터는 일사천리였다. 진정한 노력은 배반하지 않는다는 말처럼, 김태웅은 전교 1등이라는 믿어지지 않을 성적표를 받아 들었다. 50세 중년이 18세 청소년들과 대결해서 이긴 것이다. 이러한 노력으로 그는 서른 살이나 어린 동급생들도 들어가기 어려운 성균관대 사회복지학과에 들어갔다. 40대 후반에 대학에 입학한 김태웅은 내친김에 대학원까지도 진학했다. 그렇게 7년을 공부하고, 김태웅은 마침내 사회복지학 석사가 되었다. 만약 그가 고등학교 중퇴 사실을 계속 숨기고 살았더라면, 55세가 되었을 때에도 여전히 고등학교 중퇴자였을 것이다. 그리고 변함없이 학력 거짓말은 거짓말도 아니라고 자위하면서, 현재까지 하루하루 조마조마한 마음으로 살아가고 있을지도 모른다.

자존심이 가득 차 있는 사람들은 타인으로부터 멸시를 당하거나 업신여김을 당할 때 잘 견디지를 못한다. 언제나 있는 척, 아는 척하게 되는 것이다. 그러다 보면 가질 수도 있고, 배울 수도 있는 기회를 놓치게 된다. 자존심을 지키려고 안간힘을 쓰다가는 더욱 중요하고 소중한 것을 잃게 될 수 있는 것이다. 그래서 스스로에게 솔직해지는 것이 무엇보다 중요하다.

퇴직 이후 창업이 중요한 것이 아니라, 성공하는 것이 중요하다. 100세 인생으로 치면, 60세 은퇴는 나머지 40년간을 위한 준비의 시작이다. 의과대학을 졸업한 후 전문의 자격시험에 합격만 하면 곧바로 개업을 할 수는 있다. 그렇지만 인턴 생활 1년, 레지던트 생활 4년을 거치는 이유가 있다. 더욱 향상된 의술을 익히기 위해서다.

퇴직 후 노후 준비도 마찬가지이다. 30년 직장 생활 한 것을 의과대학 정도 졸업한 것으로 여겨야 한다. 이제 정말 장구한 노후 생활을 위해, 화려했던 지난날은 모두 버리고 의대 졸업생들이 겪는 인턴과 레지던트 과정 같은 종업원, 지배인 생활을 경험해야 한다. 그 순간부터 당신의 노후 생활은 탄탄대로를 달릴 수 있을 것이다.

100세 시대는 이제 시대적 대세다. 동서양을 막론하고, 100세 장수를 누리는 사람이 늘어가고 있다. 의학의 발전, 식생활의 개선, 건강보조식품의 개발, 다양한 운동 등으로 100세 인구는 더욱 늘어만 갈 것이다.

100세를 산다는 가정을 하고, 당신의 인생을 바라보라. 40대인 당신은 앞으로 60년을 더 살아야 하고, 50대라면 살아온 만큼을 더 살아야 한다. 60대라고 해도 마찬가지이다. 60년을 살았으니, 나머지 40년은 금방 지나갈 것 같은가? 하릴없이 보내는 40년은 어쩌면 평생 살아온 60년보다 더 길게만 느껴질 것이다.

특별한 기술이나 준비가 없는 한, 은퇴 이후에 새롭게 일을 한다는 것은 비정규직이 된다는 말이다. 65세 이상의 노인을 정규직으로 채용해서 4대 보험 들어주고, 월급과 퇴직금을 제공하는 직장은 거의 없기 때문이다. 은퇴 10년 전부터 착실하게 준비해서 창업이나 개업을 한 경우가 아니라면, 대부분은 일용직이나 계약직 취업을 할 수밖에 없다. 번 돈의 90%를 30년간 저축해서 모았다고 하더라도 은퇴 후 40년간을 풍족하게 살 수는 없다. 직장 생활을 하는 동안 주택 마련, 자녀 출산, 양육, 교육, 출가 등으로 절반 이상의 저축을 소비하게 되므로 퇴직 이후에 가용 자산은 이자 수익을 포함해도 30년 전체 수입의 20%에서 30%를 넘기기가 쉽지 않다. 연금이 보장된 공무원 출신이 아닌 이상, 재취업을 하지 않으면 안 되는 절박한 상황인 것이다.

60세 이후의 재취업은 크게 두 가지 변화를 맞이하게 된다. 첫째는 급여가 3분의 1에서 4분의 1 정도로 줄어드는 것을 뜻하고, 둘째는 자신보다 한참 젊은 사람들과 함께 일을 해야 한다는 것을 의미한다. 그런 마음의 준비, 현실의 인식 없이는 재취업은 불가능하다. 새롭게 근무하는 일터에서 당신의 과거 전력은 도움보다는 폐가 될 수도 있다.

60세 이후의 당신이 편의점에서 아르바이트를 하게 된다면, 당신은 얼마나 받게 될 것 같은가? 알바천국의 분석 자료에 따르면, 2015년 여름의 편의점 급료는 시간당 5,580원이다. 시급 5,580원 기준으로 하루에 여덟 시간, 한 달에 25일을 근무하면, 110만여 원 정도를 받는다. 이 정도의 급여는 2015년 기준 2인 가족 최저생계비인 105만 원보다 약간 많은 액수이다. 그리고 국민소득 2만 5천 달러를 기준으로 하면, 절반 정도에 해당한다. 따라서 100만 원 대의 국민연금과 역시 100만 원 대의 시급을 합치면, 자녀들에게 손 벌리지 않는 은퇴생활을 할 수 있다.

그런데 문제는 60세를 기준으로 할 때 주로 2,30대의 젊은 동료들과 함께 아르바이트를 해야 한다는 부담감이다. 자녀보다도 나이가 어린 젊은이들과 생활하기 위해서는 체력이나 정신력 면에서 그들에게 뒤지지 않아야 한다. 물론 겸손해야 할 것임은 두말할 나위도 없다. 옛날을 들먹이거나 나이를 따지다가는 왕따 당하기 십상이기 때문이다.

문제는 대부분의 은퇴자들이 은퇴 직전까지 이러한 상황들을 전혀 고려하지 않는다는 점이다. 그렇다고 딱 부러지게 퇴직 준비를 해놓은 것도 아니다. 은퇴자들은 20대 젊은이들과 시급 5,580원짜리 아르바이트를 할 생각은 꿈도 꾸지 않으면서, 정부의 미흡한 사회 안전망만 비난하기 일쑤다. 이것이 우리나라가 OECD 국가 중 최고의 노인 빈곤율과 자살률을 갖게 된 배경이다.

그렇지만 은퇴 이후의 빈곤이나, 재취업이 불가능한 현실은 순전히 은퇴자 자신들의 책임이다. 따라서 하루라도 빨리 은퇴 준비를 서두르는 것이 최선이다. 즉, 직장 생활하면서 퇴직 준비를 서두르는 것이 가장 좋은 방법이라는 것을 재삼 강조하는 것이다.

급격한 시대적 변화에 적응하며 살아오면서 사람들은 중요한 사실 한 가지를 잊고 지냈다. 모든 인간의 공통된 소망은 건강하고 여유 있는 삶을 사는 것이었다. 20세기, 인류는 두 차례의 세계대전과 대륙 내의 국지전, 자본주의와 공산주의로 양분된 세계냉전을 경험했다. 총을 쏘든, 안 쏘든 전쟁이라는 말이 붙을 정도로 치열한 세월이었다. 그러면서 세계 조류에 적응하며 살다 보니, 건강하고 여유 있는 노후 생활을 영위하는 것은 생각도 못 해본 채 생존 자체에만 매달려 살아왔다.

그러는 사이 21세기가 찾아왔고, 인류는 100세 시대를 현실로 맞이하게 되었다. 전인미답의 100세 시대는 동서고금을 막론하고 유례가 없는 일이라서 모범 사례 같은 게 있을 수 없다. 그래서 더욱 답답하고, 막연하게만 느껴진다. 100세 시대는 특수 계층이나 계급에만 국한된 차별적 장수가 아니다. 인류 전체에까지 허락된 보편적인 생명 연장이다. 그렇다면 준비 여부에 따라 축복도 될 수 있고, 재앙도 될 수 있는 100세 시대를 어떻게 맞이하는 것이 최선일까?

2012년 6월 4일, 영국의 일간지 〈가디언〉은 장수 대책 특집 칼럼을 게재했다. 제목은 "60세에 당신의 인생을 바꾸는 법"이었다. '60세 전후에 은퇴를 할 때는 새로운 것을 배우기에 늦은 나이가 아니다'라는 내용이었는데, 60세에 새로운 인생을 시작한 평범한 노인 다섯 명의 실제 사례를 소개하고 있다.

화학자에서 스탠드업 코미디언이 된 77세의 여성 줄리 켈테츠, 정원사로 살다가 요리사로 변신한 67세의 남성 프랭크 핀레이, 단역 배우에서 노인 모델로 전업한 83세의 남성 다프네 셀페, 강의 매니저에서 노인 복지 사업가로 변신한 61세 여성 캐롤린 메이, 교사에서 목수로 직업을 바꾼 76세 남성 윈 셰린이 사례의 주인공들이다.

특별히 대단한 사람들도 아니고, 제2의 직업을 통해서 엄청난 성공을 한 것도 아닌 이들에게 가디언이 주목한 이유가 있다. 이들은 모두 은퇴 전, '퇴직 후 노후 준비'에 해당하는 충분한 전직 준비 시간을 가졌고, 새로운 일을 시작하기 전에 건강부터 챙겼으며, 결국 자신들이 목표한 대로 퇴직 후 제2의 직업으로 돈을 벌고 있기 때문이다.

이 다섯 명은 첫 번째 직장에서도 충분히 성공을 했지만, 그것으로 만족하지 않았다. 100세 시대가 도래했다는 사실을 깨닫고, 그 긴 여생을 어떻게 보내야 할지를 심각하게 고민했다. 그리고 장기간 꾸준한 노력으로 자신이 원하는 새로운 직업을 위한 준비를 시작했다. 짧게는 5년, 길게는 10년씩 준비한 사람도 있었다. 그 결과, 그들은 준비 없이 은퇴한 동료들과는 달리 여전히 현역으로 사회생활을 할 수 있게 된 것이다.

그들이 제2의 직업을 통해서 얻은 것은 일과 건강과 돈뿐만이 아니다. 새로운 인간관계라는 보너스도 얻었다. 나이가 들수록 사람 만나는 일이 쉽지 않지만, 제2의 직업을 얻은 이들 다섯 명은 자연스럽게 낯선 사람들과도 어울릴 기회까지 얻었던 것이다.

당신도 이들처럼 '퇴직 후 노후 준비'를 철저히 해서, 100세 장수 시대에 건강하고 풍요로운 노후 생활을 영위하기를 희망한다.

부록

퇴직 후 노후 준비 성공 전략 20

1. 당신의 사망 시점부터 예측하라

이런 질문을 해서 미안하지만, 당신은 몇 살에 죽을 것 같은가? 어떤 질병으로, 어느 정도 투병 기간을 거치면서, 얼마 정도의 병원비를 사용하며 죽을 것 같은가? 이 질문의 목적은 당신의 사인이 될 질병을 미리 막기 위한 운동습관을 기르고, 투병기간을 줄이자는 것이다.

중년 이후의 운동은 체력 유지뿐만 아니라, 예측 가능한 사인을 막는 것이 목적이 되어야 한다. 가족력 중에 뇌졸중이나 심장질환이 있다면, 찬바람을 맞으며 장거리 달리기를 하는 것은 좋지 않다. 암이나 치매 같은 질환도 마찬가지이다. 흡연이나 음주 습관은 아예 버리고, 정신 스포츠나 간단한 사칙연산, 신문 낭독 같은 습관을 익히는 것이 좋다.

2. 당신의 완전 은퇴 시점을 예상하라

90세, 100세를 사망 시점으로 본다면, 은퇴 시기도 예상할 수 있다. 요즘은 90세, 100세 수명을 누리는 시대이기 때문에, 은퇴 시기를 최대한 늦게 잡는 것이 좋다. 매일 출근이 어렵다면, 주 2~3회 정도라도 꾸준하게 일할 수 있는 조건을 마련해야 한다.

일을 안 하면 대인관계 자체도 끊어질 가능성이 높다. 나이가 들수록 가족과 이웃 이외에는 특별한 대인관계를 유지하기가 쉽지 않다. 그러므로 고독을 막기 위해서라도 최소한의 일은 해야 한다.

은퇴 시기를 늦게 잡는 것은 당신의 주거 환경, 출퇴근 시간, 사회 환경 등에 직접적으로 영향을 준다. 나이가 들어갈수록 출퇴근 시간이 부담스러워질 수 있다. 은퇴 시기를 늦게 잡을 계획이라면, 근무지 가까운 곳에 단출한 주택을 마련하는 것도 좋은 방법이다.

3. 당신의 예상 소득과 예상 지출을 계산하라

당신의 은퇴 시점을 예상했다면, 지금부터 그때까지의 평균 소득과 지출을 예상해보라. 자녀들의 진학, 결혼, 출가와 관련한 비용은 따로 떼어놓고, 평균 생활비를 어떻게 마련할지를 구체적으로 세워놓아야 한다. 그리고 현 직장에서의 소득과 지출, 저축, 퇴직금을 매년 따로 계산해야 한다.

이와 함께, 현 직장 퇴직 이후에 소요될 지출을 세목별로 매년 계산해야 한다. 그렇게 되면 매년 마련해야 할 소득을 자연스럽게 산출할 수 있을 것이다. 소득은 많을수록 좋지만, 우선 생활에 필요한 최소한의 수입을 마련할 길부터 어떻게든 찾아야 한다.

4. 퇴직 후 노후 준비의 출발은 운동이다

퇴직 후 노후 준비의 출발은 운동으로 시작하라. 한 달이건, 일 년이건, 체력에 자신이 생길 때까지 운동부터 시작하라. 퇴직 준비를 못하더라도, 건강만은 자신이 있을 정도로 운동을 해야 한다. 건강에 자신이 있으면, 무슨 일이든지 할 수 있다. 그렇지만 건강을 잃으면 생에 대한 모든 의욕이 사라질 뿐만 아니라 아무것도 할 수 없다.

헬스클럽을 들락거리거나 골프채를 휘두르는 것을 운동이라고 생각하지 말라. 퇴직 후에 수입이 줄어들어도 할 수 있는 종목을 선택해서, 운동이 습관화 될 때까지 끊임없이 해야 한다. 처음에는 퇴직 후 노후 준비 시간의 전부를 운동에만 쏟아 부어도 좋다. 그러다가 운동이 습관화 되면, 운동 시간을 적당하게 조절해가면서 재취업을 위한 자기계발을 시작하라.

5. 퇴직 후 노후 준비 시간을 중심으로 하루 일정을 재조정하라

운동으로 체력에 대한 자신감이 생기면, 본격적으로 퇴직 후 노후 준비를 시작해야 한다. 운동에 습관이 붙으면, 운동 시간을 새벽으로 당겨보는 것도 좋다. 그래서 출근 전에는 운동을 하고, 퇴근 후에는 재취업을 위한 자기계발을 하는 것이 가장 이상적인 시간 활용 방법이다.

퇴직 후 노후 준비 시간의 활용 목적은 궁극적으로 현재의 직장에서 은퇴한 뒤에 새로운 직업으로 전환할 수 있는 자기계발을 하는 것에 있다. 그러므로 퇴직 후 노후 준비 시간은 실제적으로 온전한 자기계발의 시간이 되어야 한다. 운동 시간은 운동 시간으로 따로 떼어놓고, 퇴직 후 노후 준비 시간은 그 어떤 것에도 구애받지 않는 시간이 되어야 함은 물론, 오로지 자신만의 독립 시간으로 사용할 수 있도록 마련해야 한다.

6. 당신의 취미와 특기를 분석하라

퇴직 후 노후 준비 시간을 어떻게 사용할지를 결정하기 위해서는 반드시 당신이 평소 좋아하는 일과 잘 하는 일을 파악해야 한다. 그리고 그 일들이 산업 생산성을 가질 수 있는지를 고려해봐야 한다. 산업 생산성이란, 직업으로 연결되어 소득을 창출할 수 있는 가능성을 의미한다.

일반적으로는 좋아하는 것이 잘 하는 것보다 더 발전 가능성이 높은 것으로 알려져 있다. 그렇지만 발전 가능성과 산업 생산성은 다를 수 있다. 발전 가능성은 적성과 관련이 있지만, 산업 생산성은 희소성과 관련이 있기 때문이다.

7. 당신이 재취업할 직종을 선택하라

퇴직 후 노후 준비 시간의 목적은 궁극적으로 현 직장 은퇴 후의 재취업을 하기 위함이다. 산업 생산성이 높은 취미와 특기를 중심으로, 당신의 재취업 직종을 압축해야 한다. 취미와 특기를 은퇴 후 직업으로 연결시키기 힘든 경우라면, 평소 관심을 두었던 직종 가운데 적성에 맞는 직종들을 고려해봐야 한다.

퇴직 후라고 무조건 사회적 은퇴를 해야 하는 것은 아니다. 업무와 능력 그리고 본인의 의지에 따라서 창업이나 계약직 취업 등을 할 수 있다. 그러므로 퇴직 후 노후 준비를 할 때, 일단 결정한 한 직종에 얽매이기보다는 다양한 가능성을 염두에 두고 직업 방향을 모색하는 것이 좋다.

8. 퇴직 후 노후 준비 시간을 어떻게 활용할지 결정하라

현 직장 은퇴 후에 재취업을 하기 위한 직업을 결정했다면, 퇴직 후 노후 준비 시간을 통해서 어떻게 자기계발을 할 것인지 고민해보아야 한다. 부동산 중개인, 손해사정인 등과 같이 자격증이 필요한 직업인지 요리사, 제빵사처럼 자격증과 함께 일정 기간의 숙련 과정이 필요한지를 고려해서 퇴직 후 노후 준비 시간의 활용 방안을 모색해야 한다.

어떤 직업이든 현장에 투입되기 위해서는 일정 기간의 숙련 과정이 필요하다. 직장에 재취업을 하는 경우라면, 구직 과정에 필요한 자격 조건을 갖추어야 한다. 개업이 전제가 된 기술이나 기능을 배워야 하는 경우라면, 퇴직 후 노후 준비 시간을 무임봉사 기간으로 활용하는 것도 좋다. 현장 감각을 익히기 위해서라도, 무임봉사 기간은 길수록 좋다.

9. 시대 변화에 민감하게 반응하라

퇴직 후 노후 준비 시간에 무조건 기술이나 기능만 익혀서는 안된다. 현장 상황을 습득함과 동시에, 시대의 변화를 예의주시해야 한다. 자신이 원하는 직종이나 직업에 대한 스크랩북을 만들어두는 것도 좋은 방법이다. 종사자 수와 평균 임금, 시장 확장 범위 등에 대해서 철저하게 조사·연구해야 한다. 관련서적도 읽고 자료도 모으고, 직접 현장에 나가서 자주 분위기를 파악해야 한다.

방배동에 있는 한 일본 국수집의 주인은 대기업 주재원으로 일본에 근무하는 동안 국수 장사로 노후 생활을 하겠다고 결심했다는 내용을 본문에서 기술한 바 있다. 그는 퇴직 후 노후 준비 시간을 마련하여 일본 장인에게서 국수 만드는 법을 전수받았고, 주말에는 무보수로 식당 주방에서 근무를 했다. 그러고도 모자라서, 한국에 돌아와서도 퇴근 후 야간에는 일본 국수집에 가서 다시 무보수 주방장으로 오랜 시간을 근무했다. 결국 일본 국수 가게를 개업한 것은 국수 장사를 하겠다고 결심한 지 10년이 지난 뒤의 일이었음을 재삼 강조한다.

10. 드라마나 영화 속의 힌트를 이용하라

　의외로 당신의 미래는 당신 주변에서 찾을 수 있다. 예를 들어, 일본 드라마 〈심야식당〉은 100세 시대를 준비하는 4,50대에게 좋은 선례가 될 수 있다. 저녁 일곱 시부터 아침 일곱 시까지 열두 시간 영업을 하는 드라마 속의 〈심야식당〉처럼, 완전히 야행성으로 살기는 힘들겠지만, 자기만의 메뉴를 가진 자그마한 식당 경영은 충분히 가능하다.

　메뉴도 한두 개, 종업원도 없는 식당이므로 창업이 어렵지 않고, 경영도 마찬가지이다. 사회가 다변화되면서 심야 활동인구가 늘어가고 있다. 어머니가 만들어주는 것 같은 따뜻한 음식을 모든 식당이 문 닫은 시간에 제공한다면 성공할 가능성도 높고, 또한 여유롭게 살 수 있는 노후 준비도 할 수 있다.

11. 당신의 평가와 주변의 반응을 비교하라

당신의 기술 수준이나 업무 능력을 냉정하게 평가받아야 한다. '퇴근 후 세 시간'은 모든 가능성을 열어두고 매진해야 할 재취업 준비 시간이다. 하지만 중시해야 할 점은, 단순하게 업무 능력이나 재취업에 필요한 기술이나 기능만 향상시켜서는 안 된다는 점이다. 운동을 통해서 건강을 유지하는 한편, 시험이나 평가를 통해서 목표 근접 여부를 수시로 점검해야 한다. 퇴직 이후 재취업을 위해서는 반드시 건강해야 하고, 업무 능력이 뒤처져서도 안 된다.

내 주변의 어느 후배는 식당을 경영하면서 취미로 목수 일을 한다. 실비 수준의 최소 비용만 받으면서 실내 장식 디자이너 여러 명을 돕고 있다. 나무를 다듬는 일에 재미를 느껴서 5년 넘게 하고 있는데, 기회가 된다면 아예 전업으로 나서보겠다고 했다. 자기가 운영하는 식당의 식탁과 의자에서부터 바닥과 벽면까지 전부 자기 손으로 꾸미기도 했는데, 그 실내 장식이 몹시 수려했던지 개인적으로 실내 장식을 의뢰하는 사람들도 많다고 했다. 취미가 직업으로 이어질 수 있는 가능성이 엿보이는 사례이다.

12. 시장 상황을 분석하고, 대비하라

퇴직 후에 자신이 원하는 직업으로 정착하기 위해서는 반드시 시장의 변동 상황을 점검해야 한다. 급격한 사회 변화를 인지하지 못한 채 혼자서 틀어박혀 시대의 흐름에 역행하는 기술이나 기능을 익힌다거나, 정보를 습득한다거나 하는 것은 어리석은 독단이다. 수시로 정보를 점검하고, 시장 상황의 변화에 대비해야 한다.

그리고 퇴직 후 노후 준비 시간을 시작할 무렵에 예측했던 상황과 시간이 지나면서 전개되는 상황이 다를 경우, 어렵게 습득한 기술이나 기능이라 할지라도 과감하게 포기를 하고 새롭게 도전하는 용기가 필요하다. 빗나간 예측에 연연하는 것만큼 어리석은 일도 없다. 예측은 누구나 틀릴 수 있는 것이다. 중요한 점은, 예측이 틀렸을 때 과감하게 포기할 수 있는 용기를 가졌느냐 하는 점이다.

13. 퇴직 후 노후 준비 시간의 시간표를 작성하라

달력을 이용하거나, 스스로 스케줄 표를 짜서 시간을 관리하는 것도 중요하다. 학창 시절에 시험공부를 하듯이, 매일 세운 목표와 달성도를 비교하는 표를 만드는 것이 중요하다. 시간표를 만들어놓으면 무엇을 했는지, 어떻게 했는지를 정확히 파악할 수 있기 때문이다.

퇴직 후 노후 준비 시간이 일정 궤도에 오르게 되면, 목표 달성에 성급해질 수도 있다. 그럴 때 필요한 것이 냉정이다. 매일 특정 시간을 정해놓고, '퇴직 후 노후 준비 시간'에 이룩한 성과 자체를 분석하는 시간을 갖는 것은 효과를 극대화시킬 수 있다.

14. 퇴직 후 노후 준비 시간의 일기를 작성하라

일기를 쓰기 시작하면, 자신에 대해 냉정한 평가를 내릴 수 있다. 또한 자기 자신에 대한 신뢰와 자부심도 확인할 수 있다. 한 가지 요령을 덧붙이자면, 숫자나 기호를 통해서 구체적인 내용을 요약하는 것이 더욱 효과적이다.

'퇴직 후 노후 준비 시간'의 일기는 가급적 노트에 기록하는 것이 바람직하다. 또한 지나간 일기를 자주 반복해서 읽어보는 것도 좋다. 일기는 그 날 하루의 일과를 적는 것이기도 하지만, 한편으로는 목표의식에 대한 명료성을 높여주는 도구이기도 하다.

15. 롤 모델이나 동료를 찾아라

어떤 일을 하든, 선배나 동료가 있게 마련이다. 허심탄회하게 상담할 수 있는 선배나 동료가 없다면, 어떻게든 만들어야 한다. 선배나 동료가 반드시 연상일 필요는 없다. 도움을 줄 수 있고, 경험이 있으며, 성격적으로 원만한 사람이라 생각되면 선배나 동료로 맞는 것이 좋다.

롤 모델은 선배 가운데에서 특별히 배우고자 하는 능력이 있는 사람을 세우는 것이 좋다. 그렇다고 롤 모델에게 종속적 자세를 가질 필요는 없다. 언젠가는 극복을 해야 할 대상이기 때문에, 적당한 거리를 두고 항상 자신과 비교해보면서 미흡한 부분을 보충해나가야 한다.

16. 노후에 즐길 수 있는 취미 활동을 익히는 것도 필요하다

퇴직 후 노후 준비 시간 동안, 취업 준비만 해서는 안 된다. 나이 드는 연습도 해야 한다. 젊은 시절의 취미들 가운데에는 나이 들어서도 할 수 있는 취미가 그리 많지 않다. 그래서 나이에 걸맞은 취미 활동을 시작하는 것은 매우 중요하다. 활동량이 적으면서도 성취도가 높고, 동료들과 어울릴 수 있는 취미생활은 노후를 풍요롭게 만든다.

퇴직 후 노후 준비 시간 동안, 매일 조금씩 할 수 있는 취미 중에는 배드민턴이나 탁구 같은 운동도 있을 수 있고, 서예나 수채화 같은 예술 활동도 있을 수 있다. 시간을 두고 악기를 배워서, 아마추어 악단에 가입하거나 동호회 활동을 하는 것도 좋다. 은퇴 후에 갑자기 취미 활동을 시작하는 것보다는 현직에 있을 때 시작하면, 한결 여유로운 환경 속에서 익혀나가며 즐길 수 있다.

17. 여러 모임에 참석하는 것도 중요하다

젊어서는 사람 만나는 것 자체가 부담스럽고 번거로울 수 있지만, 나이가 들게 되면 사람이 그리워지게 마련이다. 젊은 사람들은 영향력 없는 노인을 구태여 만나려 하지 않는다. 그런 설움을 피하기 위해서는 퇴직 후 노후 준비 시간 동안, 만남 자체를 목적으로 하는 친목모임에 가입해서 활동하는 것도 좋다.

이왕이면 자기 직업과 연관된 데다, 만나는 사람들끼리 친목도 도모할 수 있는 모임은 노후 생활을 기름지게 할 수 있다. 자동차 정비 모임이라든지 전통 요리 모임, 주택 개조 모임 같은 것들은 전문적인 기술을 쌓게 해주면서도, 사람들과의 교제 또한 재미있을 수밖에 없다. 취업과도 연결될 수 있는 모임은 자주 참석하는 것이 좋다.

18. 만날 사람만 만나야 한다

나이가 들어가면 외로워지는 것은 당연지사다. 그래서 사람들이 부를라치면 부리나케 달려가기 십상이다. 그렇지만 모든 사람이 전부 도움이 되는 것은 아니다. 오해를 부르는 모임도 있고, 정신적으로 피로한 만남도 있다. 퇴직 후 노후 준비 시간에는 그동안 살면서 간과했던 사람들과의 교제에 대해서도 냉정하게 평가해봐야 한다.

퇴직 후 노후 준비 시간에는 만날 사람들을 중심으로 인맥도를 그려보는 것도 중요하다. 자주 만나고 싶은 사람, 도움을 받거나 줄 사람, 가르침을 받고 싶은 사람, 즐겁게 어울려서 이야기를 나누고 싶은 사람들의 명단을 도표로 만들어보는 것이다. 이렇게 퇴직 후 노후 준비 시간을 통해서 노후 생활을 풍요하게 만들어줄 인맥을 늘려가는 것도 중요하다.

19. 온전히 쉬는 시간도 있어야 한다

직장 생활을 하다 보면, 쉬는 시간에 대한 개념에 혼란이 생길 수도 있다. 일만 하지 않으면 휴식이라고 착각하는 것이다. 술을 마시거나 사람들과 잡담을 늘어놓는 것도 휴식인 줄 아는데, 진정한 휴식은 아무것도 하지 않고 그냥 쉬는 것을 말한다. 책도 보지 않고, 음악도 듣지 않고, 음식도 먹지 않으면서, 즉 아무것도 하지 않으면서 쉬는 것이 온전한 휴식이다.

휴식은 몸과 마음이 다시 힘차게 움직일 수 있게 만드는 원동력이 된다. 사람은 기계가 아니다. 기계도 가끔씩은 작동을 멈추어 쉬게 하고, 정비를 한 후에 다시 작동을 개시한다. 휴식은 일종의 정비 시간이다. 사람도 가끔씩 배전반에서 전기 코드를 뽑아 휴식시키는 기계처럼, 완전히 작동 중지를 하는 휴식 시간을 가져야 한다.

20. 틀렸다고 생각되면, 과감하게 포기하라

나이를 먹어가는 일에 사전 경험이 있을 수 없듯이, 미래를 준비하는 것 역시 마찬가지이다. 노후 준비는 전례 없는 일을 하는 것이기에, 당연히 시행착오가 뒤따를 수밖에 없다. 그때에는 과감하게 다시 시작해야 한다. 투자한 시간이나 노력, 들어간 돈이 아까워도 어쩔 수 없다. 더 많은 투자를 했다가 더 크게 실패하는 것보다는 낫다.

퇴직 후 노후 준비 시간에서 오류가 발생했다고 그 시간 자체가 헛일이 되는 것은 아니다. 투자한 시간이나 노력, 돈은 어떤 형태로든 다시 만회할 기회가 온다. 세상을 잘못 읽은 것이나, 준비를 제대로 못한 것 모두 중요한 경험이 된다. 사람은 시행착오와 경험을 통해 성장하는 법이다.

그렇지만 항상 기억해야 할 것은 실수나 실패가 잦으면 안 된다는 것이다. 왜냐하면 나이가 들어갈수록 만회할 시간이 줄어들기 때문이다. 그러므로 중간에 돌이키는 일이 없게끔 철저한 준비와 조사를 함으로써, 온전한 '퇴직 후 노후 준비 시간'을 계획해야 한다.

80대 직장인 내 아버지

이 책을 쓰기 시작하면서, 제일 먼저 떠올린 사람이 아버지였다. 1935년생인 내 아버지 이형인은 현재 직장인으로, 요즘도 여전히 아침 일곱 시에 집을 나선다. 80세의 아버지는 대기업 포함 도급순위 30위의 통신 전문 설비업체인 주식회사 영전의 부사장이다. 나는 아버지 명함 한 장을 지갑 한쪽에 넣고 다니며, 지치고 힘들 때마다 꺼내 본다. 아버지는 내 자랑이고, 자부심이다.

아버지는 1961년 농업협동조합의 전신인 농업은행 직원으로 직장 생활을 시작했다. 대기업도 변변히 없던 시절에 아버지는 대학 재학 중 공채를 통해 입사했다. 당시에 대학 졸업을 하기도 전에 입사한 것은 대단한 일이었는데, 나중에는 직장 생활 내내 그 때문에 오히려 역차별도 당했다. 나는 가끔씩 아버지의 얼굴에서 직장 생활에서 느끼던 고단함을 읽을 수 있었다.

어쨌든 아버지의 32년 직장 생활은 화려하지 않았다. 직장 생활 내내 기독교 신우회 활동에 전념하느라, 직장에서의 성공이 늘 관심 밖이었던 까닭이다. 그래서 아버지는 행원의 꽃이라고 할 수 있는 지점장 자리에 동료들보다 늦게 올랐고, 퇴직을 불과 2년 앞두고서야 간신히 부장으로 승진했다.

그런데 그 승진의 기쁨조차 오래가지 못했다. 퇴직 6개월을 남겨둔 1993년 여름, 느닷없이 '대기 정년'이라며 보직 박탈을 당한 것이다. 물론 아버지에게만 벌어진 일은 아니었다. 당시 금융권 전체에 불어 닥친 조기퇴직, 명예퇴직의 전조였다. 어쨌든 아버지는 개인 책상도 없는 용산의 서울시지부 대회의실로 발령이 났고, 퇴직 전까지 출근하지 않아도 된다는 명령도 함께 받았다.

자존심 강한 아버지는 충격을 감당하기 힘들어했다. 가족들은 단지 6개월 먼저 일을 멈추는 것뿐이라고 위로를 했지만, 아버지는 회사로부터 버림받았다고 생각했다. 며칠 동안 침묵하고 기도하던 아버지는 기상천외한 결단을 내렸다. 텅 빈 사무실에서 퇴직을 맞은 동료들끼리 눈치를 보고 앉아 있느니, 혼자서 퇴직 준비를 하겠다며 서울대학교 근처의 신림동 고시원 한 칸을 얻어 그곳으로 출근하기 시작한 것이다. 32년간의 출근 습관을 당장 털어낼 수 없었기에, 아버지는 나름대로 직장 생활을 정리할 생각이었던 것 같았다. 그래서 매일 아침 일곱 시에 집을 나서서, 직장 생활의 아쉬움과 미진한 점 등을 노트에 기록하면서 인생 회고록을 집필하기 시작했다.

그런데 아버지의 고시원 출입은 시간이 지나면서 뜻밖의 방향으로 전개되었다. 고시를 준비하는 20대들과 함께 지내면서 새로운 도전의식을 갖게 된 것이다. 그래서 좁은 고시원 방에서 자판을 익히기 시작했고, 컴퓨터도 공부했다. 퇴직 후 노후 준비를 위해서, 58세에 매달 20만 원씩을 지불하면서 고시원에 입소한 사람은 아마 아버지가 유일하지 않을까 싶다. 아버지는 아침 일곱 시에 집을 나서, 점심 식사 후에 한 시간씩 관악산을 오르내리는 일 외에는 저녁 일곱 시까지 꼬박 열 시간 동안 공부에 매달렸다.

원래부터 긍정적이고 적극적인 아버지였지만, 공부로 인생의 승부를 건 젊은이들과 함께 경쟁을 하겠다는 결심까지 할 줄은 가족 중의 누구도 상상하지 못한 일이었다. 아버지에게는 인생 후반전을 새롭게 전개하겠다는 굳은 결심이 있었다. 피터 드러커, 잭 웰치 등의 저서를 읽으며, 아버지는 자신이 알고 있는 경영이론과 조직 관리를 체계적으로 정리하는 데 시간을 보냈다. 아버지는 고시라도 준비하듯 재직 중에 훑어보던 국내 경영학 개론서 5권을 다섯 번씩 다시 읽었고, 재무 이론에서부터 위기관리론 등의 각론서 5권도 다섯 번씩 독파했다. 그리고 국내 중소기업의 경영평가와 위기관리 사례에 대한 연구도 해나갔다.

그 무렵, 아버지의 퇴직으로 인해 난데없이 내 진로도 변경되었다. 나는 대학원을 졸업하고, 유학을 떠날 생각이었다. 10년 전부터 준비해온 유학이었지만, 아버지의 퇴직은 전혀 예기치 못한 변수로 작용했다. 아무리 생각을 해봐도, 아버지의 퇴직금으로 유학을 떠날 수는 없었다. 그래서 별안간 28세부터 당시 취업 제한 연령이 일반 기업보다 높았던 기자 시험을 준비했고, 몇 차례 최종시험에 올랐다가 떨어지기를 반복했다. 그러다가 29세에 가까스로 공채에 합격해서 아나운서가 되었다. 나는 순전히 아버지의 퇴직 덕에 뜻하지 않게 아나운서가 된 것이다.

그런데 생각지 않은 상황이 발생했다. 1993년 12월 20일, 농업협동조합 중앙회 부회장 추천으로 아버지가 주식회사 영전의 경영담당 부장으로 재취업하게 된 것이다. 지각 한 번 없었던 32년 직장 생활의 성실성을 익히 아는 나이 어린 상사들이 아버지를 적극 천거한 것이었다. 승진이나 진급은 남의 일처럼 생각하고, 열심히 자기 자리를 지킨 아버지에 대한 동료들의 평가였다고 생각한다. 어쨌든 아버지는 얼떨결에 퇴직과 동시에 재취업의 기적을 맞았고, 추천자들의 기대에 부응하고자 현재까지 22년째 주식회사 영전의 발전을 위해 분골쇄신하고 있다.

1960년대 우수한 인재들을 전부 끌어 모았다는 농협중앙회에는 틀림없이 아버지보다 훌륭한 인재가 많았을 것이다. 그런데도 아버지가 재취업 자리에 천거된 이유는 무엇일까? 재취업하기에는 높지도 낮지도 않은 부장이라는 적절한 직급, 대기 정년 전까지 현업을 놓지 않고 근무했던 업력, 그리고 고시원에서 새롭게 무장한 최근 경영이론 등의 요인들이 고르게 작용했을 것이다.

아버지는 새로운 직장에서 인생 2막을 시작할 조건을 적절하게 갖추고 있었다. 재취업을 위해서는, 전 직장에서 너무 높은 직급으로 퇴직해서는 안 되고, 직장을 그만두기 전까지 현업을 챙기는 편이 유리하며, 새로운 일을 시작하기 위한 준비 기간을 충분히 가져야 한다는 사실을 나는 아버지의 사례를 통해서 깨달았다.

아버지도 재취업을 하면서, 이렇게 긴 시간 동안 직장 생활을 다시 할 수 있으리라고는 생각도 못했을 것이다. 아버지는 매년 올해가 직장 생활의 마지막 해가 될지도 모른다는 절박함으로 직장 생활을 이어왔다. 아버지는 늘 그래왔듯 직장을 당신 몸처럼 중하게 여겼고, 단 하루도 게으름을 피우지 않은 채 신입사원보다 더 철저하게 근무에 전념한다.

그렇게 한 해, 한 해가 쌓여서 1993년 12월 17일 금요일에 퇴직을 하고, 거짓말처럼 나흘 뒤인 그 다음주 21일 월요일에 재취업이 결정된 아버지의 두 번째 직장 생활이 22년째가 되었다. 2012년 대한상공회의소가 500대 장수 중소기업 중의 하나로 선발한 주식회사 영전의 경영층은 그런 자세를 높이 사서 아버지에게 계속 일할 수 있는 기회를 준 것이다. 아버지는 새로운 직장에서 매년 계약 갱신을 거듭했고, 현재는 부사장으로 재직 중이다. 아버지는 영전에 재취업한 이후, 지난 22년간 5백 권의 경영학 서적을 독파해왔고, 삼성전자 등 주요 기업에서 특강을 하기도 했다.

아버지는 내게 좋은 스승이고, 인생의 모델이다. 나이가 들수록, 솔직히 나는 아버지만큼 좋은 직장인이나 사회인이 될 자신이 없다는 생각을 한다. 또한 아버지만큼 성실히 노력하고, 흔들리지 않을 자신도 없다. 아버지는 높은 자리에 있지 않았지만 조급해하지 않았고, 많이 가지지 않았지만 초조해하지 않았다.

퇴직과 재취업의 문제에 대해서도 아버지는 내 롤 모델이다. 나는 입사 전에 아버지의 정년퇴직을 겪었다. 그래서인지 입사하자마자, 30년 동안 걸어갈 직장 생활에 대한 기대보다는 퇴직 후에 어떻게 살아야 하는가 하는 염려가 앞섰다. 정확하게 말하자면, 염려가 아니라, 공포 수준이었다. 그 때문에 나는 지난 21년 동안 주말도 없이 일했고, 휴식을 취할 겨를도 없이 학업에 정진했다. 결국 내가 남에게 뒤처지지 않는 직장 생활과 동시에 남보다 많이 공부할 수 있었던 것은 아버지의 퇴직과 재취업이 끼친 충격과 경이 덕분이었다.

요즘 아버지는 은퇴 후 완전히 야인이 된 직장 상사들과 동료들에게 식사를 대접하곤 한다. 그 가운데에는 과거 농협의 최고 경영층도 있고, 심지어 장차관으로 활약하신 분도 있다. 아버지는 지금도 그분들을 잊지 않고, 진심을 다해 인사를 하고 있다. 그리고 부족하고 모자란 사람을 가르쳐주고 격려해준 덕에 뒤늦게까지 일할 기회를 얻었다고 감사의 말씀을 전한다. 아버지의 감사는 입에 붙은 겸손이 아니라, 마음에서 우러나는 진심이다.

이 책을 쓸 수 있었던 산 증거인 아버지께 진심으로 감사드린다. 아버지가 없었다면, 그야말로 퇴직 후 노후 준비 시간은 공허한 말잔치로 끝나고 말았을 것이다. 퇴직을 경험해보지 못한 내가 퇴직 이후를 준비하자는 책을 쓸 용기를 낼 수 있었던 것은 퇴직 후 재취업에 성공한 아버지를 둔 덕이다. 아버지의 사례를 통해서, 나는 퇴직 후 노후 준비 시간을 꾸준히 실천하면 꿈을 실현할 수 있으리라는 믿음을 갖게 되었다.

54년째 매일 아침 일곱 시에 집을 나서 열 시간 넘게 근무를 하고, 저녁 일곱 시 반이면 어김없이 퇴근하는 아버지. 아버지에게 이 책의 에필로그를 당신의 이야기로 쓰고 싶다고 했더니, 아버지는 두 손을 가로저으며 사양을 했다. 80세에 직장 생활을 하는 것만도 감사한데, 행여 은퇴 후에 경제적 어려움을 겪으시는 동년배들에게 불편을 끼쳐드릴 일이 생겨서는 절대 안 된다는 것이었다. 나는 그래도 용기를 내어서, 아버지에 관한 이야기로 에필로그를 쓰기로 했다. 아버지는 내가 곁에서 지켜본 80세 근로자의 표본이기 때문이다.

자식 자랑하면 팔불출이라고 했지만, 부모 자랑을 했다고 그런 소리까지는 듣지 않으리라. 2015년 올해, 아버지는 지배인 겸 송무 대리인의 자격으로 해외 발주 건설공사 채권 관련 소송을 대형 로펌의 변호사 세 명과 벌여서, 승소를 했다. 주식회사 영전에 입사한 이래, 변호사 자격증도 없는 아버지가 변호사들과 소송을 벌여 네 번째로 승소한 사건이었다. 최종 판결을 앞두고, 세 명의 변호사들 앞에서, 주심 판사는 아버지에게 "법을 참 많이 아는 어르신이십니다."라는 말을 했다고 한다. 아버지는 나에게 "판사가 변호사들 앞에서 내게 법을 많이 안다고 했다."는 이야기를 하면서 활짝 웃었다. 이것이 바로 80세에도 아버지가 직장 생활을 버텨낼 수 있는 저력이다.

아버지처럼 80대에도 직장 생활을 하려면, 나는 앞으로 30년을 더 나아가야 한다. 그래서 나는 아버지처럼 열심히 살 작정을 했다. 일단 나도 아버지처럼, 첫 직장의 직장 생활이 화려하지 못했고, 처음부터 퇴직 후에 대한 불안을 느껴서 두 번째, 세 번째 직장 생활을 준비한 것은 같다. 불안이 전혀 없는 것은 아니지만, 처음 입사할 때 아버지의 퇴직을 보며 느꼈던 수준의 공포는 이제 사라졌다. 지난 21년간 죽기 살기로 공부했던 결과였다. 이런 이야기를 해도 될지 모르겠지만, 이 책을 읽는 당신도 그랬으면 좋겠다. 나는 목숨을 걸고 산다.

80대에는 어떤 직업을 가져도 좋다고 생각한다. 80대에는 직업이 아니라 생존이 문제다. 그런데 사실 그것은 20대에도 마찬가지 아니겠는가! 직업에는 귀천이 없다. 다만 자기 직업에 자부심을 갖지 못하는 마음의 귀천이 있을 뿐이다. 직장을 구하지 못한 젊은이들이 늘어가는 이 시대는 귀한 직업이 부족한 것이 아니라, 직업이 귀한 줄을 모르는 천한 마음만 있기 때문이다.

제 몸을 움직여 삼시 세끼 밥벌이를 하고 가족을 부양하기까지 한다면, 결코 어떤 일이든 부끄러워해서는 안 된다고 생각한다. 세상에 가족을 위해서 일을 하는데, 무엇이 창피하며, 무엇이 자존심을 상하게 만들 수 있겠는가? 그것은 나이가 들어도 마찬가지라고 생각한다. 목숨을 부지하기 위해서 일을 하는데, 누가 감히 일하는 사람을 비난하거나 무시할 수 있겠는가? 일하는 사람을 비웃거나 무시하는 사람은 아직도 세상 무서운 줄 모르는 사람이다. 세상에서 가장 귀한 일은 제 몸을 움직여서, 제 밥벌이를 하는 것이다.

이 책을 통해 무엇인가 얻은 것이 있는가? 거창하게 교훈까지는 아니더라도, 최소한 80대에서 100세까지는 살지 모른다는 생각이 들었는가? 그리고 그때까지 살게 된다면, 당신의 인생에 일이 없으면 안 되겠다는 생각이 들었는가? 그렇다면 한시도 쉬지 말고 몸을 움직이고, 한 푼이라도 더 벌 수 있는 방법을 찾기 위해 노력해야 한다. 일은 어떤 것이라도 좋다. 중요한 것은 죽기 전까지 할 수 있어야 한다는 것이다.

우리 인생의 불변의 진리 하나를 다시 언급해야겠다. 무엇이든 당신과 관련된 일은 당신이 마음먹은 대로 이루어질 것이다. 당신의 노후는 순전히 당신의 의지대로 만들어질 것이다.

건강하고 여유 있게 사느냐, 아니면 가난하고 여유 없게 사느냐는 이제 이 순간부터 순전히 당신의 선택에 달려 있다.

나는 당신의 성공적인 노후 생활을 믿는다.